U0599259

Mario Benedetti
Gracias
por el fuego

感谢火

[乌拉圭]马里奥·贝内德蒂　著
徐恬　译

作家出版社

马里奥·贝内德蒂　　摄影：Eduardo Longoni

作为乌拉圭驻华大使，我非常荣幸地向大家介绍著名的乌拉圭作家和诗人马里奥·贝内德蒂撰写的《感谢火》。马里奥·贝内德蒂曾获十一项国际大奖，其中包括索菲亚王后拉丁美洲诗歌奖。

今年是马里奥·贝内德蒂一百周年诞辰，也是对乌拉圭民族文化极其重要的一年。贝内德蒂为乌拉圭文学和世界文学做出了巨大贡献，他的作品是乌拉圭的真实写照。

在此，特别感谢作家出版社一直致力于在中国宣传乌拉圭文化和拉美文化，使我们的文学作品被更多中国人所了解。同时还要感谢译者徐恬女士，为我们呈现如此优秀的作品。

下面让我们一起欣赏贝内德蒂的作品。

费尔南多·卢格里斯

乌拉圭驻华大使

马里奥·贝内德蒂：

"我们活着，仿佛不死之身……"

奥滕西娅·坎帕内拉[*]

生　平

马里奥·贝内德蒂于 1920 年 9 月 14 日出生于帕索德罗斯托罗斯（Paso de los Toros），一座距离乌拉圭首都蒙得维的亚三百公里的小城市。

举家迁往蒙得维的亚后，在祖父（为改良一间乌拉圭酒窖而从意大利移民而来的酿酒师）和曾研读化学的父亲的影响下，贝内德蒂进入深受科学家推崇的德文学校就读。然而，当他还是个孩子时，就对文学情有独钟。

贝内德蒂很小就学会了阅读，在德文学校便开始了写作，

---

* 　奥滕西娅·坎帕内拉是马里奥·贝内德蒂基金会主席，传记《马里奥·贝内德蒂：一个最谨慎的传奇》（*Mario Benedetti: un mito discretísimo*）的作者。

学习刻苦。尽管纳粹主义的到来导致他只在那里念完了六年小学，但这段经历不仅令他掌握了一门语言，还对他性格的形成起到了十分重要的作用。

家中拮据的经济状况让贝内德蒂在中学读到一半时就不得不立即参加工作，多年来从事过的行业不胜枚举。只有当他的名字广为人知、作品在乌拉圭成为畅销书后，他才能够专职写作——尽管记者的工作也是他谋生的手段之一。从年轻时起，活力、智识层面上的好奇心和拓展眼界的欲望，都使他热烈地生活着。

他做访谈，撰写旅行笔记和评论文章，同时也担任过著名的《前进》（*Marcha*）周刊的文学主编。随着时间的流逝，他将更多精力投入到文学中，创办了哈瓦那美洲之家文学研究中心，并曾任教于乌拉圭共和国大学人文系。

在与终生伴侣露丝·洛佩兹·阿莱格雷结婚后，贝内德蒂频繁地旅行，但政治立场和乌拉圭独裁统治的到来却成为了他背井离乡的原因，辗转于多个被他称作"替补祖国"的地方生活：先是后来因收到死亡威胁而逃离的阿根廷，之后是秘鲁、古巴，最后到了西班牙，在那里一直生活到乌拉圭独裁统治结束，并将西班牙的临时住宅几乎保留到了生命的最后。

贝内德蒂严肃且公正对待的文学评论工作、和蔼可亲的性格，使他与拉丁美洲和欧洲的许多作家建立了友谊。而政治斗争和对左翼思想的表达，也为他招致了无法将文学与政治区别对待的人们的憎恨以及对其作品的不公正评价。

贝内德蒂的文学产出十分惊人，一生共创作了超过九十部作品，并以不同的强度涉及了几乎所有体裁。如果说作为小说家和诗人的贝内德蒂广受赞誉，那么他作为文学评论家的身份则并未得到应有的认可。即便如此，在西班牙语世界的各个角落和超越语言边界之处，贝内德蒂的作品所激起的欣赏、爱意甚至崇敬，仍然令他成为了一位非凡的人物。他的诗歌不仅影响了年轻的诗人，更改变了众多读者的生活，这是许多作家所渴望达到的境界。从很早开始，贝内德蒂就渴望与读者建立一种深刻的交流，在成功实现了这一点后，他获得的不仅是赞誉，更在普通人心中留下了永久的印记。

从 2003 年开始折磨妻子的重病，令贝内德蒂无法离开心爱的城市蒙得维的亚，露丝离世后，他依然在那里生活，直到 2009 年 5 月 17 日去世。

作　品

诗人、小说家、散文家，马里奥·贝内德蒂一直以来都将自己视为乌拉圭人和拉丁美洲人。从童年起，在他对文学的热爱萌芽之时，乌拉圭首都蒙得维的亚便成为了他天然的创作背景，他作品中的舞台，以及他笔下人物存在的理由。贝内德蒂经历了二十世纪上半叶乌拉圭的和平时代，通过描述蒙得维的亚小资产阶级的平庸和苦闷，成为了枯燥日常的记录者。他的《办公室的诗》（*Poemas de la oficina*，1956）将日常生活、中产阶级和城市语境引入诗歌，彻底改变了拉普拉塔河两岸的文学氛围。短篇小说集《蒙得维的亚人》（*Montevideanos*，1959）和长篇小说《休战》（*La tregua*，1960）更是让这一革命性的改变发扬光大，后者是他在国际上最知名的作品之一。

他对文学怀有强烈的热爱，从孩提时代就开始写作，尽管健康状况很不稳定，直到生命的最后都一直饱受哮喘的折磨。成为像自己崇拜的作家——先是阿根廷诗人巴多梅罗·费南德兹·莫雷诺（Baldomero Fernández Moreno），然后是西班牙诗人安东尼奥·马查多（Antonio Machado）——那样的诗人，于别人而言这或许只是愿望，但对他来说却是钢铁一般的决心和"顿悟"。

正因为此，他获得了一种代价昂贵但却充满活力的信念，正如《日常集》（*Cotidianas*）中某首诗所言：需要"像捍卫战壕一样"、"像捍卫原则一样"、"像捍卫旗帜一样"、"像捍卫命运一样"、"像捍卫信念一样"、"像捍卫权利一样"捍卫快乐。这种在他的生活和作品中建立的信念，是作品与创作者之间所存在的非凡一致性的又一佐证。

我们知道，贝内德蒂把青春奉献给了写作，但也奉献给了阅读和研究外国文学。为了用原文阅读，他运用所学的德语，并学习了其他外语。由于工作时间过长，他无法常常参加文学聚谈，但逐渐结识了一些后来将成为杂志社——最初是大学杂志《转向》（*Clinamen*），接着是由他本人创办的《边缘之地》（*Marginalia*），最后加入了在乌拉圭文学界影响深远的《数字》（*Número*）——同事的人。

贝内德蒂对知识有着广泛的好奇心。在结识了与自己相守一生的露丝·洛佩兹·阿莱格雷和她的父亲（一位受人尊敬的画家）之后，马里奥开始对造型艺术产生兴趣。这种兴趣——尤其是对绘画的喜爱——将持续终生。他与雷内·波托卡雷罗（René Portocarrero）、何塞·加马拉（José Gamarra）、安东尼奥·弗拉斯科尼（Antonio Frasconi）、马里亚诺·罗德里格斯（Mariano Rodríguez）和比森特·马丁（Vicente Martín）等各国艺术家成为了朋友，一生收藏了数量不多却很美的作品。

二十世纪中叶向我们呈现的是一个生活拮据、新婚燕尔、全身心投入于文学之中的贝内德蒂。他撰写评论文章，创作短篇小说，但写得更多的是诗歌——一直以来，他都认为自己首先是个诗人。在贝内德蒂看来，诗句是实现他想要与读者交流这一伟大的生命和文学目标的最佳工具之一。他曾说过："我写作不是为了吸引更多的读者，而是为了让身边的读者读懂我的生活。"

终其一生，贝内德蒂都是这样做的，因而走近了一代又一代刚刚接触文学的年轻人。但最值得一提的是，贝内德蒂不仅留在了他们的灵魂之中，也留在了他们不再年轻时的阅读中。正因为此，贝内德蒂的国际影响让他的作品被译成了非常多的语言——据我们所知，有近三十种。

贝内德蒂逐渐开始以评论家的身份获得了一些奖项，其中一部在一项散文比赛中获奖的作品，有着一个对不远的未来非常重要的题目：《当代西班牙语美洲文学中的扎根与逃避》。从那时起，我们可以指出一种根本性的特征，即对待生活的态度与创作方向之间的一致性。这种一致性并非意味着因循守旧，而是人类同其所在语境之间展开的和谐对话，以及与一段丰富、有争议性、激荡的人生的相通之处。正因如此，我们可以在不让事先选取的表达工具决定自己会找到什么的前提之下，来研究他作品中出现的宏大主题。正是生活、思想和情感的变化，激发了某些主题的创作灵感。

基于这种一部分出于主动选择、一部分是发生在他身上的生活，有一种力量贯穿了贝内德蒂所有的作品：承诺，不仅仅是政治承诺，更是社会和情感的承诺。

马里奥·贝内德蒂曾在一首诗中提到"良知的暂时安宁"，这是他做人和作为作家的前提。在此基础之上，他对作品的构思基于人和创作者与其所处环境的持续对话，同时也经过了自身反思与原则的筛选。在欣赏贝内德蒂作品的过程中，人们会认出自己。从年轻时开始，贝内德蒂便感到最重要的承诺是作为公民的承诺：人类应该感到社会政治的变化是与自身相关的，而如果公民是一位作家，那么他的政治关怀便可能在作品中得以反映，尤其是在生命中某些特定的阶段。

这种关怀，无疑是贝内德蒂政治立场和美学决策的基础。这一点在他 1965 年出版《近旁的他人》(*Próximo prójimo*) 一书时便展现无遗：在同名的诗中，他引用了安东尼奥·马查多的诗句："在生死关头，永远 / 应当与最近处的他人站在一起"。这种博爱的情怀，对与自己平等之人的关注，对身边人的关心，几乎存在于贝内德蒂所有的作品之中，在诗歌中则表现得尤为明显。而这也将成为其作品传播的关键：作者面对他人 / 读者进行交流，正如在访谈录《交流的诗人》(*Los poetas comunicantes*，1972) 的序言中所提到的那样，贝内德蒂对那些关注"抵达读者，既将读者纳入他的探索和长途跋涉，也让他们参与他的艰苦生活"的作家的仰慕并非徒劳。作家的这一发现有其具体的时代背景——那段暴力和斗争的岁月，然而那段岁月却毫无疑问是贝内德蒂那一代人的标志。正如他所说的，拉丁美洲作家"不能朝现实关上门，如果天真地试图把它关在门外，也不过是白费力气，因为现实会从窗户跳进来"。

贝内德蒂评论工作的载体之一是久负盛名的《数字》杂志——后来也发展成了一家出版社，撰稿人中不乏如埃米尔·罗德里格斯·莫内加尔 (Emir Rodríguez Monegal)、曼努埃尔·克拉普斯 (Manuel Claps)、伊德雅·比拉里尼奥 (Idea Vilariño) 等当时已举足轻重的名字。贝内德蒂与这些在上世纪中叶熠熠生辉的作家一起，共同组成了"四五一代"——由于智识方面的诉求，他们也被称为"批判的一代"。

贝内德蒂曾经从以下角度来分析"四五一代":"我认为这与揭示乌拉圭和拉丁美洲主题的工作有关。如果独立看待其中的每一个人,那么的确有许多不同的风格,以及截然不同的艺术呈现方式,但在我看来,存在着一个唯一的共同特征,即批判精神。我认为这一点对乌拉圭文化是有益的。"尽管表明了这一态度,但后来被收录在《观点练习》(*El ejercicio del criterio*,1995 最终版)中的大量评论文章——用他所崇敬的何塞·马蒂的话来说——却展现出了具有建设性的调性,以及根据他的喜好所作出的选择。

作为记者、现实的分析者和幽默作家,贝内德蒂的工作则非常不同——素来尖锐、犀利,但有时也因对讽刺的睿智使用而堪称残忍。他见于报端的辩论颇为著名,尤其是流亡西班牙时期发表在《国家报》(*El País*)上的文章。

马里奥·贝内德蒂终其一生都保持着开放的态度、对待出生于不同年代的人们的慷慨、敏锐的批判性鉴赏能力,这让他想要结识——有时候也会帮助——文学界的年轻人和不那么年轻的人。他的这种兴趣不仅限于文学界,也包括民间音乐、电影和戏剧等领域。

短篇小说

《短篇小说全集》(*Cuentos completos*)中收录的作品,汇集了作者在 1947 年至 1994 年间出版的六部作品中的超过一百二十个文本。无论是从主题、篇幅还是结构上而言，这本全集都可能是最为多元化的，并且始终考虑到一种存在于写作首要决定之中的秘密的统一。

通过贝内德蒂的阅读，我们可以发现他对著名短篇小说家的偏爱：契诃夫的氛围，莫泊桑或乌拉圭作家基罗加的结尾，而在他对对话的纯熟驾驭背后则是对海明威的钦佩。

贝内德蒂曾数次解释过他创作长篇小说的间隔为何如此之长，尤其是在《胡安·安赫尔的生日》(*El cumpleaños de Juan Ángel*，1971) 之后，身处流亡的动荡之中，他既没有充裕的时间，也难以将精力集中在长篇小说所需要的"创造一个世界"之上。因此，诗歌和短篇小说是更符合他当时生活状况的表达方式。

重要的不是篇幅的长短，而是每种体裁的出发点和终点。正如他在早期的杂文《三种叙事类型》("Tres géneros narrativos"，1953) 中所提到的，"短篇小说一直以来都是现实的横截面"。即使故事再简短，贝内德蒂也总是能够在情景或对话中制造张力，用精简恰当的细节传达出氛围和冲突。因为归根到底，短篇小说留下的深刻印记呈现出了这个世界既温暖又悲观的一面，特别是居于其间的人们——心怀疑虑，不无卑鄙，但同时也有着充满爱与团结、不乏幽默感的相遇。

《休战》(*La tregua*)

出版于 1960 年的《休战》无疑是贝内德蒂最受读者欢迎、被翻译次数最多的小说，它曾被改编成电影、戏剧和电视剧，虽然朴实无华，却令人难以忘怀。在这个短小的文本中，出现了令所有当代人关心、动容的主题和情感：孤独与疏离，爱与性，幸福与死亡，代际冲突，伦理观，政治问题等。正如作者本人所言，"《休战》在正当情感与做作的边缘游走"。它的谦恭和先验性，证明了一部看似地方性的作品同样可以触碰到最遥远的情感共鸣。

《休战》是在一份令人精疲力竭的行政工作中利用午休时间写成的。作者为叙述者选择的私人日记这一独特视角，有利于直接分析主人公的感受，反映他的孤独；而对家庭、办公室等微观宇宙的第一人称描述，也有助于制造个体与乌拉圭社会之间的双重距离感。

爱情毫无疑问是贝内德蒂作品的中坚力量。在《休战》中，爱情以个体冒险的形式出现，带来了希望，却因为外在原因而失败，再次中断了与生活的和解。意识到自己生活平庸无奇的中年男人桑多梅，在年龄几乎比自己小一半的阿贝雅内达身上找到了爱情，并在与她宁静的交流中找到了不向灰暗命运妥协的可能性。因为小说的主角同样也认为自己是"一个悲伤的人，却曾经有、现在有、将来也会有快乐的意愿"。

尽管小说篇幅不长，但主人公的观察和感受以碎片化却充分的方式逐渐创造了一个世界，其中有他的庸常、冲突和野心，也有周围人们——这些之前曾在同名短篇小说集里出现过的蒙得维的亚人——的偏见。依靠这种合唱式的表现手法，故事的中心依然是生活的平衡，清晰表达的厌倦－希望－失败的主线，以个体的绝望而告终。

贝内德蒂在 1990 年的杂文《现实与言语》（"La realidad y la palabra"）中写道："小说家首先是现实的创造者，其次才是言语的创造者。"而《休战》朴素的故事、穿越时间和地域在读者中造成的深远影响，则证实了作者有效地与人类的感性建立了联系，正如他所希望的那样，实现了与读者的交流。

《感谢火》（*Gracias por el fuego*）

很多人将本书视为马里奥·贝内德蒂第一部反叛的小说，或者像阿莱霍·卡彭铁尔（Alejo Carpentier）所言，是从孤独走向团结的过渡。在六十年代初期，乌拉圭经历了社会和政治动荡，像贝内德蒂这样的人警视着即将到来的危机。这部小说中的人物揭露了统治阶层的虚伪价值观：专制父亲的腐败，以及与其对峙的儿子的脆弱。

从意识形态的角度来看，《感谢火》比《休战》更前进了一步，尽管这一步略显冗余，并且仅仅是解释性的。作者在很短的时间内就向着清晰的道路迈出了步伐，但小说中的冲突依然无法得以解决：清醒的人并不强大，强大的人并不理智。在思想和行动方面，就个人和集体而言，我们可以说这是一部关于挫折的小说。从历史角度而言，小说则展现了一个睁着眼睛向深渊探身并心怀疑虑的社会。

1963年完成书稿后，贝内德蒂将其拿给文学评论界的朋友们阅读，在得到他们的负面反馈后，他决定携此书参加一项西班牙的文学竞赛。享有盛誉的"简明丛书奖"（Premio Biblioteca Breve）旨在奖励"展现了真正的创新天赋"并致力于探讨"只属于我们时代的文学和人类困境"的作品。《感谢火》进入了终选阶段，但当时统治西班牙的独裁政府对该书进行了审查，并禁止了它的出版。这本小说于1965年在乌拉圭面世，但在西班牙一直到1974年才得以出版。

《破角的春天》（*Primavera con una esquina rota*）

八十年代的马里奥·贝内德蒂身处流亡之中，心怀希望，却一点也不确定几乎占乌拉圭人口四分之一的流亡者何时才能回到祖国。旅行所到之处，无论是在拉丁美洲还是整个欧洲，贝内德蒂都会遇见幸存的同胞，向他讲述流亡的幸与不幸。

此时，距他出版上一部小说《胡安·安赫尔的生日》（*El cumpleaños de Juan Ángel*）已经过去了十一年时间。贝内德蒂明白，一部小说是对一个世界的建构，需要严格的结构和计划，正如他在《三种叙事类型》中所定义的，"从起源之时到当下，小说一直都想要与生活相像，想要从各个方面都成为生活"。当然，这是作者对生活与世界，对有序的、结构化现实的看法。以情节的突变、具有表现力的可信人物抵达读者，这些人物始终是经过深思熟虑的，与激发他们的社会环境和谐一致。

在拉丁美洲文学中，这不算是一个出奇的概念，连在并不表明社会立场的作者之中也不罕见。乌拉圭作家胡安·卡洛斯·奥内蒂曾说过，作家是沉浸在社会中的人，即使并非有意为之，但作品仍会呈现出他的境况，以及他所处环境的变迁。很显然，这句"即使并非有意为之"很重要：奥内蒂是在一些评论家将他的小说《造船厂》（*El astillero*，1961）视为对其衰败祖国的隐喻时提到这一点的，而他否认自己曾有过这样的意图。与之相反，贝内德蒂持有另一种立场，并用理论加以表达：在1967年出版的《混血大陆的文字》（*Letras del continente mestizo*）中，他在《拉丁美洲作家的状况》一文中写道："拉美作家不能朝现实关上门，如果天真地试图把它关在门外，也不过是白费力气，因为现实会从窗户跳进来。"

《破角的春天》所表现的现实，将流亡的问题与国家内部问题熔于一炉。这是一对夫妻的故事，作为政治犯的丈夫在狱中书写、构思或想象给妻子的信件，而妻子正带着两人的女儿，与他的父亲一道流亡国外。故事是这样的：丈夫通过字里行间传递的狱中生活，他的回忆，以及对可能存在的未来的计划。而故事的另一个部分，则会出现妻子的流亡生活。

本书通过多视角叙事来展现监禁和流亡的经历，并由此形成了小说的架构。在这些故事的间隙，作者加入了一种全新的结构：一系列叫作"流亡"的章节——它们都是真实事件的记录，其中一些完全是自传式的，出现了作者和其他人的真实姓名。这些现实之间的间隔，与狱中人和他的三个处于流亡中的亲人所遭遇的情感波折形成了对照。

从对冲突的清醒认识和人类关系的脆弱之中，依旧可以看到春天的希望；我们总是会失去一些什么。

《破角的春天》曾荣获 1987 年大赦国际金火焰奖。

纵使黑暗，纵使被禁锢，纵使死亡。

——利维·法尔科[1]

我是这个世界

是这些将我带走之物。

——温贝托·梅格特[2]

若我们做梦，我们在现实中。

——胡安·库尼亚[3]

---

[1] Líber Falco（1906—1955），乌拉圭诗人。——译者注。（本书的所有脚注均为译者注）

[2] Humberto Megget（1925—1951），乌拉圭作家、诗人。

[3] Juan Cunha（1910—1985），乌拉圭诗人。

一

　　沿着百老汇大道前进，到了第 113 街，你会发现，这里的人说话时操着一口带着浓重鼻音的美式西班牙语，不仅如此，他们还用西班牙语思考、行走甚至进食。几个街区之外的指示牌和告示上写的还是 "Groceries & Delicatessen"，到了这里便成了 "Groserías y Delicadezas"①。这里的电影院也和 42 街的不同，门口张贴的不是马龙·白兰度、金·诺瓦克②和保罗·纽曼③的电影海报，而是柏杜劳·雅曼德列治④、玛丽亚·费利克斯⑤、

---

① 后者将前者西班牙语化了。
② Kim Novak（1933— ），好莱坞著名女星，20 世纪 50 年代美国十大卖座明星之一。代表作有《迷魂记》《夺情记》《欢喜冤家》等。
③ Paul Newman（1925—2008），美国演员、导演、制片人。曾获美国金球奖电影类最佳导演奖、美国电影电视金球奖终身成就奖、奥斯卡最佳男主角奖、柏林国际电影节银熊奖最佳男演员奖和美国电影电视金球奖电视类最佳男配角奖。代表作有《巧妇人》《骗中骗》《金钱本色》等。
④ Pedro Armendáriz（1912—1963），墨西哥演员，在墨西哥和美国拍戏，是 20 世纪 40 年代和 50 年代最著名的拉丁美洲演员之一。
⑤ María Félix（1914—2002），墨西哥演员、歌手，20 世纪 40 年代和 50 年代最著名的拉丁美洲演员之一，被认为是墨西哥影史上最美的女演员。代表作有《幽灵巨石》《唐娜·巴巴拉》《没有灵魂的女人》等。

莫莱诺·马里奥^①和卡门·塞维利亚^②的大幅写真。

现在是 1959 年 4 月一个星期五的晚上，天已经黑了，空气似乎也比白天清新得多。这条街道是曼哈顿最长的街道，尽管街角的光线有些昏暗，但靠近光源的蚊虫仍被照得一清二楚。位于西班牙哈莱姆区^③的百老汇大道不像麦迪逊广场花园^④那样出名，至少来自爱达荷州和怀俄明州的观光客不会特意赶到这里，用他们珍贵的柯达克罗姆彩色胶卷^⑤拍波多黎各人。

现在是人们回家的时刻，如果可以把那些租来的房子称为家的话。通过街边敞开的窗户可以看到房间里的裂缝，墙上的霉点，挤在五六张没铺好的床上的人，脸上挂着鼻涕、光着脚、正在嚎啕大哭的孩子，还有屏幕上粘着油脂和冰淇淋渍的电视机。

这个角落是贫穷的，这里的人们是贫穷的。这里的房子都掉了漆。有人在可口可乐广告里微笑的人脸旁用粉笔写着：阿尔比祖·坎波斯^⑥万岁。一个瞎子面无表情地走了过去，他随

---

① Mario Moreno（1911—1993），墨西哥演员、制片人、编剧，常被称为 "Cantinflas"。代表作有《冷酷的心》《环游世界八十天》《小人物狂想曲》等。

② Carmen Sevilla（1930— ），西班牙女演员、歌手、电视节目主持人。

③ Spanish Harlem，也被称为东哈莱姆，是纽约曼哈顿区的一部分。该地区为纽约最大的拉丁族裔社区之一，居民主要为波多黎各裔。

④ Madison，指的应该是坐落在宾夕法尼亚车站上的麦迪逊广场花园，位于纽约曼哈顿中城。许多乘坐火车来纽约的外地游客第一眼看到的就是麦迪逊广场花园，因而称之为纽约的门脸。

⑤ Kodakchrome，柯达公司生产的最著名的反转片，在众多摄影爱好者心中有着不可撼动的地位。

⑥ Pedro Albizu Campos（1891—1965），波多黎各律师、政治家，波多黎各独立运动的领导者之一。

身携带的饮料罐里装满了硬币，发出碰撞时清脆的响声。这个角落是贫穷的，因此那块发光的、写着"龙兰餐厅"（"龙舌兰"的"舌"字不亮了）的大广告牌就显得有些格格不入。严格说来，这家餐厅不算高档，但只要扫一眼门边黑色展架上的价目表，你就会明白，西班牙哈莱姆区的居民绝对不是它的目标客户。严格说来，这不是一家波多黎各餐厅，只能勉强算是家有拉丁美洲特色的餐厅。尽管还没到饭点，但桌子已经摆好，桌布、盘子、餐具和餐巾都在各自的岗位待命。甚至有一对夫妻已经坐在右边靠墙的一张桌旁，头靠着头看起菜单来了。

在朝向百老汇大道的区域，五个侍者已经做好了接待三十桌顾客的准备。在大厅的末端，有一扇通往包间的双页门，里面有一张可以坐下二十个人的桌子。在包间的末端还有一扇门，单页的，从这里出去，经过一条狭窄的走廊，就能到达厨房。走廊的搁架上放一部电话，除此之外，搁架上还摆着一个小雕塑，是一头牛，正处在与短扎枪对抗的紧要关头，命悬一线。

电话铃一响，何塞就从厨房走了出来。何塞是西班牙人，在纽约住了几十年。他已经完全适应了纽约的生活，操一口混杂着英语单词的西班牙语。

"**哈啰**[1]。**龙舌兰餐厅。您说。啊，您会说西班牙语**。[2]是的，

---

[1] 这里何塞说的并不是英语 Hello，而是西班牙语化的 Aló，但两者的发音相同。下文中也有类似的情况，不再注。

[2] 何塞说话时混杂着英语和西班牙语，为了区分，本章英语部分皆用加粗字符表示。

3

女士。不，女士。是的，女士。都很正宗，**这是当然的**。不，女士。是的，女士。不，女士。一流的。您要带几个美国佬来？是的，女士。不，女士。是的，女士。当然了，美国佬来的时候我们会拿出小手鼓。**很有特色，您知道的**。还有风笛。尼加拉瓜的风笛？是的，当然有了。我们有各种各样的风笛。不用担心，女士，都没问题。什么时候来呢？**下个星期五**。好的，女士，我记下来了。什么，什么？哦，提成。**您指的是**您的提成？当然合乎情理，但您需要迟一点再打来，这样您就可以和经理本人谈了。您就说您要找彼得先生，彼得·贡萨雷斯。他负责提成的事。对，当然了，**再见**。"

何塞走到大厅，用审视的眼光来回打量了那五个侍者，然后，他开始叠餐巾。但才刚叠好六块，电话铃又响了。

"**哈啰。龙舌兰餐厅。您说**。哦，大使先生。您最近怎么样？您很长时间没有光顾小店了。大使夫人怎么样？大使先生，听到您这么说，我很高兴。是的，大使先生。我记下来了，大使先生。是的，大使先生。**下星期五**？大使先生，您看，那天晚上的包间已经被预订了，而且我们已经确认了。是谁订的？我不清楚，大使先生，好像是迈阿密的古巴人，身份地位挺高。当然了，大使先生，您对我们来说十分重要，我这么说绝对是真心的。当然了，大使先生，如果您只是为了消遣，有益的消遣。对对，大使先生，就和您说的一样，在一切情况下，公事优先。我就知道您会理解的，大使先生。是这样的。我不会到外面去乱说的。我认为这是一场秘密的晚宴。会有美国佬来吗？我不清楚，大使先生，不过有几个美国佬经常会来。不，大使先生，这我就不能说了。职业机密。大使先生，您也不希望我四处散播关于您的事，告诉别人 1957 年 6 月您在这里和一个美人共进了三次晚餐，而这个美人其实是那些大胡子的线人。不，大使先生。不，大使先生！您放宽心，我只是举个例子。感谢您，大使先生。非常感谢您，大使先生。我知道您一定会理解的。那我帮您预订周六晚上的包间。没问题，大使先生。祝您好运，大使先生。向大使夫人致以我最诚恳的问候。"

何塞还没来得及走回餐桌旁，电话铃又响了。他的表情并不代表妥协，事实上，他觉得自己责任重大。

"哈啰。龙舌兰餐厅。您说。彼得？ 终于，佩德罗[①]。不，什么都没发生。只是你应该早点打来的。那些乌拉圭人？不，他们还没到，不过应该马上就到。对了，他们是像阿根廷人那样花钱大手大脚，还是像巴拉圭人那样穷困潦倒？不如说他们是守财奴？我只是想提前做好准备，知道该期待什么总是比较好。放心，老兄。当然有人打电话来了。一个老女人打来，说至少十五个美国佬要来，**下星期五，** 都是杜鲁斯[②]的扶轮社[③]成员。我和她说可以。之后她还会给你打电话，因为她想要提成。我个人的意见是你应该给她一点提成，她总是带一大帮人来。她是安达卢西亚人，你知道吗？讨人嫌却很能干，她想给

---

① 佩德罗即彼得的西班牙语变体。

② Duluth，位于美国明尼苏达州的港口，是苏必利尔湖畔重要的港口之一，也是圣路易斯县的县治。杜鲁斯市与临近位于威斯康辛州的苏必利尔市并称双子港。

③ 扶轮社是依循国际扶轮的规章所成立的地区性社会团体，以增进职业交流及提供社会服务为宗旨；其特色是扶轮社的成员从事不同的职业，每周会在固定的时间及地点举行例行聚会。

那些美国佬展示一点民间艺术。然后大使打来了。什么哪个大使？就是那个吸大麻的肥佬。现在你是想让我在电话里吐露这些**顶级机密**吗？他想预订包间，也是在**下周五**。但我已经答应把包间留给那个老女人了。再加上我知道你不喜欢把事情搞得很复杂，所以我就跟他说包间已经被迈阿密的古巴人预订了。你知道吗，我觉得这么跟他说最好，因为那个肥佬不敢和联邦政府干仗。我做得好？那就好，我给他预订了**下周六**的包间。什么什么？**下周六**那些危地马拉人要来？哪些危地马拉人？阿尔本索内斯人或伊迪戈里塔斯人？他妈的！你怎么不早点和我说！好了，我来办吧，明天我给大使打电话，让他把预订改到**下周日**。好了，没有更多的新鲜事了。**再见**。"

现在已经有四张桌子的客人了。除了一个侍者——那个最高的，惬意地享受着难得的闲暇时光，克制地把小拇指伸进鼻孔——其他人都已经开始忙活了。他们走进厨房，又端着菜走出来，速度不急不缓，就像在为了即将到来的客人大潮保存精力似的。这时，来了三个男人，穿着在温暖的四月显得有些突兀的厚重衣衫，他们在中间的桌子旁坐了下来，第五个侍者，也就是那个正享受着闲暇时光的高个儿，把小拇指从鼻孔里拿出来，微笑着向他们走去。

十五分钟后，大门开了，发出比平时更响的噪音。一群人笑闹着走了进来，共有八个，十个，十五个人。

"乌拉圭人。"何塞边嘟囔边迎上去，"先生们是乌拉圭人吗？"

"是的！"至少有七个人齐声说。

一个脸色红润、略有些胖、看上去约摸六十岁的男士往前走了一步，说：

"我是华金·巴列斯特罗斯。上周我们预订了包间。"

"是的，"何塞说，"诸位请往这边走。"

何塞和那个曾把小拇指塞进鼻孔的侍者把着双页门，好让巴列斯特罗斯和其他人顺利通过。八男七女。巴列斯特罗斯主动承担了为所有人分配位置的工作。

"一男一女，一男一女，"他说，"在这里，就像在所有地方一样，这是最有趣的搭配方式。"

三位女士笑了起来。

"您来分配，巴列斯特罗斯先生，"一位男士说，"您来分配，说出每个人的名和姓，告诉我们应该坐到哪个位置上。我们也可以借机认识认识彼此。"

"说得有道理，奥坎波，"巴列斯特罗斯说，"我把十五个出于各种原因来到纽约的乌拉圭人聚在同一张桌子上，但各位不一定认识彼此。我知道，你们在来的路上或许已经向其中的一些人做了自我介绍，但我们还是应该采纳奥坎波的建议，分配位置的时候我会说出每个人的名和姓，大家也可以借这个机会熟悉熟悉彼此。从这里开始，米尔塔·本图拉，坐我右边的位置。帕斯库阿尔·贝鲁提坐米尔塔边上。塞丽卡·布斯托斯坐贝鲁提边上。奥古斯廷·费尔南德斯坐塞丽卡边上。鲁斯·阿梅苏阿坐费尔南德斯边上。拉蒙·布迪纽坐鲁斯边上。玛塞拉·托雷斯·德·索利斯坐布迪纽边上。克劳迪奥·奥坎波坐玛塞拉边上。安赫丽卡·佛朗哥坐奥坎波边上。何塞·雷伊纳赫坐安赫丽卡边上。加夫列拉·杜佩提特坐雷伊纳赫边上。塞瓦斯蒂安·阿基拉尔坐加夫列拉边上。索菲亚·梅罗格诺坐阿基拉尔边上。阿历杭德罗·拉腊尔德坐索菲亚边上。拉腊尔德边上的又是在下，华金·巴列斯特罗斯。大家都坐下了吗？"

"您和埃德蒙多·布迪纽有什么关系吗？"坐在拉蒙左边的鲁斯·阿梅苏阿问。

"我是他儿子。"

"报社那个埃德蒙多·布迪纽的儿子？"拉蒙听到坐在他右边的玛塞拉·托雷斯·德·索利斯问。

"没错，女士，报社那个，也是工厂那个。"

"见鬼。"费尔南德斯说着，从鲁斯身后探出头来，"那您可真是个人物了。"

"我父亲才是个人物。我只不过经营着一家旅行社。"

他们不需费心考虑该吃什么，巴列斯特罗斯早已为他们选好了套餐：酿番茄、热那亚式意大利饺、古巴煎蛋饭，还有蜜桃梅尔芭[1]。

"我点的都是些清淡的东西，"冷盘一上来巴列斯特罗斯就解释道，"我清楚得很，我们乌拉圭人的肝脏都不太好。"

"幸好您提到了肝脏，"何塞·雷伊纳赫说，"让我记起了我的药片。"

"诸位怎么样？买了很多东西吗？"索菲亚·梅罗格诺微笑着问大家，那个微笑仿佛使她年轻了十岁。

"只买了一些电子产品。"贝鲁提转向她说。

"在哪里？奇弗拉？"

---

[1] Copa melba，指的是一种被称为"peach melba"的甜点，是法国籍大厨奥古斯特·埃斯科菲耶（Auguste Esciffiery）于 1892 年或 1893 年独创的，旨在欢迎澳洲著名歌剧声乐家内莉·梅尔芭（Dame Nellie Melba）驾临伦敦。

"当然。"

塞丽卡·布斯托斯悄悄靠近贝鲁提，羞怯地询问奇弗拉为何物。

"您竟然不知道？这是家批发商店，位于第五大道一栋建筑物的二楼。他们会给拉美人打很大的折扣。"

"啊，麻烦您把地址告诉我，我好记下来。"

"没问题。第五大道 286 号。"

"我才不信，"巴列斯特罗斯在拉腊尔德耳边轻声说，"在奇弗拉能买到的可远不止电子产品。有个古巴小伙子在那里工作，他能搞到极好的姑娘。"

"真的吗？那我得把地址记下来。"

"好的，在第五大道 286 号。"

"那个小伙子叫什么名字？"

"名字我倒不知道。但是只要一走进去您就能看到他。商店右边是卖留声机和电视机的柜台，左边是弹性长袜的展示架。我刚才和您说的那个小伙子黑瘦黑瘦的，眼睛像蝰蛇似的，总是站在展示架后头。"

"纽约简直让我眼花缭乱，"米尔塔·本图拉说，把手放在贝鲁提的浪琴表上，"我一周前才到，一切都那么美妙，简直令人目不暇接。纽约无线电城音乐厅简直太棒了，管弦乐队一会儿出现一会儿消失，管风琴好得没话说，还有那些地毯，您注意到那些地毯了吗？一踩上去，人就会陷进去。"

"无线电城是火箭女郎舞蹈团表演的那个音乐厅吗？"正在谈论另一个话题的阿基拉尔被吸引过来，问道。

"对，就是那个。"贝鲁提回应道，"您不觉得她们跳得太棒了吗?"

"是的,那天下午我去看她们表演,当时我就是这么想的。我们根本没有能与之媲美的东西,这也是正常的,因为蒙得维的亚什么都没有。但布宜诺斯艾利斯,那里的人那么自负,不也和我们半斤八两?告诉我,贝鲁提,布宜诺斯艾利斯有什么可以和火箭女郎舞蹈团相提并论的东西吗?"

"您指的是和那些大腿相提并论,还是她们表演时的整齐划一?"

"全部。大腿和整齐度。她们让我想到玛伊波,我简直想哭。"

"好吧,我想知道,您什么时候去过玛伊波?这么问是因为我记得 55 年的时候,那里有两个健壮得令人难以置信的舞女。"

"健壮得令人难以置信?"

"对,健壮,当然,她们还有别的优点。"

"我这么问是想知道您的个人喜好。我就不怎么喜欢荷尔斯泰因牛①那种类型,我更喜欢身形优美的,就像火箭女郎舞蹈团那样。"

"当然了,一切都取决于个人喜好。我也喜欢身形优美的,但首先得看她们表演的机会才行。"

加夫列拉·杜佩提特感受到一种隐秘的快乐,在她看来,这两个男人似乎正在心底暗暗祈祷,希望她能加入对话,于

① 荷尔斯泰因 – 弗里斯牛,亦称好斯敦 – 菲仕兰牛。大型乳牛品种,亦称黑白花牛或荷兰牛,产于荷兰北部和菲仕兰地区。此处用荷尔斯泰因牛比喻健壮的舞女。

是，她开口了。

"我说，诸位不觉得，对于两个单身男人来说，这番对话有点过火了吗?"

"好像是。"贝鲁提说，随之而来的是一阵略显尴尬的沉默。

直到此时，刀叉的碰撞才清晰可辨。大家都听到了奥坎波大口吞咽一整杯基安蒂红酒的声音。大家既快活又惊奇地看着他，他上上下下活动的喉结在十秒钟内成了大家关注的唯一对象。

"好酒。"奥坎波意识到自己成了饭桌上的焦点，说道。

左边传来三个人的笑声，雷伊纳赫觉得是时候说点什么了。

"这就是这个国家了不起的地方。连它没有的东西都是好的。加利福尼亚出产的红酒平平无奇，这是实话。但在这个国家，诸位可以买到产自全世界各地的酒。就在昨天，我买了一瓶产自匈牙利托卡伊的酒，是的，正如诸位所想，一瓶共产主义①的酒。这就是这个国家的广度。能在美利坚合众国买到共产主义的酒，诸位明白这意味着什么吗?"

"我建议我们以'你'相称。"费尔南德斯对鲁斯·阿梅苏阿说。

"好主意。"她回答道，夸张地抬起手来看了看手表，就好像她刚咬到嘴唇，想用手指按住伤处或想要挠鼻子一样，手表的指针指向了十点二十分。

---

① 1949 年 8 月 20 日至 1989 年 10 月 23 日，匈牙利为社会主义国家，全称是匈牙利人民共和国。

"我总是说，一开始就以'你'相称是最好的，久而久之，改口就不是件容易的事了。"费尔南德斯说完，把叉子放在豌豆旁，试探性地用手碰触女孩赤裸的小臂。

"请放尊重些。"女孩说，语气既像责怪，又像某种揭幕致辞。

那只手相对克制地收了回去，重新握住叉子，但叉子又一次掉落，豌豆又一次滑向了酿番茄。

"所以您已经结婚了？"布迪纽问索利斯。

"我看起来难道不像结过婚的人吗？"

"我不知道结过婚的人该是什么样子，我只是觉得您非常年轻。"

"没那么年轻，布迪纽。我已经二十三岁了。"

"哎哟，多年轻啊。"

"说起来您可能会嘲笑我，但我有时真觉得自己老了。"

"其实我能理解，因为我有时也觉得自己还年轻。"

"拜托，布迪纽，您看上去就是个小伙子。"

布迪纽的左边传来鲁斯紧张的声音：

"为什么诸位不像我们一样以'你'相称呢？"

拉蒙和玛塞拉交换了眼神，两人都洞察到了鲁斯的异样，成了某种意义上的同谋。

"我们竟然还没考虑过这个可能性，"布迪纽说，"不过我们最好考虑一下。"

"您是认真的吗？"玛塞拉挑起眉毛问。

"只要这该死的二十岁年龄差不让您感到拘束。"

"您感到拘束吗？"

"我想说的是，不让你感到拘束。"

"当然不了，我向你保证。"

"我想问，"索菲亚·梅罗格诺在桌子的另一头说，"我们干吗要像个刺头一样，既然美国是个这么好的国家，我们为什么总试图找出它的缺点呢？而且，这里的人们真的在工作，从白天到夜晚，不像在蒙得维的亚，我们结束这场罢工，只是为了开始那场罢工。虽然承认这点很让人难受，但在我们那儿，工人就是贱民。但在美国却不然，这里的工人是自觉的，他们知道自己的工资是为他们提供工作的资本家发的，所以，他们愿意捍卫这些资本家的权利。请诸位告诉我，在乌拉圭，有谁会从早到晚地工作？"

"我想您会，女士，"拉腊尔德突然说，"为了捍卫您的原则。"

"别开玩笑了，拉腊尔德，您清楚得很，我没有去工作的必要。"

"哦，我猜到了。"

"我们缺少的就是真正的工作。我们这些家庭条件好的女孩子总是去做办公室职员。和任何工作一样，这也是一份会让我们失去女性特质的工作。"

"一切都要看情况，女士。有时女性得在饿死和失去女性特质之间做选择。"

"我很好奇，拉腊尔德。您是共产主义者吗？"

贝鲁提关注着米尔塔·本图拉，费尔南德斯和鲁斯调着情，塞丽卡·布斯托斯觉得自己被孤立了，邻座人的后背把她从他们的世界中隔离出去。就在这时，她发现阿基拉尔正看着自己，便和他搭话。

"您在纽约做什么呢？"

"我只是纽约的过客，事实上，我住在华盛顿。"

"那么，您在华盛顿做什么呢？"

"和数字打交道。"

"我还是不明白，您指的是什么？会计？工程师？办公室职员？"

"建筑师。"

"真厉害。"

"我为美洲国家组织①工作。"

"您对您的工作满意吗？"

"是的，相当满意。"

"您都干些什么呢？"

"制订城市发展计划，一般是为发展中国家。"

"别告诉我您的工作是把我们这个世界上的小村庄都变得无菌、对称、光洁，把所有的村子都搞得千篇一律，毫无特色。"

"无论如何，这些千篇一律的村子都比巴西、智利、阿根廷、乌拉圭的贫民窟和棚户区②要好得多吧。您说呢？"

"是的，这是当然的。但为什么要把所有的村庄都改造得

---

① 美洲国家组织（OEA），由美国和拉丁美洲国家组成的区域性国际组织，其前身是美洲共和国国际联盟，成立于1890年4月14日，1948年在波哥大举行的第9次泛美大会上改称现名。

② 各个拉美国家的贫民窟都有特定的名称，此处作者使用的分别是 las favelas, las poblaciones callampa, las villas miseria 和 los cantegriles。

千篇一律呢？"

　　"这样做成本更低。我们现在正在处理几个巴拉圭的项目，所以明年我可能会去亚松森待上八到十个月。"

　　"我没法去亚松森。"

　　"为什么？因为斯特罗斯纳[①]？"

　　"是的。"

　　"我也曾这么想过，永远不去亚松森，那时我还在那里，在蒙得维的亚。但现在我意识到我们是多么地孩子气。虽然我们那么想，但我们什么都无法改变。还是个学生时，我曾经为FEUU[②]做过很多工作，但是，后来，我厌倦了只做一个有原则的人，一个廉价劳动力。听起来好像有点犬儒主义，但是现在他们给我相当丰厚的报酬。当然，在蒙得维的亚我已经没有朋友了。"

　　"那您感到满意吗？我的意思是，您对自己满意吗？"

　　"咳咳，大致满意吧。在某个时刻，你需要作出决定，到底是要坚持你的原则，还是要赚钱。"

　　"您作出了决定。"

　　"是的，但我和一些同事不一样，为了打消顾虑，他们对他人的责备充耳不闻，想让自己相信，他们的选择是正确的。但事实可不是这样，我向您保证。美洲国家组织仍然是一摊烂泥。但是，我赚了很多钱。"

---

① 阿尔弗雷多·斯特罗斯纳·马蒂奥达（Alfredo Stroessner Matiauda，1912—2006），巴拉圭总统、军事独裁者。1954年至1989统治乌拉圭。

② FEUU，全称为Federación de Estudiantes Universitarios Uruguay，乌拉圭大学生联合会。

"什么都没有，我们什么都生产不了。"雷伊纳赫对加夫列拉·杜佩提特说，"如果我们什么都生产不了，那些美国资本家干吗要在我们的国家投资呢？要投资的话，至少也得选一个像德国那样可能会出现经济奇迹的地方；那里的人们会工作。在我看来，那些咖啡馆的知识分子简直让人发笑，总是呼吁要在国际政治中取得独立。但事实上，经济才是最重要的。作为一个生意人，我向您保证，即使乌拉圭变得比现在更不独立，我的生意也不会受到丝毫影响。随便您怎么称呼这种不独立，联邦也好，美元区也好，或者干脆直白地说是殖民地也好。做生意的时候，国家并没有国歌里唱得那么重要，有时候，殖民地的经济甚至要比独立国家的还要好。"

"一切都要看情况。雷伊纳赫，您看，要是我们的乌拉圭是美国的殖民地，或者，退一步说，是英国的殖民地，确实没什么不好的。但您想一想，要是我们是俄罗斯的殖民地呢。我都起鸡皮疙瘩了。"

"我从来没有考虑过这种可能性。我必须向您坦白，在我心里唯一的祖国就是私营公司。要是某个地方不存在私营公司，我就把这个地方从地图上抹去，至少是从我心里的地图上抹去。"

"您知道我是怎么注意到奥坎波是乌拉圭人的吗？"巴列斯特罗斯夹起意大利饺，向不发一言的拉腊尔德发问，"有一天我走进一家咖啡馆，就是卡内基音乐厅后面的那家，有三个家伙围坐在一张桌旁，正用西班牙语交谈。其中一个突然说：'我决定赌这一把。'您注意到了吗，他说的不是'这一次'，也不是'这一回'，更不是'这一场'，而是'这一把'。于是我向他走过去，问道：'从布宜诺斯艾利斯来还是从蒙得维的亚来？'他答道：'从帕索莫利诺来。'多么让人高兴啊！您知道吗，我也来自帕索莫利诺。"

布迪纽在玛塞拉的杯子里添了些基安蒂红酒，随后也给自己添上。

"你去过包厘街①吗？"

"没有。这是什么地方？"

"醉汉的街区。你去的时候得好好注意在哪儿下脚。不然，你就会踩到某个瘫在马路中央或者街边的倒霉蛋。让人沮丧的地方。"

"这个街区也同样让人沮丧。"

"我永远不能理解这些波多黎各人出了什么问题。首先，所谓的自由邦听起来就叫人恶心。所谓的民族尊严就只值这几个美元，成了一个集体出让的项目。而且他们还掉进了一个名为自由出入美国的陷阱，事实上他们得到的只有这个：和不计其数的人挤在一间屋子里，像驴一样地工作，只为了拿到比任何一个美国人都少得多的薪水。不，我实在不能理解。"

"你知道我是怎么看美国的吗？美国对拉丁美洲诸国的种种做法实在令人发指，这一点我充分了解。墨西哥的事、尼加拉瓜的事、巴拿马的事，还有危地马拉的事，我哥哥把这些事都告诉我了。知道后我当然很气愤。但现在我来到了美国，我完全被迷住了。你瞧，我也去过欧洲，但纽约是最让我感到愉快的城市之一。"

---

① 包厘街是纽约市曼哈顿区南部的一条街道，一个小型街区，它的名称源于古荷兰语 bouwerij 的英语化，意为"农场"。

"你丈夫怎么会让你一个人孤孤单单地在这些上帝之城里行走呢？他不知道这是很危险的吗？至少对他来说很危险。"

"不，并不是他'让'我，我们已经离婚了。"

"哦。"

"我们的婚姻只持续了六个月。"

"您不喜欢美元吗？"安赫丽卡·佛朗哥问克劳迪奥·奥坎波。

"谁不喜欢美元？"

"我非常喜欢。另外，还有一点让我觉得很有意思，所有面值的美元都是一个尺寸的——一美元和一百美元就尺寸上来说是一样的。他们有了这样的钞票，又怎么可能不成为世界之主呢？有谁能抗拒美元的诱惑？如果他们想收买您，奥坎波先生，您能拒绝吗？总之我是无法拒绝的。只要他们给我一美元，我所有的防御机制就都不管用了。这是怎么回事？"

"您想让我和您说什么？在我看来有两种可能性：要么您有超乎寻常的野心，要么……"

"您说，您说。"

"要么您对美国实在没什么偏见。"

"我就和您直说吧：我不是个有野心的人。"

奥古斯廷·费尔南德斯取得了相当大的进展。当古巴煎蛋饭开始变凉时，他的右手已经在鲁斯的左大腿上休憩了。

"我根本不应该来美国，每次来都让我感到不安。我一直想着乌拉圭，你知道吗？我一直想着，我们乌拉圭人受到了多少限制。而在这里，一切都是伟大的，一切都能被塑造成伟大的。"

手缓缓地向上摸索。

"你放尊重些。"鲁斯低声说。

"我们遵循着一种探戈哲学，"手的主人不动声色地说，"矿藏、鳙鱼、马黛茶、足球、甘蔗、南边的旧城区、多愁善感。这样的我们永远无法前进。我们是软弱的，你明白吗？连我们的仪仗队都被叫作娘娘腔[①]。是的，我们就是娘娘腔，但我们得变得冷酷，就像这些美国人一样。只谈生意，不谈其他。有用就是有用，没用就是没用。"

那只手还在继续往上摸索，直到触到衬裙下的内裤边。

"奥古斯廷，我们走着瞧。"她低声咕哝，声音中带着一丝绝望。

"从社会学的角度来说，"费尔南德斯仍正襟危坐着，"我们的表现并不让人满意。从经济学的角度来说也是。从人道主义的角度来说更糟糕。想想，在这里，在北边，我们有这么一个榜样，但是，我们竟然对它视而不见。你不知道，每次来纽约我都很生气。"

那只手的五根手指分别朝不同的方向移动着，突然，它们似乎从这次历险中获得了满足，一致地加快了速度。

"哎哟。"鲁斯情不自禁地叫出了声。

"我不考虑回乌拉圭了，"巴列斯特罗斯在桌首说，口中的热气喷在了拉腊尔德的脸上，"回去几次倒是可以，去探望我的母亲或侄子侄女们，但要我定居，不可能。"

"到了这个年纪，我不知道自己还能不能背井离乡。"

"当然能。所有人都能做到。您知道什么东西治疗思乡病

---

① Blandengue，即"长矛手"，乌拉圭骑兵队的名称，也有娘娘腔的意思。

的效果最好吗？安逸。我在这里找到了安逸，现在我几乎不会思念帕索莫利诺了。这种感觉就好像您按下一个按钮，全世界就都向您作出回应一样。您不相信这里的生活机械得令人惊奇吗？那天有个人——大概是个墨西哥人——和我说了这些，不为什么，只为了败坏我的胃口：'是的，所有的东西都机械得令人惊奇，但是您知道吗，为了确保这些美国人能按下按钮，在美洲剩下的地方，有成千上万的人在挨饿？'但我向您保证，他并没有败坏我的胃口，因为我和他说……您知道我和他说了什么吗？哈哈，我定定地看着他，对他说：'关我屁事。'"

"所以我才选择远离蒙得维的亚，"安赫丽卡·佛朗哥凑在奥坎波的耳边说，"因为这样就少了很多束缚。我敢肯定，要是您——在我看来您非常和蔼可亲——向我提出一个建议，在蒙得维的亚，这个建议可能是违背常理的、令人气愤的，但我敢肯定，就算现在您和我说了一些让人非常难堪的话，我也不会生气。就是因为距离。如果我们曾在乌拉圭见过，再次在这里碰面，您不一定能认出我。听起来有点不可思议，但在乌拉圭我是那么地羞怯，那么地腼腆，那么地不擅交际，那么地摇摆不定；但在这里，我得到了释放。请您坦诚地告诉我，奥坎波先生，您觉得现在的我腼腆吗？"

"一点都不。倒不如说我觉得您出乎意料地果敢，就像一匹正在飞奔的马。"

"啊哈，谢谢您能这么说。您不知道您的话让我多么开心，我自由、果敢。但在那里，一切都变了，一切都抑制着我。看到萨尔沃宫①，我感到羞怯。在公交车上，有人坐在我边上，我感到羞怯了。要是有小伙子碰了我，即使是不小心，我也会羞得面红耳赤。"

"在这里您就不会羞怯了吗？"

"您可以试试，奥坎波先生，您可以试试。"

"因此，"玛塞拉向拉蒙·布迪纽坦白，"我没法再忍受了。对我来说，一段只靠身体维持的感情是很可怕的。女人渴望被爱，除了身体之外，她们也渴望因为其他原因而被爱。"

"我认为这一点都不难，我指的是因为其他原因而爱上你。当然了，你的身体的确很有吸引力。"

"你漫不经心地听着我的话，用带点儿迁就的眼神看着我。你是把我当成小孩吗？"

"这是因为你看上去实在很年轻。"

"但是，我得向你坦白，结婚后又恢复单身是件很可怕的事。没结婚时我也是一个人生活，但当时的孤独和现在的孤独根本不是一回事。当时的我虽然孤独，却怀着希望。"

"老天，多么好的一句话。你是想说，你才二十三岁，就已经感到绝望了？"

"不是。但既然已经结过婚了，我就知道，婚姻很可能不起作用。"

"生活中的所有事情都冒着这个风险。所有的事都可能起作用，或者不起作用。"

---

① Palacio Salvo，是位于乌拉圭首都蒙得维的亚的一座建筑，完成于1928年，所有者为萨尔沃兄弟，他们本打算在该建筑内开设酒店，但没有成功，该建筑便成了办公室和私人住宅。在几十年间，它曾是南美洲最高的建筑。

"那你呢？你的婚姻幸福吗？你的婚姻生活起作用了吗？"

"你知道吗？结婚这么多年后，我的婚姻生活已经不是一个有趣的话题了。已经无法叫停了，明白吗？"

"你有孩子吗？"

"有一个，已经十五岁了。叫古斯塔沃。"

"有个孩子应该是件很好的事。如果有个孩子，我的婚姻或许就能持续下去。"

"或许吧，再和我说说你的事。"

"但是，先告诉我，你是做什么的？小说家？记者？侦探？你总让别人倾诉，自己却不发一言。"

"让我来解释一下：我是一个久经沙场的老手，已婚，还有一个儿子，这样的人总会让人感到乏味。但一个像你这样的女孩，年轻、漂亮，还单身，这样的人总会让别人产生兴趣。"

玛塞拉慢慢地嚼着一小块面包。她提问时，脸上带着模棱两可的微笑。

"你想对我负责吗？"

布迪纽爽朗的笑声引得鲁斯·阿梅苏阿、克劳迪奥·奥坎波和何塞·雷伊纳赫转过头来。等到他们三个又回过头去，布迪纽才愉快地看向玛塞拉。但他并没有碰触她。

"我怎么没早点想到？确实是个好主意。"

现在是她笑出了声。

"虚伪。"

这次回过头来的只有奥坎波，他评论道：

"看来男士们过得很愉快。"

米尔塔·本图拉脱下了外套，肩膀上那颗恰到好处的痣闪烁着光芒。贝鲁提装作不经意地向她投去一瞥，但看到那裸露着的、充满异域风情的、古铜色的背部，他还是感到些许尴尬。与此同时，以防万一，他开口了。

"我们很早以前就开始犯错了，从上学开始。缺乏宗教信仰，都怪那无情的世俗教育。还有那些叫嚣着孩子应该自由地表达自己意见的人。我在法语学校上学时可受到不少责罚。但现在，要是老师拉了学生的耳朵，只不过是拉一下耳朵罢了，那些还在上小学的小鬼就能立马给这个老师来场地狱审判。"

"我是在多明我会①的学校上的学。"

"原来如此，看，结果如何？你有了自己的个性，不再是芸芸众生。"

"谢谢你这么说，贝鲁提。"

"我说这话可不是要恭维你，只是为了印证我刚才的观点。这就是我喜欢这个国家的一点，在这里，上帝存在于一切之中。在教育中，在宪法中，在种族歧视中，在武装力量中。美国是一个十分虔诚的国家，而我们的国家则十分世俗。我们支离破碎的原因就在于此。上帝团结一切，世俗分离一切。"

米尔塔的脚悄悄地靠近了贝鲁提四十二码的鞋子，似乎只是不小心。贝鲁提并没有把脚收回来，他还无法确定米尔塔是不是把他的脚当成了桌脚。于是，他调整了自己的情绪，重新

---

① 多明我会，亦称"多米尼克派"，天主教托钵修会主要派别之一。1217 年由西班牙人多明我创立。同年获教皇洪诺留三世批准。1232 年受教皇委派主持异端裁判所，残酷迫害异端。曾控制欧洲一些大学的神学讲坛。除传教外，主要致力于高等教育。意大利的波洛尼亚大学、法国的巴黎大学、英国的牛津大学等均为该派从事教学和研究活动的场所。

投入到对话中。

"我并不奢望人类永不犯错。人无完人①。错误和罪过存在于人的天性中。"

"你指的是原罪吗?"

"对,你听懂我的话了。但你得知道,毫无负罪感地犯罪,甚至愉快地犯罪,就像无神论者做的那样,和我们犯罪,在上帝面前承受天主教徒该有的罪恶感,这两者之间可有天壤之别。"

"我还想补充一点,我认为罪恶感给罪过添上了另一种滋味。"

贝鲁提把他四十二码的脚移开了一小步,米尔塔的脚也紧接着跟了上来。验证了自己的判断后,他不再摇摆不定,自信地昂起头,把手放在已经有些凌乱的头发上。

"没错,另一种滋味。无神论者犯错是多么地无趣啊!做了一件应该受到谴责的事,却没有任何人谴责你。"

"太可怕了,光想想就让我的心哆嗦个不停。"

"所以说,杰出的艺术作品都和罪过有关。"

"换句话说,所有杰出的艺术作品都和上帝有关。"

"当然了,没有上帝就不存在罪过之说。杰出的艺术作品都和罪过有关,因为犯罪是被禁止的,不仅如此,犯罪的人还会受到惩罚,禁忌和罪恶之间的冲突是有美学上的意义的。这么说吧,艺术就是禁忌和罪恶碰撞时迸发的火花。"

"你说得很有道理。"

---

① 原文为拉丁语:Errare humanum est。

"真的吗？这些是我刚刚想到的，就在和你交谈的时候。"

"你真了不起。"就在她被尼龙长袜包裹着的腿肚子接触到另一个被免熨烫长裤包裹着的、温热的腿肚子时，米尔塔说。

拉腊尔德耸了耸肩。实际上，他对索菲亚·梅罗格诺略显强硬的夸夸其谈毫无兴趣。不仅如此，他对这个人也毫无兴趣。但索菲亚却打定了主意，非得说服他不可。

"拉腊尔德，我并不怀疑您的判断能力，只觉得您是在嘲弄我。您能告诉我，在哪儿能获得更多的自由吗？您来说说，只要说一个就好了，就一个。"

"亚马孙热带雨林，比方说。您注意到了吗，在那里可不存在所谓的代议制民主。"

"像我刚才说的一样，您是在嘲弄我。作为一个好记者，这就是您唯一会做的事：嘲弄别人。"

"不是这样的，小姐，我们也会做别的事。"

"您能不称呼我为小姐吗？"

"抱歉，我以为您单身。"

"我当然单身了，蠢货，只不过我有名字，我叫索菲亚，在家里大家都叫我妮娜。"

"哦。"

"您会如何讲述您在这里看到的一切呢？"

"我无法讲述看到的一切。"

"这又是为什么呢？"

"我没有办法讲述，妮娜。从记者的角度来说，我的工作是把我看到的美国塑造成蒙得维的亚人在好莱坞电影里看到的那个美国。如果能写比弗利山庄①，为什么还要写小石城②？要是我写：一个'垮掉的一代'诗人因无法容忍美国的生活方式，从洛杉矶一幢三层楼房跃下，却没死成，只好接着活——令他憎恶的美国生活方式毫发未损，他的两条腿却摔断了。蒙得维的亚人不会喜欢这种文章，我的总编辑甚至会通过海底电缆给我拍一份电报，只为狠狠地教训我一番，警告我不要把自己的软肋展示给敌人看。我还不如写写人工智能的优势，蒙得维的亚人喜欢看这些。我们的财政部长，我们的足球教练，还有我们走私集团的头领，他们的理想都是拥有人工智能。精确的计算，不给即兴发挥留一点空间，以此应对人力资源稀缺的困境，最重要的是，人工智能是某种可以依靠的东西。您对人工智能感兴趣吗？很多发展中国家，包括乌拉圭，仍然在使用它的初级替代品，我指的是占星术。但是人工智能可比占星术可靠得多，这也是我下一篇文章的主要内容。我的初步成果。"

"您是不是有点醉了，拉腊尔德？能告诉我您为哪家报社工作吗？"

"《真理报》。但您可别在报纸上找我名字的缩写，我的文章通常都是不署名的，或者署了我的笔名：阿拉迪诺。"

"阿拉迪诺先生，告诉我，您是什么星座的？"

"处女座。"

"处女座？冲动、敏感、保守、积极、理性、实干精神、

---

① Beverly Hills，位于美国洛杉矶，坐落于清爽宜人的太平洋沿岸和比弗利山山脚下，有"全世界最尊贵住宅区"称号，被人们称为财富名利的代表和象征。

② Little Rock，位于美国阿肯色州中部，是该州首府和最大城市。

执着、忠诚，还有过度劳累的倾向。"

"老天，您懂得可真多。至少总是过度劳累这点被您说中了。无论如何，我得用人工智能核实核实，看看您对我的性格分析是否准确。"

拉腊尔德顺手拿起酒瓶。

"再来一杯，配甜点，妮娜。"

低沉的电话声从相对较远的地方传来，桌子的一角，巴列斯特罗斯听了阿基拉尔的一个笑话，正在捧腹大笑；坐在中间的加夫列拉·杜佩提特低声说着"在这里，乌拉圭人的身份让我羞愧"；而在另一边，奥坎波和安赫丽卡·佛朗哥抓住了最佳契机，唱起了《别欺骗自己的心》二重唱。要不是何塞走进来，要求大家安静一会儿，没有人会闭上自己的嘴。

"巴列斯特罗斯先生，有人打电话找你，说有**非常紧急**的事。"

巴列斯特罗斯的笑声戛然而止，他惊愕到了极点，甚至不由自主地打了个嗝，但他立马借助几声咳嗽巧妙地化解了自己的尴尬。

"我的天啊，**非常紧急**。"他边说边站起身来，往外走时脚步甚至有些踉跄。他在拉腊尔德的座椅靠背上倚了一会儿，才继续迈着小步往外走，似乎有些蹒跚。

加夫列拉不作声了。探戈二重唱也停在了"不要以为这是嫉妒或怨恨"。桌下，所有的手和脚都回到了原来的位置。玛塞拉第一次碰了拉蒙放在桌上的手。

"不知道为什么，"有人嘟囔着，听起来很忧虑，"我有一种预感，发生了一件特别糟糕的事，和我们所有人有关。"

雷伊纳赫定定地看着墙上艾克①的挂画，咀嚼着，时不时还吧唧着嘴；索菲亚·梅罗格诺绞着手；塞丽卡·布斯托斯擤了擤鼻子；阿基拉尔点燃了一根从祖国带来的共和国雪茄后，把打火机凑到费尔南德斯用微微颤抖的双手捧着的切斯特菲尔德香烟下；米尔塔·本图拉在贝鲁提殷切的帮助下重新穿上了外套；鲁斯·阿梅苏阿打了个喷嚏，但没有人和她说"上帝保佑"②；拉蒙做了个深呼吸，用左手——右手正忙着对付玛塞拉——拿起酒杯，把剩下的酒一饮而尽。

走进来的巴列斯特罗斯和走出去时大不相同。显而易见，发生了什么事，这件事让他的大脑在霎时之间一片空白，完完全全的空白。他的表情中满是迷茫，似乎下一秒就要哭出声来。

"可怕的事，发生了可怕的事。"

他结结巴巴地说着，所有人都竖起了耳朵。

"哪里？"一些人问。

"那里。"

"乌拉圭？"拉腊尔德追问。

"对。"

"请具体说说。发生了什么事？"

"一场天灾。可怕的洪水，海啸，具体还不清楚，过一会

---

① 艾克（Ike）是德怀特·戴维·艾森豪威尔（Dwight David Eisenhower）的绰号。德怀特·戴维·艾森豪威尔，美国政治人物、陆军将领，曾在1953年至1961年间任美国第34任总统，亦是美国历史上的十位五星上将之一。
② 西语国家的人有此传统，有人打了喷嚏，其他人要说"Salud"或者"Jesús"，拉美人更习惯说前者。

儿他们会再打电话来。一切都被摧毁了。整个国家都成了一片废墟。洪水席卷了街面上的一切，所有的桥都被冲走了。不知道有多少人伤亡。一切都被摧毁了。从未有过的大灾难。整个国家都被从地图上抹去了。乡村和城市，被夷为平地，夷为平地。"

鲁斯·阿梅苏阿尖叫一声，向后倒去，费尔南德斯和布迪纽扶住了她；索菲亚·梅罗格诺大声哭泣起来；塞丽卡·布斯托斯死死盯着墙，豆大的泪珠从她的脸上滑下，滴在她面前的第二个冰淇淋球上；加夫列拉紧咬下唇，又用手捂住了脸；雷伊纳赫是目前为止唯一一个忍不住放声大哭的男士。拉腊尔德紧张地问：

"但是，您是怎么知道的呢？"

"我的邻居，一个墨西哥人，在电视上的新闻节目里看到了。他知道我在这里，就打电话来通知我。"

安赫丽卡·佛朗哥把一个装着香水的细口小瓶放在鲁斯的鼻子下，鲁斯苏醒过来，睁开眼睛，但随即又闭上了，她开始哭泣。米尔塔·本图拉祈祷着。

"耶稣基督，他唯一的儿子，我们的主。"

贝鲁提冷冷地看了她一眼，问道：

"有人受伤吗？"

巴列斯特罗斯摇了摇头。

"别再问我了，我已经喘不过气来了。我刚才说了，我不知道具体的伤亡人数。他们只告诉我，乌拉圭已经从地图上消失了。一切都被夷为平地，一切都结束了。"

何塞在角落看着这幅景象，感到有些困惑。他向厨房走去，及时拦住了那个曾把小拇指塞进鼻孔的侍者。

"等一会儿。你还没给他们结账。"

玛塞拉轻轻地啜泣着，她还没有完全失去理智。

"真不敢相信，竟然发生了这样的事。"布迪纽说。

"我就知道。巴列斯特罗斯走出去的时候我就和你说了，我就知道是一件和我们所有人都有关的事。"

"太可怕了！"

"塞萨尔还在那里。"

"你的丈夫？"

"是。"

"他对你来说很重要？"

"是的。"

"这是上帝的惩罚，"加夫列拉尖声说，"因为我说在这里，乌拉圭人的身份让我羞愧。这是上帝对我的惩罚，这是我应得的。我可怜的妈妈，我可怜的外婆，还有我的兄弟。啊，我不能再想了，我不能！"

"您注意到了吗？"阿基拉尔对塞丽卡·布斯托斯说，"刚才我有点愤世嫉俗，现在我觉得喉咙好像哽住了。"

"一切都被摧毁了。"雷伊纳赫嘟囔着，"一切，包括我的商店。我的商店也从地图上消失了。不可能。诸位知道我的商店吗？在 18 街和加博托街交界处。您真的觉得那家店很不错？上个月我刚换了灯牌，店门是扇旋转门，还有两辆配货用的卡车。太糟糕了，所有这些……诸位听到我之前说的话了吗？至少您听见了，加夫列拉，我说我们不生产任何东西。这不是真的，乌拉圭是个好地方，加夫列拉。在那里你可以毫无畏惧地工作。我的父亲是犹太人，我也是犹太人。我在蒙得维的亚出生，但我是犹太人。我有个叔叔从德国逃走了，因为在那里，对犹太人的压迫是极其恐怖的。那不是一场海啸，却和海啸一样让人恐惧，我的家庭在那场灾难中失去了一切。而在乌拉圭，没有人会来烦扰我们。乌拉圭是个极好的国家，人们可以在那里找到工作，但它却从地图上消失了。我之前说什么我唯一的祖国就是私营公司，那不是真的，不是真的，极好的国家。却消失了。多么好的国家。"

"愿你的旨意行在地上，如同行在天上。"米尔塔·本图拉祈祷着，"我们日用的饮食，请于今日赐给我们。"

"闭嘴。"贝鲁提说，眼睛向外凸出。

"什么？"她问，震惊极了。

"闭嘴！他根本不存在！上帝根本不存在！"

"但是，你刚才不是这么说的。"

"蠢货。上帝不可能摧毁一切，但现在一切都被摧毁了，所以上帝不存在。懂了吗？你怎么可以这么平静地祈祷呢？难道乌拉圭没有你的亲戚，你的朋友？除了修女之外什么人都没有？

"当然有了，"米尔塔突然失声痛哭起来，"我的爸爸，我可怜的爸爸，可怜的好爸爸。"

"让我们看看上帝会不会保佑你可怜的好爸爸。"

"别说了。"

"我有两个孩子，你明白吗？两个孩子，一男一女。要是上帝杀了他们，我是说，要是海啸杀了他们，我向你发誓，对这个十字架发誓，我再也不会相信任何东西了。"

"就像他们说的那样，"索菲亚紧咬牙关，啜泣着，"这是个惩罚。这是上帝的惩罚，惩罚我从来没有工作过。"

"别像个小孩子一样。"拉腊尔德严肃地说。

"惩罚我向来看不起那些可怜人，惩罚我总是叫他们贱民。"

"能不能别这么说。"拉腊尔德说，摇晃着索菲亚的肩膀，他已经有点不耐烦了，"要是这是对您的惩罚，仅仅是对您的惩罚，命运不会让您预先获得拯救，与此相反，命运会把您放在灾难的中心。"

"您难道不明白吗，这样才更糟。您不明白这种无能为力的感受吗，什么忙都帮不上，甚至不能亲眼目睹这场灾难，您不明白这才是最糟的吗？另外，我向您坦白，我必须向您坦白，我之前和您说的都是些装模作样的话，都是假的。我喜欢那个国家，一个不值一提的国家，但我喜欢。我不能生活在这里，和那些机械的、下流的、天真得愚蠢的人一起在这里生活。"

安赫丽卡·佛朗哥把钱包里的美元一张张拿了出来，把它们撕成三片，然后又撕成更小的碎片。

"没什么。没什么是重要的。"

奥坎波把一只手臂搭在她的肩膀上，她平静下来。

"不要这么歇斯底里。过后你就后悔了。把一百美元的钞票撕碎，你是疯了吗！你这么做能解决什么问题？"

"这是个惩罚。我要为了之前说的话惩罚自己。美元对我来说根本不重要，你明白吗？"

"但是，女人，不要担心，我并没有把你之前说的话当真。"

"我说我在乌拉圭的时候很腼腆，那不是真的。我从来不腼腆。"

"我知道了。"

"在那里，在这里，都一样，我一直是现在你看到的这个人。一个婊子。除此之外什么都不是。"

巴列斯特罗斯的双手顺着椅子侧面滑下。他的眼里含着泪水，想哭却又哭不出来，此时他庞大的身躯看起来极不协调，简直像个肢体不全的人。

"您看，"他对拉腊尔德说，"话不能说得太早。刚才我还在说不会再回乌拉圭，此刻却无比希望自己在那里。我愿意用十年的生命来交换。一个人竟然需要经历如此深重的打击，才能明白自己到底属于何处，真是讽刺。告诉您一件事，我想着帕索莫利诺，想着那里的一切现在都成了废墟，不复存在，您看，我这么一个年过花甲的浑蛋，想到这些竟然哭得像一个水罐。您去过帕索莫利诺吗？您记得那些栅栏吗，很高的那些？日落时分我很喜欢待在那儿——顺便说一句，那时我已经不再是一个孩子了，我待在那儿，看着火车开过。有时候会连续开过三列火车，于是，被栅栏隔开的汽车、公交车、有轨电车越聚越多，排起了有两个街区那么长的队。听起来有点蠢，但是看到栅栏终于打开，随机组成的这条长队猛地动起来，我感到很愉快。"

"塞萨尔肯定在萨尔托。"玛塞拉平静地说。

"他在那儿做什么？"

"我公公在那儿住院，是塞萨尔——工作最忙的人——在照顾他。"

"你的丈夫是个怎么样的人？"

"外形上？"

"对。"

"高高瘦瘦，深色的头发，绿色的眼睛，鼻子很挺，肩膀很宽。"

玛塞拉用手巾擦了擦太阳穴。

"你先别慌。"拉蒙说。

玛塞拉勉强笑了笑，优柔寡断地做了个抱歉的手势。

"对不起，竟然要你来安慰我，给我力量，我太蠢了，竟然没意识到你的亲朋好友也在那里。"

"我们每个人的亲朋好友都在那里。"

"你的儿子，你的父亲，你的妻子。"

"是，我的儿子，我的妻子，所有的亲朋好友。"

"太可怕了。"

说完她放松下来，一瞬间丢弃了所有的理智，所有伪装的理智，大哭起来，眼睛大睁着。同时，她像突然明白了一件事似的丢弃了她的骄傲、羞愧和装腔作势，毫无悔意地说：

"我爱他。我需要他。这实在太难以忍受了。不可能。"

布迪纽看了看她，点燃一根烟，递了过去。接着他又为自己点了一根。

"古斯塔沃。多莉。"他在心里大声说。

就在这时，电话铃又响了。所有人都呆住了，就像在玩孩童们常玩的木头人的游戏。何塞又走了进来，没说任何话，只是看了看巴列斯特罗斯。巴列斯特罗斯站了起来，这次没再踉跄。他几乎是跑着出去的。事实上，所有的人都站了起来，向门外走去。

"有什么消息?"巴列斯特罗斯一拿起话筒就问。

所有人的眼睛都紧紧地盯着巴列斯特罗斯。门的空间被无数双眼睛填满了。突然,巴列斯特罗斯庞大的身躯松弛下来,何塞是第一个冲上去扶住他的。布迪纽接过了正往下掉的话筒。

"我是巴列斯特罗斯先生的朋友。他刚才晕过去了。发生了什么事?"

他听了一会儿。挂上电话后,他呼出一口气。布迪纽觉得,他好像把肺里储存的所有气体都排空了。

"感谢您。"所有人都关注着布迪纽说的话,"您不知道我们有多感激您,先生。是的,巴列斯特罗斯先生已经恢复了。毫无疑问,之后他会给您回电的。"

巴列斯特罗斯睁开了双眼,但说话时仍有些语无伦次,他向布迪纽示意,让他向大家说明情况。

"虚惊一场。"布迪纽说,"巴列斯特罗斯的朋友听说了另一条截然不同的消息。的确有一场洪水,内陆的一些地区被水淹了。但是并没有什么海啸,也没有伤亡。只不过今年的洪水比往年的更来势汹汹。"

一片寂静。然后,雷伊纳赫发出了一生沙哑的呼喊,像是某种来自喉部的喜悦,又像是"商店"这个词。奥坎波弯下身,捡起几片已被撕成碎片的钞票,把它们还给安赫丽卡·佛朗哥。

"把它们粘起来,然后去银行换。"

"谢谢。"她说,茫然地坐下。一缕发丝从她原本完美无缺的发髻中掉出来,垂到了脸颊边,因被汗水和眼泪浸透而变得黏糊糊的。

奥古斯廷和鲁斯在角落亲吻着。贝鲁提试图靠近米尔塔·本图拉，但她却冷冷地看着他，咬牙切齿地说：

"别碰我，听懂了吗？"

塞丽卡·布斯托斯转向阿基拉尔，他正靠在墙上。

"好了，什么都没发生，每个人都回去干自己的事。水又一次流进河流，您又回到美洲国家组织，直到死亡将你们分开。"

索菲亚·梅罗格诺照着镜子。

"我的样子糟透了。看起来简直像个海啸受难者。"

"然后呢？"拉腊尔德在边上问。

"看，今晚我们所有人都说了些蠢话，不是吗？"

这个时候，何塞趁机跑到曾把小拇指塞进鼻孔的侍者面前，说：

"快，现在去送账单。"

侍者把账单递给巴列斯特罗斯时，他还以为又是一个会让大家情绪产生波动的惊天大消息。但他立马意识到，事实并非如此。

"哦，是账单。"

贝鲁提和雷伊纳赫凑过来帮他一起做除法，算出每个人应该支付的金额。

"除以八，女士们不用出钱。"贝鲁提说。

雷伊纳赫和巴列斯特罗斯没有说话，算是接纳了贝鲁提的建议。

布迪纽一直举着玛塞拉的大衣，直到玛塞拉终于把它披在了肩上。

"怎么样？你从这次的虚惊中学会了什么吗？"

"是的，"她说，"你呢？"

他在回答前犹豫了一会儿。

"是的，我也学到了一点东西，但不多。"

他说话时的语调使玛塞拉有些担忧。

"刚才你说：古斯塔沃。多莉。多莉是你妻子的名字吗？"

他像被捉了现行一样尴尬地笑着。

"不，不是我的妻子。"

何塞收下小费，叹了口气：

"连十分之一都不到。"

大家缓缓走出餐厅。此刻，朝向百老汇大道的大厅里已经没有空位了。一些食客看到了张开手臂的加夫列拉·杜佩提特，听到了她大声的、痛心疾首的呼喊，感到有些摸不着头脑：

"诸位应该承认，我们就是些废物。在那些少之又少的时刻，警报出现了，却只是些错误的警报。诸位已经看到了，我们永远无法拥有一场毁灭性的大灾难。"

二

　　窗户开着。窗下有一排法国梧桐树，半数以上的树叶都一动不动，剩下的那些也只是微微地颤抖着，就像有人正挠着它们的胳肢窝似的。我像个罪人似的流着汗。空气中弥漫着紧张的气息，但我知道，什么都不会发生。我还能怎么说呢？就是现在，我敢打包票。在我不怎么开心的那些日子里，我总犯糊涂，总相信自己不是这样的人，总觉得生活是玫瑰色的，总有诸如此类不切实际的念头。在那些感觉特别糟糕的晚上，我几乎要失声痛哭，但最后还是忍住了，只是沉默地用枕头蒙住自己的头。或许我有些夸张了。人在被悲伤浸没时不可能保持绝对的理智，或许绝望是个更贴切的词。是的，我们还是把这种情绪称作绝望吧。当然了，这是个专属于我的词，别的人会给它贴上其他的标签：疑病症①、神经衰弱、月夜狂②。我已经和自己达成了共识，所以，我把这种情绪称作绝望。就是现

---

① 疑病症又称疑病性神经症，主要指患者担心或相信自己患有一种或多种严重躯体疾病，纵使医学检查显示阴性、医生给予没有相应疾病的医学解释，病人的顾虑仍无法被打消。

② 月夜狂，此处应指一到满月的夜晚就会失去理智，作出某些反常行为的病症。

在，我确定，因为现在我既不高兴，也不绝望。我现在，该怎么说呢，只是很平静，仅此而已。不，我说错了。应该是，我现在极其平静。这样说才对。

雨开始下了。我仰起脸，站在这扇九层楼高的窗前，我比走在*主大道*上的那些无知行人更早地意识到雨的来临。我第一次赢过别人。是时候闭上眼睛，说：*和所有家族一样，我们布迪纽家族也有自己的历史了吗？* 自从在龙舌兰餐厅和那些乌拉圭人吃过晚餐之后，我就应该重新考虑所有的事。至少应该尝试一下，没有任何损失。闭上眼睛。和所有家族一样，我们布迪纽家族也有自己的历史。继续。有时候我儿子相信他是——或即将成为—— 一个大人物。他当然想错了，但是他只有十七岁，这算不上一个严重的错误。在这个家族里不曾出现、也不会出现另一个大人物，只有老头。充满原则的大话，令人振奋的演讲，高大的形象。他吞噬了我们所有人。我从来不是拉蒙·布迪纽，我只是埃德蒙多·布迪纽的儿子；我的儿子从来不是古斯塔沃·布迪纽，他只是埃德蒙多·布迪纽的孙子；甚至我的爷爷，近年来也只是埃德蒙多·布迪纽的父亲。出于某些原因，家里所有的人都以"您"来称呼他。所有人：儿孙辈，包括他们的配偶①。他一直保持着这个已经过时的习惯，强调他和所有人之间都存在距离。永远难以逾越的距离。从上至下，蔑视；从下至上，崇敬。有一次，鲁文和马利亚诺来找古斯塔沃一块学习，但古斯塔沃不在。这时，老头出来和他们打招呼，鲁文问了他一个问题，具体内容我记不得了。总之，老头花十几分钟阐述了他的看法，赢得了他们的尊敬。那是什

---

① 在拉美国家，老一辈之间习惯以"您"称呼他人，而年轻人则习惯用"你"。

么眼神啊，满是兴趣、尊敬和钦佩，甚至满是崇拜！这是理所应当的，老头从来不在乎与他对话的人有什么社会地位，对所有人来说他的话语同样精彩、同样令人信服，有时他的话甚至还能起到拨云见日的效果。古斯塔沃也很崇拜他，但有时他会感到诧异，爷爷竟如此热情地——甚至是浮夸地——捍卫着已被历史抛弃的事业。无论如何，他依然崇拜他，这是毫无疑问的。我希望被我的儿子崇拜吗？不。或许我应该这么说：我不知道。

这只鸽子在雨里干什么呢？行走对它来说是那么地困难。那么久，已经过去那么久了吗？那时他应该三十五六岁，不对，应该是三十七岁。这是我脑中关于他最早的记忆，比这更早的，只有一闪而过的画面和相簿里的照片，而这段记忆不同，它是完整的、完美的。那时他还不是老头，只是爸爸。我六岁时常常呼唤和思念的爸爸。现在已经没有那种什么都卖的玩具店了。那个时候，这种店里的玩具多得可以一直延伸到地平线。三轮车、球、滑板车、空竹、飞行棋，还有锡兵。"你想要哪个就选哪个。"爸爸说。我一直盯着自己的漆皮鞋看，这时才慢慢地抬起眼。我看得很慢，因为我想好好地看看每一个玩具，把一切尽收眼底。在柜台后站着一个男人，他忍不住笑出声来。"他很为难。"他说。"你决定好了吗？"爸爸坚持要我说出自己的决定。我想要三轮车，但我也想要滑板车，还有球，还有锡兵。我必须作出选择。爸爸向我承诺过："要是你乖乖地让医生打针，不哭鼻子，我就带你去玩具店，给你买一件你最喜欢的玩具。"为什么我还记得玩具店店主的名字叫欧东尼？我没有哭，爸爸也遵守了他的诺言。我最喜欢的是那盒锡兵，这让我感到很遗憾，因为锡兵是所有玩具里最便宜的。"有什么问题吗，小鬼？"欧东尼问。他的脸让我觉得不太舒服。我用尽全力，试图告诉自己，其实我最喜欢的是三轮车。我很清楚，三轮车是最酷的，街上所有的孩子都想拥有它。拉古尼亚斯。拉古尼亚斯街。"怎么说？"爸爸又问，这次还看了看手表。"我想要锡兵。"我直着舌头说。很久之后我才明白，听了我的话，欧东尼和爸爸都感到失望，尽管——显而易见——是出于完全不同的原因。① "再好好想想，孩子，"欧东尼提醒我，"难道你最喜欢的不是滑板车吗？滑板车上可有橡胶轮箍、刹车和铃铛哦。""滑板车好极了，但我更想要那盒锡兵。""随他去吧，"爸爸开口了，"他知道可以选择最想要的那个。"我松了一口气，欧东尼向我推荐滑板车，这让我开始质疑自己的决定。而那个时候，质疑是我最不需要的，我需要的是坚信，坚信自己在任何情况下都会毫不犹豫地选择锡兵，无论面对着多么新奇的玩具。"我想要锡兵。"我又坚决地重复了一遍，欧东尼的最后一丝希望破灭了。爸爸微笑地看着我，蓝色的眼睛暖暖的。他拿出打火机，说："我们要买十盒锡兵。"我抱住他的一条腿，随即意识到自己把他笔挺的裤缝压塌了，便松开了手。"十盒不一样的吗？"我问，仍然有些紧张，不敢相信眼前发生的一切。"不一样的。"爸爸向我保证。欧东尼有风湿病，但还是像猴子般爬上梯子，下来的时候他的脸上带着一种有些虚伪的歉疚，手上只拿了九个盒子。"只有九种不一样的。"他解释道。在他们想出替代的方案之前，我赶忙说：

---

① 主人公无法发出"r"的卷舌音，在说"我想要锡兵"（Quiero los soldaditos）时没能卷舌，想必这就是爸爸失望的原因。

"那我就要两盒蓝色的，骑着马的。"欧东尼笑了起来。我的脸红了，但主意没变，我又低下头，看着漆皮鞋的鞋尖。我想象着整条街上的人都注视着我。我不希望欧东尼让配送员送货上门，谁知道它们什么时候才会被送来？我决定自己把它们带回去，把它们放在两个巨大的购物袋里，一手拎一个。"你看起来像只蚂蚁。"爸爸说，"至少让我帮你拎一个袋子吧。"我不想让他帮忙，虽然我的手很痛，尤其是左边的手，但这是我自己的东西，我要自己拎。"为什么我看起来像只蚂蚁？"为了消磨时间，我问道。我当时说的可能是：*"为什么我看起来像滋蚂蚁？"*但那个时候我的直舌头并不完全是真诚的。区分是否真诚的主要特征在于，我是否已经意识到，直舌头的我会引起他人的同情。另外，不发卷舌音让我觉得很舒服；为了发出这个音，我必须绷紧下颚，把舌头贴在上颚的齿龈上。爸爸笑了，我的发音让他觉得很有趣。"因为你拎着很多东西。"他回答。我们还得走一个街区。"别犯傻了，"他最后说，"我不会把你的玩具吃掉的。"说着便从我手上接过了一个袋子。我从侧面看了看他，检查了他的鞋子、裤子、金色皮带扣的皮带、蓝色领带和领带夹、衬衫硬领、稻草编织袋和上面系的黑色的*丝带*。和爸爸一起走总是令人愉快的，我无法准确地用语言形容那种感受，但我总觉得自己被保护着，因此感到满足。知道自己是这样一个人——完美无瑕、优雅、胡楂总刮得干干净净、自信、审慎地对待一切、毫不犹疑地理解一切——的儿子真是件好得不能再好的事。

雨停了，天气却依然闷热。只要老头愿意，他可以用他的绝对优势把古斯塔沃逼到无路可退。昨晚，老头强迫他明确自己的政治立场。之后，他又是讪笑又是讽刺，开古斯塔沃的玩笑，还说些双关语，用自己的论点把古斯塔沃搞得泄了气，一言不发，羞愤难当。在那个瞬间我突然很爱古斯塔沃，和平日不同，那一瞬间的爱不仅仅是父亲对儿子的温情，还是一种积极的、重获新生的、富于战斗精神的爱。事实上，老头对自己说的话并无把握，却一副胜券在握的样子；相反，古斯塔沃虽然很清楚自己在说什么，却不懂应该如何表达。老头久经沙场，是论战中的常胜将军，精通各种话术；而古斯塔沃在这方面充其量算个还在吃奶的娃娃。然而，我仍然想把赌注押在后者身上。他的青涩中有一种类似信念的东西。他的运气不错，他身处的世界见证了他所受到的羞辱，决定拿他的命运赌一把，把那古老、遥远的获救的可能变成某种确定无疑的东西。现在的世界和我少年时代的世界完全不同；我们清楚地看到了一切，充分意识到我们所处世界的制度简直是全人类的耻辱。但是，我们仍然放任自己默认了国内的混乱，几乎像在自说自话。好吧，但这是为什么呢？或许我们的信仰是理论上的，是修辞学上的，是带来我们渴求的变革的可能，但它不深沉、不饱满，更不是必不可少的。我们认为自己知道好的东西在哪里，但在谈到胜利的可能以及得到那些好的东西的可能时，我们却成为了职业的悲观主义者，甚至宿命论者。星期三马利亚诺提到了阿肯色州一个议员的宣言，相当不祥的宣言。"不用担心，"他说，"只是溺死者激起的最后一点水花而已。"这就是我们之间巨大的差别。我们认为他们是不可战胜的。

老头的办公室总让我感到压抑。另外，现在已经十一点二十分了，老头还没来。我还是走吧。

谁在敲门？他们明知道我正一个人待在办公室里，却在敲门。一群伪君子。怎么会有人如此热衷人前一套、背后一套呢？

　　她正在说的这些和我又有什么关系呢？杰出的女秘书，丰满的女秘书，乳房间夹着一英镑硬币的女秘书，诱惑的代名词，对我来说嘴唇过厚的女秘书，有着绵羊的眼睛的女秘书，蠢蠢的女秘书，不再有诱惑力的女秘书，和我又有什么关系呢？我知道了，我应该看一看"快乐游"计划，还有那份记录着打算去马德普拉塔^①避暑的四十四个游客名字的表格，他们选择马德普拉塔是因为在埃斯特角^②度假实在太贵了。"我们说到哪儿了，麻烦提醒我一下。啊对，这儿，就是这儿。"她弯下身子为我在纸上指出讲到的地方，如此一来，我就看到了她试图用一英镑硬币隐藏的东西。一次我听到她和安祖埃拉说她有七十千克重，估计五十千克都在她胸前的这对家伙上吧。万能的母亲，哺育万物的母亲。如果不那么蠢就好了。"把东西都放这儿吧，我会看的。"这对哺育万物的东西在眼前晃，我什么都做不下去。"一会儿见。"她的背影不那么好看，屁股很塌，比玛塞拉的还要塌，也比苏珊娜的塌。这是我今天第二次想起玛塞拉了。不知道她有没有和她的塞萨尔和好。

---

① Mar del Plata，意为"银海"，是著名的海滨避暑胜地，位于布宜诺斯艾利斯以南 370 公里处，是大西洋沿岸的海滨城市，阿根廷人首选的度假地。

② Punta del Este，即埃斯特角半岛，是乌拉圭主要旅游地，位于乌拉圭首都蒙得维的亚以东约 300 公里，曾是富人的疗养地，现成为南美洲有名的旅游胜地、避暑胜地。

另外，苏珊娜还很聪明。太聪明了。不过现在一切都结束了。两周后就是我们婚礼十八周年的纪念日。什么婚礼？土豆婚礼，肥皂婚礼，管他什么的婚礼。我并不期待这个婚礼纪念日的到来，它让我感到不安，但我没工夫细想其中的原因。我太熟悉她了，我的手了解她的每一寸皮肤，闭着眼睛我都知道，这颗小痣后面还有一颗大痣，乳头周围有一圈粗糙的皮肤。我可以准确地说出她每一根汗毛的长度，她每个部位开口的角度，还有，她阑尾处早已愈合的伤疤形似人工制造的两瓣嘴唇。我知道她身体的哪些部位依旧保持着年轻的状态；哪些已经松弛，连用手指按压都不再会回弹。她有一块比它的伙伴们更突出的椎骨、散发着活力的臀部、有些松弛的性器、光洁的膝盖，以及懂得如何配合我的节奏的腰肢。我们上一次做爱是星期四，但还会有很多个星期四。还有星期二。还有星期六。做爱的过程已经成为无法改变的程序。一般都是这样开始的：不经意的触碰，似乎还没从梦中醒来；然后是持续的、极有说服力的接触，似乎正慢慢清醒过来，直到有一方作出回应，先是某种震颤，然后是疲倦的余音。或许引起震颤的是另一个具有诱惑力的画面，某个美梦或某段回忆。而发出疲倦的余音则是因为回到了现实中。这个星期四，她慢慢地进入我的怀抱，嘟囔着某个以"ng"结尾的词，渐渐从梦中醒来。那个词可能是"拉蒙"，也可能是"莱昂"或"加斯通"。除了嫉妒，我什么都感觉不到。我不认识任何叫这两个名字的人，苏珊娜可能认识叫这两个名字的人，而我被蒙在鼓里。不，她说的是"拉蒙"，我几乎可以肯定。事实上，这并不是问题。问题是，我们的例行程序突然失去了所有的意义。总是相同的方向，毫无惊喜的触摸，全神贯注于给对方带来那瞬间的震颤。那充满混乱、不可复制的宣泄或交换，或战斗或焚烧或预见或呻吟或分歧或灾难或荣耀，出于某种不可言说的利己条约，我们一致同意把这种东西称作爱。福音书作者、使徒约翰说，上帝就是爱。斩钉截铁，没有任何解释，因为任何解释都不可避免地导向无尽。但是，上帝和这混乱的、不纯洁的、流着血的、容易被遗忘的、容易动摇的、崇高的、邈遐的爱又有什么关系呢？无论如何，上帝就是爱，但爱不一定是上帝。我亲吻，我亲吻着她，我不是个伪善者。我亲吻着她，就像我在噬咬她——我确实咬了几次——咀嚼她、消化她。我这么做是因为感到一种迫切的需求，甚至是一种责任，我必须在她身上打下烙印——她也会对我做同样的事——就算只是用牙齿，就算我们中有一个在逢场作戏。留下专属的烙印是生死攸关的事，或者说，是和死亡息息相关的事，因为死亡之人总想穿越生死的界限，在死亡之后继续存在于世。从这个角度来说，拥有一个孩子和制造一道疤痕达到的效果是相同的。事实上，孩子就是一道疤痕。这真是一个完美的定义，应该让学院采用，印到词典上——孩子：爱情的疤痕。

"快乐游"计划是这样的。全程都有音乐相伴，其中，卡洛斯·加德尔①的歌不少于百分之三十，剩余的百分之七十则在流行歌曲中随机选择，年轻人们，别担心，绝对没有巴赫、

---

① Carlos Gardel（1890—1935），歌手、歌曲作家、演员，也是探戈史上的翘楚，被称为"探戈之王"。

普罗科菲耶夫^①或者巴托克^②，一首都没有。"快乐游"为诸位安排了导游，他熟练地掌握两百九十三个笑话，其中有二十五个黄色笑话，绝对能满足诸位男性的需求。要是他不能让诸位满意，诸位尽可以让他吃点苦头，"快乐游"会扣除他的工资，准保让他好几个月吃不上饭。加入"快乐游"，诸位应该忘记自己作为个体的身份，加入到我们的大家庭中，尽情享受这次的集体出游。"快乐游"，缩写是"VCA"，时刻为诸位着想，为诸位鞍前马后，为诸位大汗淋漓，最重要的是，因为有幸认识诸位而感到愉快，毕竟，我们的腰包鼓起来了。*如果能去旅游，砰砰，您还在这里干什么？如果能去旅游，砰砰，为什么不选择"VCA"？*为了宣传，这位诗人确实已经绞尽脑汁了。很好。让杰出的、丰满的、蠢蠢的女秘书立刻进来。

"我已经看过了，建议在广告最前和最后都提及'VCA'。"

在兰布拉大街上漫步真是舒服。一天中最好的时刻。唯一可以自由支配、用来休息的时刻。或者说，此时此刻，我也在"快乐游"。对，就在这里，在面对着发现威尔逊街无头女尸^③的地方。上周警察还在这里发现了一具男尸。想起当时的画

---

① 谢尔盖·谢尔盖耶维奇·普罗科菲耶夫（1891—1953），原苏联著名作曲家、钢琴家、指挥家，20世纪世界上最重要的作曲家之一，代表作品有《第一交响曲》《第五交响曲》《第三钢琴协奏曲》、交响童话《彼得与狼》《亚历山大·涅夫斯基》等。

② 贝拉·维克托·亚诺什·巴托克（1881—1945），匈牙利作曲家、钢琴家，20世纪世界上最重要的作曲家之一，代表作有歌剧《蓝胡子公爵的城堡》、钢琴曲《罗马尼亚地方舞曲》、管弦乐作品《乐队协奏曲》等。

③ 乌拉圭一桩十分轰动的凶杀案，发生在1923年4月25日，引起了全社会的关注。

面，我仍然感到害怕，那张脸简直太可怕了。尽管如此，每次经过这个地方，恐怖的回忆都为我增添了一分乐趣。那舌头多可怕啊，但是，为什么它却攫住了我，吸引着我呢？我第一次看到的死人并不让人讨厌，我愿意把他称为我第一次看到的死人。我跑进去三次，每次他们都要求我保持安静。我知道他们是对的，但我无法控制自己。房间里——离窗户最远的那个角落——躺着那个死人，他的脸色就像床单一样苍白，他的手瘦骨嶙峋、一动不动。"你已经不能为他做任何事了。"埃斯特万叔叔说着，用手帕擦了擦眼睛。所有的女眷都去了花园，在那里她们能够安静地哭泣。一个月前，维克多倒在了种满天竺葵的花坛边。所有人都记得，和天竺葵好斗的鲜红色比起来，维克多的血就是一摊虚弱的、被水洗过的红色。姨妈们一边惊呼一边扶起他，把他抬到床上，之后医生来来去去，穿着白大褂的人给他打了几针，亲戚们站在床边询问他的情况。我期待着。跳马是不能玩了，因为没了同伴；捉迷藏也不行，因为没有人会来找我。奇怪的是，维克多生病之后，我渐渐失去了一个人玩的乐趣，连锡兵都失去了往日的魅力。我开始尝试抛石子、弹珠和陀螺。但我不是总能让陀螺转起来，便厌倦了这个游戏。与此相反，抛石子我很拿手，除此之外，我还在规则中加入了一些变体。有些时候我只是边跑边抛，耳边的声音从火车的汽笛变为马儿的嘶鸣，从运奶卡车的喇叭声变为街区报贩的叫卖声。如果一个人玩是我经自由意志衡量后作出的选择，其中才有乐趣可寻；但现在这是唯一的，几乎可以说是强制性的选择，事情就截然不同了。我喜欢和大人们一起玩，但是维克多生病之后，所有大人都忙得不可开交。我成了一个不重要的人。一个健康的孩子，会按时喝掉他的汤，吃掉妈妈提前为他切好的烤肉，除此之外什么都不是。一个相对来说健康的，不用打针、挂盐水的孩子。有时候我希望自己也能流一大堆血，不过随即一想，无论如何，还是能在花园里自由地奔跑比较好。我已经跑进去三次了，但现在我还是想进去。我做好了准备，就像运动员在起跑前做好了助跑；我安静地走了进去。大家都走了，只剩下奥尔加姨妈，她没日没夜地见证着儿子的痛苦，此刻却坐在藤椅上睡着了，脖子僵着，双手也因为绝望和疲惫绷得紧紧的。她没梳头，一绺花白的头发垂在鼻子上，不时随着她断断续续的、几乎像是在抽泣的呼吸飘动。我第一次意识到，奥尔加姨妈有一张苍老的脸庞，上面布满了皱纹。

维克多一动不动地躺在床上，眼睛睁得大大的，用目光审视着书架上、立柜上、床头柜上的东西。比如说，那架双筒望远镜，埃斯特万叔叔曾经借我看过一次，爸爸的脸看起来那么近、那么大，但事实上，他正在对面的小路上，脸是那么小、那么远。还有那些印着地方服饰的书，带插图的《美洲西班牙语词典》。那个金属结构的组装玩具，起重车只装到一半。还有我的小黑板和粉笔。那是维克多在生病的第一周据为己有的东西，那时他还可以坐着和人交谈，甚至还能发一通脾气。我也一动不动地观察着，期待着一些我也不知道是什么的东西。维克多苍白的脸在床单上虚弱地移动着，幅度很小，但确实在移动着。他大睁的双眼看向上方；他的嘴唇缓缓地嚅动着，无声地说了几个词。我无法靠近他，我被钉在了地板上；其实，我也不想靠近他。有什么事正在发生，而我对此一无所知。维克多的头歪向墙壁，眼睛徒劳地大睁着；奥尔加姨妈打着鼾，嘴里嘟哝着什么，她在椅子里动了动，却依旧熟睡着。我不想继续待在房间里，我怕她醒来，这样一来我就不得不目睹那得以幸存的绝望。我慢慢地向前走了一步，是的，现在我可以靠近了，我伸出手，想够到那架望远镜。我没注意到自己拿反了，通过望远镜，我看到了维克多的头，极小的、遥远的，仿佛已经进入了另一个世界，如果不用尽力气捕捉，它就会消失在视线中。但我并没有感到震惊，我把望远镜放在一块隔板上，踮起脚尖，屏住呼吸，溜了出去。就这样，我狼狈地溜到了花园里，就像一个梦游症患者，这时爸爸来了。一看到我，他立刻明白了一切——发生了什么事，我都看到了些什么。他用手揉了揉我的头发，又把手搭在了我的肩上。他沉默了一阵，之后，他抬起我的下巴，似乎是为了确认我已经哭过了。我仰起头，我的眼睛一定是呆滞的、干涩的。

多奇怪啊，现在的我却在哭泣。只有几滴泪水，但确实在哭。我要把窗户打开，让风吹干我的泪水。我不想让苏珊娜发现。是因为年过四十的男人比八岁的孩子更容易哭鼻子吗？我不知道。真是个浑蛋！为什么要从我的右边超车。当然，开车的肯定是个女人。

我一直很喜欢像此刻这样躺在岩石上，看着大海。为什么我的腿上有这么多腿毛？那个女孩很美，就是有点太白了。看那个晒痕，我的天啊。那家伙是不是正在温柔地抚摸它？我还是看天吧，看天更好。一只海鸥也没有。床单冰凉，屋顶很高，难以企及，上面还粘着些脏脏的东西。灯悬在空中，一动不动，长长的电线，五只苍蝇。"他已经七岁了，"奥尔加姨妈曾经这么问，"他会去上学吗？我猜，他会去私立学校。"爸爸回答说他对此没有任何意见。"送他去私立学校上学，"她说，"你肯定不会反对。因为那里的老师教得很好，这样他就能把浪费的时间补回来，从公立学校毕业的人就像脱缰的野马一样，而且，他们还什么都不懂。"爸爸问了一个问题，大概是："你小时候上的是公立学校吗？"妈妈笑出了声，但爸爸没笑。当然，奥尔加姨妈也没笑。"或许我们会把他送到私立学校去，但和你的想法不一样，我们想让他在那里学一门语言。""啊，"奥尔加姨妈咽了口口水，"英语学校？""不是，德语学校。""在这种时候？""在这种时候，"爸爸说，"我喜欢他们的语言，他最好从小就开始学习。"所以，一切都结束了，我躺在床上想。床单冰凉，曾经冰凉，此刻依旧，但妈妈帮我掖好了被子，掖得很严实。我七岁了。之前的一切都结束了，我不清楚自己会不会喜欢即将到来的变化。学校，一所学校，是哪所并不重要。公立学校到底是什么意思？和私立学校又有什么区别？学校就意味着作业、别的孩子、要遵守的规矩、老师。换句话说就是，我马上就得担负自己的责任。有时维克多会来，我们会玩*跳马*、捉迷藏，但是我更喜欢一个人玩，和我的玩具一起，建立一个只属于我的世界，创造历史和英雄史诗。"充满冒险精神的想象力。"妈妈说。"不如说是具有批判精神的想象力。"爸爸说。我进入了自己的故事里。一座小山，一架飞机，一座灯塔。我从来没有忘记，必须把自己安置在一个高地，这样才能掌控一切。我喜欢那些锡兵，也是因为可以指挥它们，把它们集中起来，分配到不同的阵营中，打败其中的一些，照顾其中的一些，让其中的一些消失。

当一个人把自己当作数百条面无表情、永远保持着同一个动作的生命至高无上的主人时，他就有了一种能够操控一切的权威感。

终于，飞来了一只海鸥。躺下时我总会感到无助、沮丧。沮丧是种什么样的感受呢，就像，比如说，看着那肮脏的、令人恐惧的屋顶一样，知道随时可能有人从那里坠下。有个人曾经从那儿掉下来，流了好多血。沮丧，就像，比如说，看着那个电灯泡，看着它投下的光线，还有那五只一动不动地停在那根电线上的苍蝇，像在等待着什么似的。我编造过，我正在编造一个故事。睡觉前，爸爸来看过我一次，帮我关了灯。他走后，那几只苍蝇开始膨胀，填满了黑暗；它们飞快地变身成为黑色的巨兽，在我的梦中呼啸来去，时不时摩擦着它们的手脚。巨大的、毛茸茸的手脚。我知道这个故事不是真的，但构建这种专属于我的恐惧给我带来一种战栗的快乐。有几个晚上我喊叫着，试图驱赶那浓稠的、难以穿透的黑暗；我发出长长的号叫，那是真诚的、自发的号叫，极度不理智，极度原始，我似乎并没有意识到，有意识地创造了这种恐惧的人正是我自己。

这种时候爸爸总会出现，穿着他的条纹睡衣。他会打开灯，确认——当然了——没有任何危险。我太熟悉这个过程了。我安静下来，但这只是暂时的。在故事里，我已经提前向自己说明：开着灯，可怕的怪物就会变回从天花板上挂下来的电线上一动不动的苍蝇；但在黑暗中，它们就会变形，每天晚上都会变成不同的东西。角落里有个衣架，总有人会在那儿挂一件大衣，一个袋子或一件罩衫。白天，或者开着灯的时候，它们显得那么无辜；但在黑暗中，每件物品都会变回它们真正的模样。每晚都不会重复。比如说，今天晚上罩衣是一头犀牛，明天晚上，它就会变成长着河马头的长颈鹿。在我生日那天晚上，装着围巾的袋子变成了一只巨大的斗牛，还长着奥尔加姨妈的脸。我从来没和任何人说过这些事，这是我和那些怪兽之间不能说的秘密。学校里也有这种浓稠得令人难以忍受的黑暗吗？学校会不会就像院子一样，总有太阳照耀着？这时爸爸进来了，我闭上眼睛假装睡着。他亲亲我，嘟囔了些什么，像是在说梦话。我听到关灯的声音，黑暗又来了。尽管闭着眼睛，我也知道爸爸走了。我的右手里紧紧地攥着几个锡兵，爸爸妈妈不让我把它们带上床，因为我可能会伤到自己，还会划破床单。我紧紧地攥着它们，与此同时我也知道，我已经不是那个至高无上、能指挥整支军队的将军了，我只是个失去所有庇护、连眼睛都不敢睁开的孩子，只能说服自己电线上的苍蝇只是苍蝇，并不会变成古怪的东西。等到我终于鼓起勇气睁开眼睛，一只多毛的爪子摩擦着我的前额，我怕得立马松开了锡兵。我的尖叫声缓缓嵌进墙面，把我与灯光、与爸爸的庇护、与安全分离。

那个女孩。现在她被晒得暖洋洋的。可以说她的目光就是温柔的例证吗？接下来还需要证明温柔是人最重要的品质。古斯塔沃的秘密怪兽是什么样的呢？他的恐惧是什么样的，是什么形状的呢？有那么两三次，我看到过他恐惧的样子，但都是因为外部世界发生的事。比如说，在蓬塔戈尔达的一间房子①里发生的骚乱，还有马加里尼奥家的斗牛犬，那时他还不到八

_____

① 据说这间房子被用作秘密监狱。

岁，正在小路上玩滑板车，突然，那只狗扑到栅栏边，疯狂地对他咆哮。但是，他内心的恐惧呢？

类似闭上眼睛，想象自己死了，死了，死了；或者想象自己被缩小，掉进一个无底洞里。到了现在，我早已不再尝试进入我儿子真实的内心世界，它对我关闭了，但又对谁开放呢？他越过我的肩膀看着某个人，在寻求对立的同时又寻求着保护，在寻求敌意的同时又寻求着支持，意识到这点，我打了个寒战。这个某个人就是老头，是的，什么时候不是老头呢？古斯塔沃也没能和他妈妈建立起这种层面的交流，但对苏珊娜来说这算不上什么。

雨水落到了我的脚上，很凉。几十只海鸥。几百只海鸥。我受够海鸥了。

三

　　我已经至少十年没参加狂欢节了。小时候我常常上台表演，很受大家的喜爱。现在，狂欢节简直让我无法忍受。但是，必须得把这些展示给那些美国佬看。

　　"您不觉得这里非常好吗？"[①]

　　"简直了不得，比新奥尔良都好。"

　　"哦，不，我可去过新奥尔良。"

　　"真的吗？什么时候？"

　　"59年。"

　　她脸上有好多雀斑。一个人的脸上怎么能容纳这么多雀斑呢？他没有雀斑，但有一台柯达相机。一个人怎么能拍这么多照片？这些头从远处看显得特别大，十分明显的民俗学特点。

　　"看这些头。"

　　"多么不可思议。"

　　"多么有趣。"

---

① 这段对话是用英语进行的。

世上不再有加布里奥拉侯爵①真是太遗憾了。他可比他们更符合民俗学的特点。

"您觉得我们有趣吗？"

"你们当然有趣了。"

"抱歉，我们不有趣。"

"什么，请再说一遍。"

"我们是非常忧伤的人。"

"就像探戈一样。"

"是的，我喜欢探戈。"

"噢，我爱探戈。"

"比如，《嫩玉米》？"

"请再说一遍。"

"我的意思是，《热吻》②。"

"噢，当然了，我爱《热吻》，你还记得吗汤姆？"

"什么？"

"就是，汤姆，我们在哈瓦那的希尔顿酒店一起跳过《热吻》。"

"兰塞姆太太，您还去过哈瓦那。"

"每个季节 B.C. 都去。"

---

① Marqués de las Cabriolas，路易斯·马丁内斯·比塞（Luis Martínes Vice, 1891—1959）的绰号，由于他在狂欢节上打扮得十分夸张，人们便给他取了这个绰号。后来，加布里奥拉侯爵甚至成了引领乌拉圭索里亚诺省的狂欢节游行的角色。

② 《嫩玉米》(*El choclo*) 是阿根廷探戈名曲，《热吻》(*Kiss of Fire*) 是路易斯·阿姆斯特朗（Louis Armstrong）和佐治亚·格洛博斯（Georgia Globbs）以此曲为基础而改编的英文版本，在美国一炮而红。

"B.C.？"

"是的，前卡斯特罗时期①。"

他们觉得这辆车怎么样，就是有个可爱的路西法在扎胖女人的这辆？他们笑了，不算太糟糕。

"看这个红的。"

他们是不是开了个和《红色英雄勋章》②有关的玩笑？

"您知道的，兰塞姆先生，它就是我们的红色英雄勋章。"

"请再说一遍。"

"我们的红色英雄勋章。"

"不好意思，我没听懂。"

"您一定知道这本书，对吧？"

"噢，是本书。一个高乔人的故事？"

"当然了，兰塞姆先生，一个高乔人的故事。"

"噢，好的。"

卡普罗和胡萨雷斯大舞台。我站在舞台下面看着，那时我十一岁，没有朋友。妈妈给了我十比索③。1928年的十比索。一大笔钱。可以买写字用的纸、节日用的五彩纸卷、糖果，任

---

① Before Castro，和公元前（Before Cristo）的缩写相同。菲德尔·卡斯特罗（Fidel Castro，1926—2016），古巴共和国、古巴共产党和古巴革命武装力量的主要缔造者，被誉为"古巴国父"，是古巴第一任最高领导人。

② *The Red Badge of Courage*，美国著名的现实主义文学家斯蒂芬·克莱恩（Stephen Crane，1871—1900）创作的长篇小说，以美国南北战争为背景，讲述了一个农妇的独生子不顾母亲劝阻，毅然参加了北方军的故事。小说从一个士兵的角度描写战争，突出战斗环境中个人的具体感受，把士兵们的恐惧和悲伤、懦弱和勇敢描绘得淋漓尽致。

③ 乌拉圭通用货币单位，1乌拉圭比索＝0.194元人民币。

何东西。我去看了牛津剧团的巡回演出，那里挤满了人。我被挤到墙角，爬上一个大木箱。一个表演结束，观众们散开了。又一个表演开始了，台上有个看起来年纪很小的舞蹈演员，一定比我还小。他跳了霍塔舞①、塔兰泰拉舞②、米隆加舞③、马兰博舞④，还有拉威尔⑤的《波莱罗》。表演结束后，他走到了我所在的角落，他的眼睛很大，手臂瘦削。"你喜欢吗？"他问。"喜欢。"回答后，我问他，"你想下去吗？""我不能。"他说。"我有十比索。"我向他展示。他惊讶地瞪圆了眼睛。"允许我失陪一下。"他说。之后，他和一个黑人讲了什么，又走了回来。"我们走吧。"他说。我们从大箱子上跳下去，离开了。"你想一直走到公园去吗？""公园太远了。""不，不远，很近。"我们走得很快，几乎没再说话。我当时有一种邪恶的念头，觉得自己用十比索买到了他的陪伴。这不重要，重要的是此时此刻我拥有了一个朋友。公园黑极了，一个人都没有。"你跳了很久吗？""从上个狂欢节开始的，我还会唱歌。""你会唱什么？""*女人，当你爱上我的时候女人。*""我妈妈也会唱这句。*在棕榈林边。*""这首我没听过。""我不知道你的眼睛对

---

① Jotas，西班牙地区性民间舞蹈，是以对舞为基础的集体舞，以西班牙北部的纳瓦拉和阿拉贡地区的霍塔舞最为著名。

② Tarantelas，意大利民间舞蹈，是一种速度很快的大拍子舞，跳起来有一种狂热的格调。

③ Milongas，流行于阿根廷、巴西、乌拉圭一带的舞蹈，风格近似于探戈。

④ Malambos，流行于阿根廷，高乔人的舞蹈。

⑤ Joseph-Maurice Ravel（1875—1937），法国作曲家和钢琴家，是法国乐坛中与克劳德·德彪西齐名的印象乐派作曲家。《波莱罗》是他最为大众熟知的作品。

我做了些什么。"这首我知道。""*我赫雷斯的马。*""这首我也知道。""我是乱说的,其实我一首都不会唱。""那你知道好多歌词啊。""是啊,有二十多首呢。""真好。""我还会摔跤,你会吗?""不太会。""你想学吗?""好。"他比我小,却很有力气,关键是,他比我狡猾。其实那个时候我已经发现了,他试图把手伸进我的口袋。最后他成功了,他把手拿出来时,崭新的钞票划破了我的裤子。我什么都没说,他松开了我。"你觉得怎么样?""你很会摔跤,谁教你的?""我的老头。""你的老头是干吗的?""他是搬运工。""难怪你力气那么大。""他在港口工作。""很好。""好了,我走了。""现在就要走了?""对,我们还要去另一个舞台演出。""那就再见了。""再见。"他跑走了。我一个人坐在低处的台阶上,觉得筋疲力尽。四周全是植物,有什么在挠我的脸,可能是蜻蜓,或者在夜间飞行的蝴蝶。这时,十岁的舞蹈演员回来了。"拿着。""为什么?""我们摔跤的时候我从你的口袋里拿了钱,但我不该拿,我总是这么干,但这次我不能拿。"我接过了崭新的钞票,它有一点皱了。"你叫什么名字?""安赫尔,你呢?""拉蒙。""我有个叔叔也叫拉蒙。""瞧,安赫尔,这十比索你拿着。""不行,这钱太多了。""我给你的。""我不想要。""你要是不拿着,我就把它放在这个台阶上。""你钱太多了吗?""不是,但我爸爸钱太多了。""你的老头是干什么的?""他有一家工厂,现在还办一份报纸。""印着笑话的那种报纸?""对,印着笑话的。""真好。""这十比索你拿着。""好吧,要是你老头的钱多得用不完,就给我吧。""拿着。""再见。""再见。"十比索没了,但这不重要,在半个小时里我拥有了一个朋友,而且,他还想把

这十比索还给我。

　　"噢，汤姆，我累了。"

　　"您想回酒店吗，兰塞姆太太?"

　　"噢，是的。"

　　"稍等，玛丽，拜托。我正在拍照。"

　　"我真的很累了，汤姆，请宽容些。"

　　"您想待在这儿吗，兰塞姆先生，享受我们的狂欢?"

　　"是的，我想再待一会儿。我很喜欢狂欢节。"

　　"不用担心，兰塞姆先生，我会照顾好兰塞姆太太的。"

　　"噢，您能带她回酒店吗?"

　　"十分荣幸。"

　　"您真是太好了，博迪脑先生[①]。玛丽，你为什么不和我们的这位朋友练习练习你的西班牙语呢?"

　　"我会的，汤姆。"

　　"好的。"

　　"再见，汤姆。"

　　"再见，甜心。"

　　"晚安，兰塞姆先生。"

　　"晚安，实在太感谢了。"

　　这位女士正寻求着什么，我看得出来。

　　"酒店离得远吗?"[②]

　　"不远，就几个街区。"

---

① 应为"布迪纽先生"，兰塞姆先生的发音不标准。

② 此处起，对话使用了西班牙语。

"那我们就走路吧。"

"您的西班牙语说得这么好，是从哪儿学的，兰塞姆太太？"

"我的母亲是阿根廷人，从小我们就会说西班牙语。"

"啊，难怪。"

"我的父亲是爱尔兰人，但他也会说西班牙语。我在北卡罗莱纳州出生，我的兄弟却出生在特古西加尔巴^①。"

"老天，真是天南海北。"

"您真的这么觉得吗？实际上，我并没有结婚。"

"您想回去狂欢吗？"

"不，不想，拜托。"

"您想回酒店吗？"

"不，不。"

"我听候您的吩咐，太太。"

"我们可以去您的办公室吗？"

"去旅行社？现在？已经十二点了。"

"我想您应该有钥匙。"

"要是您的丈夫回到酒店，发现您不在，他会担心的。"

"我丈夫至少还要再拍两个小时，而且就算他发现我不在，也不会说什么的。"

"这样的话。"

"问题是我已经厌倦了我的丈夫，布迪纽先生。"

"或许今晚您有些不舒服，兰塞姆太太。"

"请叫我玛丽，拉蒙。"

---

① 洪都拉斯首都之一，宪法规定首都由特古西加尔巴城（Tegucigalpa）和科马亚圭拉城（Comayagüela）共同组成，称作中央大区。

"您怎么知道我叫拉蒙?"

"我在旅行社的小册子上看到过。"

"您今晚不太舒服,玛丽。很多人看到我们悲伤的狂欢节都会觉得不舒服,觉得压抑。"

"没有不舒服。我厌倦了我的丈夫,仅此而已,非常简单。"

"只是今晚,还是一直?"

"一直,但今晚这种感觉格外强烈。"

"那您为什么不离开他呢?"

"或许是因为我太懒了。"

"这是个很好的解释。"

"是吗? 您让我笑了,我并不是一个经常笑的人。"

"但您笑起来非常好看。"

"您的办公室离得远吗?"

"我们已经到了,太太。"

"不要那么拘谨,叫我玛丽。"

"我不是个拘谨的人,玛丽,我向你保证。"

"为你用'你'称呼我鼓掌。"

"我把钥匙放哪儿了?"

"别说你把钥匙丢了。"

"没有,在这儿。"

"哇,这里真好,真宽敞,真干净!"

"就是一间普普通通的办公室。"

"我可以把鞋子脱了吗?"

"你可以把你想脱的都脱了。"

"内衣也可以?"

"把内衣脱了最好。"

"拉蒙，为什么那些美国佬不这样呢？"

"这样是哪样？"

"像你这样，有进取心。"

"我根本没有进取心，我向所有神灵起誓。"

"这是在渎神。我的雀斑让你觉得恶心吗？"

"不，我很喜欢。但你这条巨大的项链让我不太舒服，还有这用秘鲁银做成的火焰，还有这些一直叮当响的手镯。"

"我把它们拿下来。"

"还有这个。"

"遵命，拉蒙。"

"还有这个，这个，和这个。"

"不行，这个不行。"

"可以，这个可以。"

"拉蒙。"

"玛丽。"

"叫我玛丽亚，这样更好。我已经好长时间没用西班牙语做爱了。也好长时间没听到有人用西班牙语说美好的词了。"

"美好的词。"

"是的，拉蒙。"

"臭女人。"

"对，拉蒙，就像这样。"

"婊子。"

"对，拉蒙，对，继续说。"

"我已经把库存用完了，玛丽亚，但我可以再重复一遍：

美好的词，臭女人，婊子。"

老天，我真喜欢这个骨瘦嶙峋的女人，但我清楚，如果不及时终止这种关系，接下来会发生什么事。上一年就是这样：向丈夫抱怨、投诉、大场面。最后，不得不给他们打了个惊人的折扣。不，谢谢。

"穿好衣服，玛丽亚。"

"现在?"

"是的，现在。"

"你今年会到美国来吗?"

"应该不会。"

"明年呢?"

"概率也不大。"

终于。终于。他们明天一大早就要走，太棒了。我得一个人待一阵子，我得透透气。谢天谢地，她会说西班牙语。她会以为我不得不和所有的女性客户睡觉吗? 或者，她以为她不得不和所有的导游睡觉? 爱尔兰父亲和阿根廷母亲。或许吧。美国的男人只要一想到拉丁美洲，脑海中马上就会浮现出一大锅大麻。而美国的女人一想到拉丁美洲，脑海中则浮现出一根巨大的阴茎。她们让我们觉得自己像匹种马。现在，坐在车里，慢慢沿着大街行驶，一个人，简直太幸运了。像一匹种马。等一下，这是我的第几个女人? 来算一算。单身汉时期：罗莎里奥、玛丽亚、奥雷里亚、胡利亚、阿莉西亚、克拉拉、匈牙利女人，没了。七个。对了，还有苏珊娜，当然得算上她。结婚之后：玛鲁哈、瑞塔·克劳迪亚、桑切斯的老婆、葛莱蒂丝，还有兰塞姆太太。五个。那么就是七，加上苏珊娜，再加五：

总共十三个。这就叫节制。我没漏掉谁吧？应该没有。当然，还有在美国的两段失败经历。从来没有我提不起兴致的时候，但是，那段时间例外。在美国待了整整九周，整整九周的禁欲期。应该提点建议。既然有著名的拉蒙·布迪纽旅行社，就应该有专门组织性爱之旅的机构。我怎么会知道最为关键的一句话竟是*你想看看我的蚀刻画吗？* 这就是所谓的婉辞。教授的妻子。里士满，弗吉尼亚①。真是场灾难。那个可怜的家伙充满同情地看着我，我则在教那个女人跳探戈，跟随着唯一一首探戈舞曲——《空中的石竹花》——的节奏，尽管包装上贴的标签指明，这首歌的歌名是《我在下面的花园里》。舞曲放完了，从头再来一遍。我搂着她，越搂越紧，教授用目光追随着我们，脸上带着满足的、感激的微笑。我一寸一寸地感受着她，她的关节、毛发、她的胸针、饰品、纽扣，她的痣、肚脐。我想教她一种舞步，我曾经见到一对阿根廷夫妻这么跳过。她肯定也感受到了我的钱包、我的钢笔、我的胸骨、我的护照、我的梳子、我的肋骨、我的皮带扣、我的皮带，还有别的，关键就在于这个别的。而教授——她的丈夫——在看。他的目光和微笑我至今仍难以忘记。我突然有一种感觉，这个人或许在杀人时都会微笑。空中大概有三十朵石竹花，扎成一束。出于各种原因，我败下阵来，或许最致命的一点是，在自制力极强的冷血证人面前，我无法完成这个任务，与他人一起扮演一对欲火中烧的露水夫妻。他们邀请我下周末去做客，但我们从此再也没见过。我给那位女士寄了一株兰花，作为空中那些石竹花的回报。我很好。第二次失败的经历是和一个纽约的金发妞，

————————————

① 里士满是弗吉尼亚州的首府。

65

一个小姑娘，艺术生。她在餐馆花了我一大笔钱，却不想去酒店。当然了，我还没提到我的蚀刻画。她邀请我周五晚上去她公寓教她跳探戈，我说现在就可以去。于是我们买了水果、可乐、丹麦蓝芝士、速溶汤、比萨、黑面包、巧克力蛋糕、圣母之乳[①]、糖渍栗子，打算好好迎接夜晚的欢愉。总计：九美元九十美分。还有一个细节。她的公寓：小、脏、乱，糟糕的光线。她拉开一边的窗帘，出现了一个穿着宽大衬衣的南斯拉夫女人，一个发着烧的南斯拉夫女人，是她的室友，也是她艺术学院的同学。她生病了，真可怜，长了溃疡，还犯了支气管炎，我真同情她。我圣人般地向自己的愤怒举手投降，喝下第二杯圣母之乳后，就开始教她们跳舞，十分规矩，不带任何邪念，先教这个，再教那个，跳得汗淋淋的。这次也只有一首探戈舞曲，每分钟45转的《我有主意了》，也可以叫它《再见少年们》，其间还穿插着鼓声、小提琴声和熟练的叫好声。那穿着宽大衬衣的南斯拉夫女人，丑得像是上辈子犯了什么穷凶极恶的大罪，闻起来还有一股发烧味和药味，她灼热的气息和充满热情的巴尔干半岛口音冲击着我的耳朵，以至于之后的三天我都不得不在床上度过，陪伴着我的是我的溃疡，还有我的支气管炎。

现在要做的是向苏珊娜解释，如果她还醒着的话，我的导游工作为什么半夜三点才结束。谁能忍受她的逼问呢？真不公平，我这次晚归只是为了完成工作任务。我可以说我们去了埃斯特角，所以回来迟了，但这样做很危险，因为晚些时候，最

---

① Liebfraumilch，莱茵黑森（Rheinhessen）最有名的出口葡萄酒。

迟明天，苏珊娜会去试探杰出的、丰满的女秘书，然后她就会发现我撒了谎。在这方面苏珊娜可是个好手，而那丰满的女秘书就是个蠢货。真应该听听她们在电话里的你来我往。

"啊，你醒了。怎么样，亲爱的？你再睡会儿吧。不，没那么迟。才三点五分。你继续睡。一对美国夫妻。两个魔鬼。明天我再好好和你说。现在我要去洗个澡。你继续睡吧。"

那块手帕已经被我丢在了兰布拉大街上。但是，我要怎么把衬衫上的口红弄掉呢？这个家里连瓶酒精都没有。

四

茶很淡，黄油没放进冰箱，已经化得不成样子。没有人知道早餐对我来说有多么重要。可怜的苏珊娜。古斯塔沃依旧叉手叉脚地睡着，她现在只有我，或者说，我现在只有她，因为她才是那个觉得自己有义务早早起床、在我去旅行社上班前陪我吃早餐的人。可怜的苏珊娜。脸上什么都没涂，一副没睡醒的样子。她说*你想再加点糖吗*，就像在说*新年快乐*一样。她根本不知道自己在说什么。我真为她感到遗憾，其实没这个必要，她只是固执而已。她和我一样早早起床，摆出一张殉道者的脸。要是我叫她圣塞巴斯提安娜，她会很生气的。如果我现在这么叫她会怎么样呢？

"圣塞巴斯提安娜。"

没错，真的让她很生气。为什么她从不把黄油放进冰箱？我宁愿吃什么都不抹的吐司，不管怎么样都比抹上这坨融化了的恶心玩意儿好。今天的吐司硬得像圣饼一样。从1929年起我再也没去蓬塔卡雷塔斯的教堂领过圣餐。奶奶家的院子很不错，可以看到教堂，也可以看到"好买卖"煤厂。教士们把教士服卷起来，踢着足球，就像穿着灯笼裤一样。教士们踢着足球，抢劫犯们越着狱。权力和荣耀。肉与灵。上帝和撒旦。有色人种和白人。我和教士说，等我长大了要做一个*有色人*，立马被罚念了二十五遍《圣母经》。万福玛利亚，你充满圣宠，主与你同在，你在妇女中受赞颂，你的亲子耶稣同受赞颂。他们告诉我：要是我领了圣体，就可以许下三个心愿。我祈求爸爸身体健康，祈求妈妈身体健康，还祈求拥有一个五号球①。把两个高尚的请求放在五号球的前面，我作了很大的牺牲，但上帝并没有响应我真实的需求。从宗教方面说，那段日子是我唯一的快乐时光，因为那时上帝还没有成为那团星云。一团飘得离我越来越远的星云。那时上帝还有肉身，留着胡子和一切该留的东西；那时我们还可以与他对话。那时教堂还是某种形式的镇静剂，尤其在夏天。"我没有罪。"我在忏悔室里这么说。"孩子，别那么狂妄，难道你没有用罪恶的目光打量过学校里的女孩？"从那一刻起我丢失了狂妄。在那以前我根本没注意过学校的女孩，但从第二天起，我开始毫无顾忌地用既贪婪又罪恶的目光打量她们。"今天我确实有罪。"那个周日，我在忏悔室里对神父说，那天的神父比之前那个年纪更大，他不信任地看着我。"什么罪？""我用罪恶的目光打量了学校的女孩。我对自己感到非常满意，因为我战胜了自己的狂妄。""不该狂妄，"年纪更大的神父说，"但是，你更不该因为做了罪恶之事而感到自豪。"我窘迫地诵完三十遍《天父经》，从忏悔室里跑了出去。我翻开字典，找到"*罪恶的*"那页：从属于或与罪恶、罪人有关。再上面一点就是"罪恶"：与上帝的律法或戒律相违背的行为、言语、欲望、想法或疏忽。是，当然了，

_____

① 胜利之球，魔力的象征，每个喜欢足球的孩子都想拥有它。

我打量女孩们的行为只是个疏忽。我收回那句圣塞巴斯提安娜的话，但她依然没有收回融化的黄油。噢，微笑是多么美好。早餐终于吃完了，我的肚子翻江倒海，充满了荣耀。

"进来，坐。"

我向来无法适应这个办公室的混乱状况。为什么老头总用炭笔写字？

"等我写完这篇社论再说你的事。"

觉醒是从何时开始的呢？爸爸什么时候不再是爸爸，而成了老头？*等我写完这篇社论再说你的事*。从来没有说过我的事。也从来没有说过他的事。或许我恨他？也许吧，不排除这个可能性。文件柜和档案夹散发出一股混合着湿气、旧报纸和揿灭的烟头的味道。这就是报纸。呸。是报纸的哪一部分呢？是大脑、胃、肝脏、心脏、直肠还是膀胱？他在那里，就算只穿衬衫也显得那么优雅，满头的银发很衬他，堆放得乱七八糟的报纸也很衬他。我也很衬他。没有人会把我和他相提并论，他是企业的一把手，而他的儿子们……我知道，我知道。就算儿子们有那么一点出息，也是因为他们属于布迪纽家族。尽管有那么多缺点——谁没几个缺点呢？——他还是企业的一把手。他的缺点是什么？都不值一提：烟抽得太多、被太多女人仰慕、专横、有煽动性、对罢工者的态度强硬、蔑视他人、富得流油。还有什么？这些是他的缺点——美德。那美德——美德呢？不知疲倦、待人友好——在他愿意表现得友好的时候；他说的话就是铁律；他是及时的慈善家、美酒品鉴师、爱讲述轶闻的旅行者；他充满活力，善于鼓舞人心；他的笑声洪亮，眼睛里闪烁着坚定的光芒；他总让人觉得他懂的比说的多，尽管事实上他什么也不懂；在运用热情上他简直是个天才，尽管热情的最终目的是掩饰他的轻蔑；那身无可挑剔的英国羊绒套装；雄厚的经济实力，惊人的额外收入；重视道德观念；身体硬朗，不拘小节，等等①。那个可怜的马屁精来了。

"早上好，哈维尔。家里都好吗？"

他向我走来，越走越近，他就要开口谈论他妻子的旧疾了。

"不那么好，拉蒙先生，我妻子的脚一直痛。医生说可能是白蛋白的问题，但是去检查，又一点问题都没有。那怎么能说是白蛋白的问题呢？她的脚不仅痛，还肿了。肿成这样。医生让她减重，但她实在太爱吃甜食了，总是嘴馋。我也喜欢吃甜食，但我长不胖。"

"这个哈维尔，背一天比一天驼了。"

老头说得对。肯定是因为阿谀奉承多了。他明明比老头小十岁，看上去倒像比他还老了十五岁。

"出了什么事？"

"是那些年轻人，博士。"

"什么年轻人？"

当然，我在场，他不方便直说。

"直说吧，哈维尔。毕竟拉蒙是我儿子，你不信任他？"

"拜托，博士，别这么说。"

毕竟。我在心里叹息。毕竟。

"他们想要什么？"

---

① Und so weiter，德语。

"我认为他们是来协商圣何塞行动的相关事宜的，博士。"

"好，让他们进来吧。"

毕竟。天哪，这是些什么人。一群法西斯主义者，古斯塔沃这么称呼他们。他近距离看过他们吗？来协商圣何塞行动的相关事宜。真不知廉耻。他们大概认为自己正和歹徒斗智斗勇，就像好莱坞间谍片里演的那样，在这场歼灭战中，获胜的永远是好人，所谓的好人就是美国人，或者新纳粹主义者，他们总能把坏人打得屁滚尿流，而所谓的坏人就是共产主义者，由几个有爱尔兰血统、一脸凶相的演员扮演——十五年前这种活儿还是由有日耳曼血统的演员担当的，一个人得演好几个人的戏份。希特勒吵吵嚷嚷的副手奥布莱恩实际上是奥康纳的堂兄弟或侄子，就是那个纵容凶残无情的红色刽子手的家伙。法西斯主义者，这么称呼他们已经算是抬举了。简直太抬举了。正因如此他们才喜欢这个称呼。但他们根本算不上法西斯主义者。真应该让所有人看看老头——无情的老头——给他们分发左轮手枪时那个塌鼻胖子惊恐的眼神。

"子弹已经卸了。"

这句话并没有让塌鼻胖子平静下来。另外还有两个人，大概是兄弟，似乎对武器充满兴趣。消瘦、长脸、大背头、嫩手，一看就是那种从没干过粗活儿，还经常用进口肥皂洗手的人。他们光洁的指甲、齐整的领带——平整的结近似圆形、十分对称，要打理成这样，至少得在镜子前花上十分钟。毫无瑕疵的颈部、紧实平整的羊绒衫、没有一丝褶皱的裤子，还有尖头皮鞋，都暴露了他们的社会阶级。他们和塌鼻胖子之间的差异是显而易见的，比如，在用词上，塌鼻胖子说的是"人们"，这两个人说的则是"大众"。出于各种原因，老头应该看不起这三个人——无差别的蔑视——然而，这并不妨碍他利用他们。

"诸位认识我儿子拉蒙吗？"

"我们还没有这个荣幸。"

"很高兴认识您。"

"很高兴认识您。"

"很高兴认识您。"

为什么这个醉鬼不擦擦手心的汗呢？塌鼻胖子很紧张，鼻子里发出了奇怪的声音。他翻找着手帕，但徒劳无功，他忘带了。这就有意思了。鼻涕会挂下来吗？左边鼻孔里的鼻涕已经出头了。他会用进口羊绒材质的衣袖来擦吗？巨大的悬念。右边鼻孔也有苗头了。是的，他用袖子擦了。要是他妈妈看到这一幕就好了，我猜，她至少是个森林俱乐部慈善协会的副会长。

"好了，年轻人，说说你们的计划吧。"

我宁愿不听。社会主义行动，朝天放空枪，毋庸置疑，接下来就是政府的合法镇压，他们必须立即行动，两个烦得要死的教授，一块儿抓起来，关进监狱。我宁愿不听。我们是从何时开始疏远的？觉醒是从何时开始的？爸爸和妈妈在屏风后。我已经动身去学校上三年级的物理课。到了半路才发现自己没带铅笔盒，只好回家。我穿着球鞋，尽量不发出一点声音，以防吵醒爸爸妈妈。但他们没在睡觉。"走开。"爸爸说。我应该走开，那才是对的。但我愣住了。"走开。"妈妈哭着说。妈妈哭了。"你有那么多女人，那么多女人，我只是其中的一个，不可能，不可能，我不能接受，埃德蒙多。"毫不留情的呵斥："走开。""那孩子呢，孩子们呢，你和那些疯女人在一起的时候没有为孩子们想过吗？"妈妈的声音听起来像在打嗝。"走开。""不，不行，埃德蒙多，我不能走。"之后响起的是他的击打声和她的尖叫声。重重的一击，耻辱。亲爱的妈妈。妈妈。一片寂静。愣住了。我完全愣住了。我本应该走进去，搬起椅子用力向他的头砸去的。现在的我知道该如何应对那样的局面，但那时我完全愣住了。除此之外，我也不想看到没穿衣服的妈妈，我无法忍受那个画面。爸爸变成了老头。寂静过后，我听到了摇晃声、弹簧发出的嘎吱声、粗重的呼吸声和咳嗽声。断断续续的呻吟，带着哭腔和无奈的妥协。我在他们的高潮到来之前逃走了，没拿铅笔盒，什么都没拿。我一路跑啊跑，一直跑到大街上，我翻下栏杆，爬到岩石上，一直哭到晚上。

"年轻人，现在让我静静吧。我还有事要做。"

"打扰了，博士。很高兴认识您，先生。"

我宁愿不听他们的话。他们把武器放进了公文包。再见。

"好了，说说今天我怎么有这个荣幸，盼到了我的儿子。"

取笑我，就像往常一样。

"你看起来很憔悴，拉蒙。"

"我有点担心。在我看来，您似乎正引领报社走上一条糟糕的道路。"

"你来就是为了和我说这个？"

"我就知道您不愿承认这一点。但是人们最后会明白，您为了达成自己的目的，不惜毁掉整个国家。"

"够了，拉蒙，虽然我总觉得你有些愚笨，但我从来没想过，你竟然会这么看我。"

"别再侮辱我了，老头，我请求您。"

"你还没明白吗，我和这个国家没有一点共通之处！你还不明白吗，这个国家对我来说根本什么都不是，根本没有我的用武之地！"

"别吼我，老头。"

"你激怒了我，我当然要吼你。你没发现吗，这里的人关注的都是鸡毛蒜皮的事，就像在小人国一样。你觉得我为什么要赚钱呢，赚那么多钱，多到可以给你开一家旅行社，让你那个游手好闲的兄弟去搞他的经济学研究？"

"要是您一辈子都要拿我开旅行社时向您借的那些钱说事儿，那好吧。"

"什么好吧？"

"没什么。"

"我赚钱，是因为我想的都是大事，做的也都是大事，还因为我要向这个腐败的国家宣告我有尊严，我长着一张值得尊敬的脸，这也是唯一一张它乐于见到的脸。等等。等等。你们配做我的儿子吗？乌戈，登徒子，没有一点教养。你呢，生性多疑。真是两个宝贝。告诉我，你们想做成什么？"

做成什么。真是个好问题。或许老头说得有道理，尽管如此，我还是恨他。无论如何，老头眼前的那些人，整天围着他转的那些人，都对他唯命是从，尤其是那个佝偻着背、无比顺从的哈维尔：打小报告，给不合群的人穿小鞋，给老头捧场，在老头讲笑话的时候惊呼"噢"，老头需要他生气他就生气，需要他羞愧他就羞愧；他活着已经不是作为一个人了，他只是一个回声、一名侏儒、一块印迹、一具模型、一些碎屑、一只小狗、一块下脚肉。他眼前的人都对他唯命是从，剩下的人他根本不放在眼里。但这个国家并不只是榨干报社能够获取的每一份利益；不只是在鹰牌餐馆和行业代表共进午餐；不只是美元雷打不动的汇率；不只是拍照时照相机迸出的火花；不只是破坏罢工者提出的关税率；不只是走私帮派的艰苦生活；不只是出产民主之父的社会；不只是对玩杂耍之人的崇拜；不只是神圣的投票权；也不只是愚人节。这个国家也是没有病床的医院、倒闭的学校、年仅七岁的小偷、饥饿的脸庞、贫民窟、重获权益的同性恋、没屋顶的房子、比金价还高的吗啡。这个国家还是容易被动摇的人，摊开的双手，热爱土地的人，有足够勇气重新拾起我们排出的污秽的家伙，不受耶稣会士神秘指令[①]蛊惑、仍然相信上帝的教士（幸运的），依旧相信政府承诺的村庄（不幸的），在某个夜晚像石头一般落下，或者在某一天突然毫无预兆、因精疲力竭而死去的人们。把这些全部相加，才能看到这个国家真正的样子。而那一个，那一个在老头眼里什么都不是的小人国，只是它虚幻的表现罢了。

---

① *Los Monita Secreta*，也被称为 *Las instrucciones secretas de la Compañía de Jesús*，据传为第五任耶稣会总会长克劳迪奥·阿奎维瓦（Claudio Acquaviva，1543—1615）为了扩大他的影响而主持编写的一系列指令、规范。阿奎维瓦担任耶稣会总会长一职长达 34 年，对耶稣会向亚洲和美洲的发展与壮大产生了巨大的影响。

"布迪纽，好久不见。"

一只手重重地拍上我的肩。我想不起这个人的名字了，只知道在学校时他是欧西的朋友。

"真不敢相信，前天我们还说起你呢。"

"是吗？"

他叫什么来着？叫什么来着？

"真不敢相信，我们说起豪普特曼先生给你的那一顿胖揍，你还记得吗？"

新鲜的并不是这神奇的、不可避免的，从耳根处腾起后直冲头顶、使我的眼皮一直狂跳的疼痛。可以把这疼痛拖入虚妄的堡垒，让它如同无关紧要的负累般滑入另一个现实中。当然了，新鲜的也不是我们知道无法拯救自己后，存在另一个现实的可能性给我们带来的不可思议的安慰。新鲜的刚开始只是这种疼痛，但又超越了这种疼痛，它错综复杂，毫无用处，和其他感受——某一刻的感受、某一天的感受、某一年的感受——混合在一起。我无法怜悯地审视自身，现在不行，任何时刻都不行。童年时代的一部分和童年时代的另一部分之间存在着间隙，这间隙将我与自身阻隔。我的童年时代是破碎的，每块碎片容纳着寥寥数日的记忆。妈妈——或者向来无比谨慎的爸爸——打了我，愤怒使我的脸涨得通红，当然，那也许不是愤怒，而是愤怒衍生的羞愧；从那以后我再也无法摆脱被惩罚时感受到的距离感，对于惩罚我的人，我总怀有一种没来由的、满不在乎的同情。正因如此，那顿胖揍对我来说什么都不是，事实上，我还替可怜的豪普特曼先生担心，毕竟揍我让他累得满头大汗、气得咬牙切齿。我能理解这个沮丧的、长得圆滚滚的德国人，孩子们总用愤怒的眼神盯着他，连他布置的最简单的作业他们都不愿认真完成，你抄我，我抄他，还总用西班牙语窃窃私语，说他的坏话，我能理解他是多么地孤独。我能理解他，他想为自己树立教师应有的威严，但是，事实上，在大家一致的沉默面前，他只是个不知所措的傻瓜。总而言之，他想让我哭，这我理解。我实在太想满足他的心愿了，以至于连一滴泪都挤不出来，只能装腔作势，拼命地眨着眼睛。我听见右边传来卡洛斯喘着粗气的声音，这可怕的场面已经把他彻底镇住了，他甚至开始担心起自己来。在这之前，我过于草率地认定他和我是一路人，我们都很矮小，都是拉美人，而其他人都很壮，还都有德国血统。我们都有一种难以言说的渴望，希望能不再受欺负，摆脱眼前这没有尽头的暴力场面，摆脱眼前那一双双清澈坚定的眼睛。我们早早地来到学校，沉默地穿过索里亚诺街那扇灰色的、生性多疑的大门，看着那块我们已经不情不愿地看了无数次的铜牌，上面写着"德语学校"，我们知道在那块铜牌后等待着我们的世界的模样，那有时简直毫无人性可言的纪律，那卑劣的伤害，那些可怕的叫喊。此刻我似乎又听到了那熟悉的呢喃声："拉蒙拉蒙。"这声音完美地隐藏在他不变的粗气声中，我知道此刻的卡洛斯有些心绪不宁，毫无疑问，他正忍受着恐惧非人的折磨。因为卡洛斯不懂如何远离痛苦，不懂应该同情豪普特曼先生，同情他的孤独。对于卡洛斯来说，只有他的恐惧是真实存在的。他怕受罚，也怕我受罚；他怕老师们空洞的、焦躁的眼神；他怕教导主任出了名的鞭子，尽管几乎没有人亲眼看到过它，也几乎没有人见识过它的厉害，但那些传言让他汗毛直立。他还怕其他孩子惊人的运动能力，当然，他也怕课堂上学的发音，因为他的舌头总是不听话，永远发不出正确的音。怕这个被秩序和耳光，被冷落和禁令统治的世界。这么一个瘦弱、胆小的人，却用尽全身力气将我扶起，问道："很痛吗？"我不记得挨打的具体原因了。只记得豪普特曼先生正用德语给我们听写，我们要用哥特体写出他念的词和句子，字母"*u*""*i*""*e*""*m*""*n*"组成了一把把长长的、颤抖着的小锯子。"*上方立着小教堂，平静望向深谷中。下方草地泉水处，牧童歌唱响又亮。*"[1]我听过这首乌兰德作的牧歌，尽管豪普特曼先生的声音大得像雷鸣，我依旧不为所动地告诉自己，这可不是描述静静地欣赏着深谷的小教堂时该用的语调。"*小小的钟下悲鸣，葬礼合奏骇人响；欢快歌曲变宁静，牧童向高静凝听。*"之前我从未想过死亡，既没这个时间也没这个意愿，此时此刻，牧歌中的钟声和葬礼合奏却把死亡推向了我。我走神了，没再注意豪普特曼先生，丝毫没意识到这个德国巨人已经两次从我身边经过，巨大的灰色上衣几乎从我的脸上擦过，上衣的口袋里有一本平装本的《捣蛋鬼提尔》[2]。在牧歌、钟声、葬礼合奏之后，我又想到了提尔教驴读书的故事，不由得笑出声来。就在这时，德国巨人已经念到了"*牧童！牧童！*"。我被他的喊声吓了一大跳，于是所有人

---

[1] 原文为德语。选自德国抒情诗人、日耳曼学者路德维希·乌兰德（Ludwig Uhland，1787—1862）的诗歌《小教堂》。

[2] *Till Eulenspiegel*，在德国流传很广的笑话集，讽刺了有产者、手工业行会师傅、强盗骑士、酒店老板、神父、律师以及一些贪得无厌的农民。这本书体现了当时下层市民和手工业者对农民战争前夕中世纪愚昧、虚伪的等级制度的不满和改革的愿望，作者为德国儿童文学大师耶里希·凯斯特纳。

都发现，我到现在连一个字都没写。"牧童！"是这首诗的一部分，豪普特曼先生还在用雷鸣般的声音嘶吼着："噢你这个懒鬼！"后面这句可不是诗里的，这句是骂我的，在写下懒鬼的"懒"字的那一瞬间，我感觉到什么东西砸到了我的脸，从左耳上方狠狠地砸过来，在我走神时，橄榄色的墙面似乎一直在不停地摇晃，在这一刻它终于轰然倒塌，整面墙都朝我的左耳砸来。脑袋开始嗡嗡响，就好像正喘着粗气的卡洛斯似的，我的左耳边本来就有一道伤疤，就算没挨打，不时也会隐隐作痛。我忍住没哭，这似乎创造了某种奇迹，将身体感受到的剧烈疼痛隔离在外，我的思绪飘到了坐在我后面的古德伦那儿，她金色的发辫简直和《德国遗产》的插图一模一样。卡洛斯悄声问："你痛不痛？很痛吗？"但我的思绪已经飘到很远很远的地方，根本无暇理会他。有一次我在走廊上遇到古德伦，就那么呆呆地站了整整一分钟，看她向我走来。豪普特曼先生镇定下来，从口袋里拿出《捣蛋鬼提尔》，用它扇着风。我知道卡洛斯此刻一定很害怕，只要德国人手里拿着东西，不管是什么东西，他都会害怕。她真的坐在她的位置上吗？我忍不住回味着刚才的那个耳光，它就像一枚挂在我耳朵上的奖牌，让我感受到一种难以名状的自豪。没错，此刻卡洛斯肯定很同情我，但我更想拥有古德伦的钦佩。严格说来，这种想被钦佩的渴望并不是出于虚荣心，我只是想吸引她的注意，最简单最基本的那种注意，远远未到将之称为爱情的程度。豪普特曼先生又继续给大家听写，他像把帽子从衣架上取下般大吼："牧童！"我下意识地低下头，这声吼叫后似乎潜伏着另一个毫不留情的耳光，那堵橄榄色的墙似乎会再次坍塌在我的左耳上。雷鸣般的声音还在继续:"你也在那里唱过一次。"关于小教堂和牧童的幻想破灭了,只剩下这句和我的计划毫不相关的、可怕的宣告。我的计划和古德伦有关,我的计划是关于古德伦的,尽管表面上我仍然礼貌地和她保持距离。豪普特曼先生宣布下课时我才鼓足勇气,转过身去,想向古德伦展示我领教的第一个荣誉巴掌。古德伦会有什么反应?事实上,她有点蠢,她未来的卑劣已经被毫不留情镌刻在她天蓝色的眼睛里。两股金色的发辫——严苛的,独立的——从她的头上垂下,就像受绞刑之人脖上的绳索。她显然见证了一切。此刻她举起食指——玫瑰色的指节上沾了紫色的墨水,边晃动边大喊:"维尔纳!汉斯!快来看拉蒙,他的脸肿了,还发青了,现在真的和癞蛤蟆一模一样了!"我当然可以和她争辩,当然可以的。但我没有。我沉浸在自己的悲伤中,感受着自己的耳朵,是的,现在它开始痛了;疼痛已经不能奇迹般地隔离自身,它变得越来越尖锐;卡洛斯还在我身边重复那个问题;炽热的泪水顺着我的鼻子滚落。

哎,可是,眼前的这个家伙到底叫什么来着?有个"y"。科亚索,不对。卡尤达,也不对。卡耶里萨,没错。

"这么说来,大家还记得那顿胖揍。太狠了,你知道吗,现在我还觉得痛呢。当时的我简直像一块十分熟的牛排。"

"我得先走了,布迪纽,真的太久没见了。"

"是啊,太久没见了。"

"一切顺利,老朋友。"

"再会,卡耶里萨。"

"什么卡耶里萨,我是卡尤达。"

"见鬼，抱歉抱歉。看我这记性，时间过得太快了。不管怎么样，你的名字里确实有个'y'，不是吗？"

　　我是个利己主义者。这点绝对不会错。我去看奥尔加姨妈肯定不是为了关心她的身体。维克多去世时她显得很苍老，尽管事实上她才三十出头。当时我觉得她很苍老，或许是因为看到她有一绺花白的头发，眼睛周围还有一圈圈的皱纹。

　　"开心点，姨妈。和我一起去散步吧。今天不是很热，很适合去兰布拉大街上散步。"

　　我是个利己主义者。其实我去看奥尔加姨妈，只是为了问些关于妈妈的问题。但不能太突兀，首先，我得表现出对她的关节炎的关切。

　　"唉，我的孩子，要是没有可的松^①，我可真的不知道该怎么办了。但是，每过一段时间我就得停药。你记得吗，以前我连手都张不开？好了，现在可以了，看。简直像假的一样。我告诉你，有天下午切利塔来了，带我去索利斯喝苦艾酒，对，当然是下午了，因为天一黑我就睡觉了，接着说，那里有个女演员，我不知道她叫什么，但她表演得真好，就像真疯了似的，我实在忍不住，捧腹大笑，连续鼓了三分钟的掌。你注意到了吗，孩子，我忍不住鼓掌了？我，一个至少十年无法张开手的人。可的松真是个伟大的发明。什么时候才能研制出一种像可的松这么好使，还能治疗癌症的药物呢？我总有一种预感，唉，一种多么可怕的预感啊，我将会死于癌症，就像你可怜的妈妈一样，上帝保佑她。"

---

① 肾上腺皮质激素的一种。主要用于抗炎、抗毒素、抗过敏等。

"姨妈，顺便问一句，您觉得妈妈过得幸福吗？"

她肯定不会说实话的，我知道的，她肯定不会说实话。她总觉得我还是个十二岁的孩子。

"但是我的孩子，你怎么想到问这个问题呢？你妈妈在最后那可怕的一个月里受了很多苦，但她这一生当然是幸福的。和你爸爸这么完美的人在一起，谁会不幸福呢？"

不能翻白眼，否则她会厌恶我。

"您真的认为爸爸是个完美的人吗，姨妈？"

"哎哟，亲爱的拉蒙，你今天是怎么了？总问我些奇怪的问题。你爸爸当然是个完美的人。现在我老了，还得了关节炎，可怜的埃斯特万先我一步走了，我亲爱的宝贝维克多的脸我也几乎记不清了……"

"不要哭了，姨妈，都过去了。"

"你说得有道理，把手帕给我。现在我老了，可以坦白地告诉你，你爸爸刚来我们家的时候，我们都为他疯狂。刚开始他是来找塞西莉亚的，要是你见到她，就知道这个可怜的女人现在有多么苍老，比我老多了，虽然她只比我大一岁。她走路时必须拄拐，而且，她连自己的眼皮都控制不了，在她不想眨眼的时候，那眼睛偏偏眨个没完。刚开始你爸爸来我们家是为了找塞西莉亚，她是我们中最大的一个，已经发育得很好了。那个时候男人都喜欢壮硕的姑娘。'塞西莉亚，'你爸爸说，'您一定是从鲁本斯的画里出来的。'对了，我还记得那晚马丁·萨拉斯家的小子也在。那个时候他才九岁，看上去傻傻的，但现在，你看，他已经是乌拉圭驻危地马拉使团的秘书了，上一年年末他还给我寄了一张奇奇卡斯特南戈[①]的明信片，多好笑的名字，总让我想起那个奇奇·卡斯特拉尔，你还记得吗，就是那个怀了双胞胎的女人，已经七个月了，好吧，当时你还很小，连最公正的人都说在卡拉布里亚大区[②]，这种情况只出现过一次。好了，言归正传，那晚马丁·萨拉斯家的小子也在，他突然说：'但是鲁本斯画的女人都是裸着的。'他妈妈给了他一拳头，他头上立马鼓起了一个大包。是的，你爸爸刚开始看上的是塞西莉亚，之后呢，尽管你可能不相信，但事实如此，之后他又开始向我求爱。"

"我相信的，姨妈。"

"哎哟，你真好，拉蒙。而我呢，我真是个笨蛋，竟然当真了，事实上，他只是想引起你妈妈的注意，让她嫉妒，但很显然，你妈妈根本没把他当回事。我刚才说很显然，但事实是，她狡猾得很。她很善良，这是真的，与此同时，她又很狡猾。她装作毫不在乎，似乎对他一点兴趣也没有，但你要知道，她已经计划好了一切，只要我妹妹想做成什么事，你就得当心了。可怜的埃斯特万经常开她的玩笑：'伊内斯一个手势，法院就得开庭了。'别看埃斯特万总是一脸严肃，他能讲好些出色的笑话。谁知道他的结局会是那样。当然了，在最后的日子里，最后那几天，他精神不振，尤其是在失去我们亲爱的宝贝维克多之后。"

"别哭了，姨妈，都过去了。"

---

① Chichicastenango，危地马拉的城镇，由基切省负责管辖，位于该国南部，距离首都危地马拉市 140 公里。

② Calabria，是意大利 20 个大区之一，位于亚平宁半岛南部。

"你说得对，你把手帕给我了吗？我洗干净熨好再还给你。就像我刚才说的那样，伊内斯和你爸爸装作对彼此毫不在意，但有一天他们再也装不下去了，他们大吵了一架，结果就成了情侣。还好塞西莉亚和我不是那种善妒的人，好吧，刚开始我们是有点妒忌，伤心地痛哭了整整两天，但后来我们想开了，告诉自己至少你爸爸会一直留在这个家里。他是一个多么好的妹夫啊。"

"为什么，姨妈？"

"瞧，我们失去我们亲爱的宝贝维克多的时候……不，不能再说了，我会哭的。"

"继续说吧，姨妈。"

"好的，我的孩子。我们失去亲爱的维克多的时候，你爸爸来了，对埃斯特万说：'随时听候差遣，任何事情，你知道的。'唉，埃斯特万走的时候，愿上帝保佑他，你爸爸来了，拥抱了我（哦，这个男人的拥抱总让人觉得自己正被保护着，被呵护着，这滋味我清楚得很），对我说：'奥尔加，任何事情，你知道的。'他总是这样。上帝给了你一个多好的爸爸啊！我认为你和乌戈都没意识到这一点。你看，拉蒙，你清楚我有多爱你妈妈。伊内斯和我亲密无间，我们一样高，单身时我们住在一起，彼此之间没有任何秘密。如果世界上存在真正的两姐妹，那就是伊内斯和我。我们和塞西莉亚的关系又不太一样，她弹钢琴，觉得自己是个知识分子，和我们在一起的时候总觉得自己高人一等。你清楚我有多爱你妈妈，她简直是个圣人。然而，接下来我要和你说的是，你爸爸和你妈妈比起来简直有过之而无不及，严格说来，他甚至在方方面面都要高出好几等。比如说，在智商上，尽管伊内斯已经相当聪明了；在意志上，尽管在这点上伊内斯也不差；在忍耐上，在所有方面。这是对的，丈夫的水平本就应该凌驾在妻子之上，这样妻子才会有安全感，才会更有女人味。这就是我们家的问题，拉蒙。我不该和你说这个的，我很确定，可怜的埃斯特万不会反驳我。他是个好人，我承认这点，但他太怯懦、太保守、太谦逊了，以至于我从来不确定他到底是聪明还是愚蠢。可怜的埃斯特万，有着一双智者的眼睛，却净做些愚蠢的行为。我说啊说啊说，而他只是看着我。就像现在的你一样。可能是因为我一直在说。我说了很多话吗？"

"或许吧，姨妈。说了挺多的，但让人很愉快。"

"谢谢，我的孩子，你真好。就是这样，我从来不确定。因为，实话和你说，我从来不知道埃斯特万是怎么看待我的。"

"所以您认为，姨妈，妈妈是幸福的？"

"孩子，你是怎么了？不只是幸福，还非常幸福。另外，就算在某些时刻，我们在生活中经常会遇到这种时刻，她不幸福，那我也可以向你保证，过错肯定在她自己，因为你爸爸曾经是，一直是，也将会是一个极好的男人，世界上再也没有像他这么好的人了。"

"非常感谢，姨妈。"

"亲爱的拉蒙，别生我的气，你知道，你是我最喜欢的外甥，并不只是因为你是我亲爱的儿子的玩伴，他闭上天蓝色的眼睛时见到的唯一一个人，我这个不幸的人，那时竟然睡得像只死猪一样……"

"手帕在袖子里，姨妈。"

"谢谢，我的孩子。不只是因为这些，还因为乌戈一天比一天粗鄙，他已经三十好几了，结婚七年，还有公共会计师的头衔，我已经不指望他会有什么改变了。不只是因为这些，还因为塞西莉亚的女儿们总是惹我生气，所以她们离我越远，我越开心。你是我最喜欢的外甥。"

"谢谢，姨妈。"

"我要坦白地告诉你，你爸爸是与众不同的。一个大写的人，你明白吗？在这方面，我不想说你比他好或者比他差，只能说你是小写的人中的好人。像你爸爸这样的人如今再也找不到了。那么自信，那么优雅，那么和蔼可亲，那么强大，那么充满活力。"

"真不得了，姨妈。"

"和你说话真让我开心，你还愿意来看我真是太好了。听我说，我很感谢你邀请我一起去散步，但我更愿意待在家里。如果要出门，我还得换衣服、梳头，尽是些麻烦的事。还有我那可怕的关节炎，不过已经比以前好多了。你妻子怎么样？"

"她很好，姨妈。她没叫我问候您，是因为今天早上我们一起吃早饭的时候，我还不知道今天会来看您呢。"

"她很惹人怜，你的妻子。古斯塔沃怎么样？"

"昨天起我就没见过他。他在准备历史考试。他的文学课好不容易才及了格。"

"我已经知道了。苏珊娜给我打电话了。"

"那我走了，姨妈。看到您这么精神真让我开心。"

"你真好，拉蒙。"

把车留在修理厂真是个错误。本来离合器可以再撑一个星期的。坐公共汽车太热了，再说，去十月八日街和加里巴尔底站的公交车又那么挤。不如回家？"快乐游"计划在没有我监督的情况下一定也能顺利运行。

"空车？去蓬塔戈尔达。可以从阿纳多尔、普洛皮欧斯或者兰布拉大街上走。"

唉，实在累惨了。什么都没干，就累成这样。奥尔加姨妈知道些什么。"我好苦啊。"妈妈这么说，四小时之后，她死了。她是那么地虚弱，那么地衰老。那是我第一次，也是唯一一次真正接近她。多年来那个声音一直存在于我的脑中，不，与其说是钉，不如说是深嵌在我的脑中："不，不行，埃德蒙多，我不能走。"在我看来，向她坦白我的秘密和穿过那堵屏风，看到他们赤裸着身子，看到老头折磨她没什么两样。那一周她都戴着一副黑色眼镜。她把手给我，一只瘦骨嶙峋的手，只剩下骨头。而就在我握住她手的那一刻，我失去了她。一直保护着我的妈妈；每天给我穿三双长筒袜的妈妈——因为我的两条腿细得像竹竿一样，而她因为我的羞愧而羞愧；每个星期六为我做蛋糕，还常常自豪地说起我狼吞虎咽的样子的妈妈；在老头骂我蠢货或更难听的话时默不作声的妈妈。她的眼睛深深地凝望着我。不是在提问，它们什么都知道。只是在诉说，向来如此。我知道她爱我，比起乌戈，她或许更爱我，但是她腹部的疼痛如此剧烈，我又怎么能指望得到她的爱呢？她身体里有一把无情的钳子，在这样的情况下，我又怎么能骗自己，让自己相信她仍然把对我的爱放在心头呢？在她忍受着这种煎熬的时候。她的目光越过我的肩头，看向老头。她看老头的眼神和古斯塔沃看老头的眼神并不相同。老头不在的时候，她的眼睛里至少还有些许光亮，尽管很微弱，只是些可怜的、不起眼的、在深处跃动的火焰。我无法保护她，而她说："我好苦啊。"或许我的爱和关怀根本没有一点用。再多说一句，上帝又有什么用呢？有好几天，好几周，我都没见她，下午我在街上漫无目的地闲逛，到了晚上，我知道她在家等我吃饭，但我硬是不回家。有时候我很想拥抱她，却强忍住了。现在说这些都太迟了，美化记忆毫无用处。不要骗自己了。为什么我觉得这么空虚，心里空落落的，一点精神都提不起来呢？妈妈，微不足道的人，可怜的人，她已经下定决心要这样死去了吗，如此突然，如此彻底？那我呢？我会怎么样？妈妈，我没有意见，不为自己辩护，不找任何借口，我没有什么要说的。但她却说："我好苦啊。"她的痛苦伤害了我，给我带来难以忍受的不安全感。毫无疑问，这场溃败和所有溃败相似，不同的是，这场溃败是*我的溃败*，妈妈绝望地合上双眼，翕动双唇挤出这个词时，我看到了她永不妥协的、痛苦的抽搐，这让我心底的某种东西开始蠢蠢欲动，它毫不畏惧地发表着宣言，我心底的某种东西挣扎着，试图对抗*虚无*。上帝、命运、辩证唯物主义，都只是亚伯拉罕①、斯宾格勒②或者马克思提出的口号，用这些教化我们，改变我们，使我们归顺，除此之外，还让我们把那唯一合理且必须完成的目标抛诸脑后，例如自杀，或者癫狂。我现在记起了这个唯一的目标，我也清楚地看到了自身

---

① Abraham，原名亚伯兰，是犹太教、基督教和伊斯兰教的先知，是上帝从地上众生中拣选并给予祝福的人。

② 奥斯瓦尔德·斯宾格勒（Oswald Spengler, 1880—1936），德国唯心主义哲学家、史学家。斯宾格勒认为历史只是若干独立的文化形态循环交替的过程，任何一种文化形态都像生物有机体一样，要经过青年期、壮年期以至衰老灭亡。

的局限，我清楚，历史总是不断重复，下一秒我就会忘记这一切，相信生活还会继续，保持清醒仍旧是件好事。一场幻境，大同小异。妈妈说："我好苦啊。"但是，为什么她非得说出来呢？如果在这里跪着的不是我，把手掌放在她虚弱的手掌里的不是我，她也会说吗？如果她单独和老头在一起，或者单独和奥尔加姨妈在一起，又或者单独和乌戈在一起，她也会说吗？她最后的爱，在她迷迷糊糊的最后时刻，前一支镇静剂的药效刚过，后一支还没来得及注入体内，于是，她清醒过来，在这个短暂的间隙感受到猛然复生的爱，爱复生了，是因为她知道在她身边的是我吗？她无法恢复健康，我也不能，因为死亡是另一个能把我们再次连结在一起的胎盘，就像我被分娩、来到这个世界时那样。她是受苦的那个人，这只是真相的一部分，事实是，她的痛苦也会影响到我，就像胃不舒服的时候，心脏的供血就会不足一样。我对她的痛苦感同身受，尽管她用怨恨或冷漠的眼神看着我，我依旧为她的痛苦而痛苦。相反，父亲和儿子之间既没有胎盘的维系，也没有脐带的连结，父亲只是一个渺小得不能再渺小的精子，它漫无目的地游荡着，找不到方向，然后，它变成了我，于是，它进一步分裂，继而消失了。尽管现在老头不再看着我，骂我是蠢货，比蠢货还蠢，尽管他不再用一抹不易察觉的微笑提醒讨厌的哈维尔毕竟我还是他的儿子，在我和他之间依旧没有一个能将我们连结的胎盘，无论是在出生时，还是在死亡时。最好的情况是——当然，我们之间不可能出现这种情况——建立一种亲密关系，就像最亲密的朋友一样，建立一种友谊——谁是我最好的朋友？——在给予的同时，接受彼此终生有效的承诺，在面对生存给人带来的可耻的恐慌时互相理解、互相支持，父子之间是平等的，也是平衡的，谁都不需要时刻戒备。如果能做到，这样的关系还真不赖。瞧瞧我有多自大，作为一个父亲，我也无法和我的儿子建立这种关系。古斯塔沃和我对彼此没有敌意，没有怨恨，也没有失望，只有彻底的不了解，就像我们住在不同的房子里似的，就像有人负责以乐谱的形式记录我们的日常，有关我的部分用 G 调谱写，有关古斯塔沃则用 F 调。她用手抓着我，她的指甲嵌进了我的脸颊，但她很快就松开了手，就像只是为了查看我的伤口，或是帮我拂去血痕。但只是*就像*。因为并不是出于这些原因，她死了。我大叫了两声。第一声是因为震惊——肤浅的、浮于表面的痛苦，而另一声则是因为骇人的确信——无用的告别，无用的恐惧。十一月五日。到现在我还记得那一天的每一个时刻，每一个毛孔，就像一个用巨大的放大镜观察一块皮肤的人。如果她没用最后的那句话伤害我呢？谁来告诉我，那句话是不是刻不容缓的、走投无路的、最终的、爱的信号？

恰恰恰，多精彩的恰恰恰！

"不好意思，能把收音机关掉吗？到里维拉之后，向左转。这个时候简直不能在大道上开，我们最好绕路走。"

"爸爸，乌戈叔叔在等你。"

"你要去哪里？"

"到马利亚诺那儿去。和妈妈说我迟点回来，再见。"

乌戈来干吗？我从来没坦率地、毫不紧张地和他谈过话。兄弟之间最典型的谈话应该是什么样的？没有可以明确定义这种谈话的规则，真是遗憾。

"你好，乌戈。"

"你好。"

"你怎么样？"

"想听一件有趣的事吗？你有录音机吗？"

"有。"

"好，你把这盒磁带放进去。"

"酷派爵士乐①？阿斯托尔·皮亚佐拉②？"

"不。是老头。"

"啊？"

"这盘磁带是里埃拉昨天给我的，他还以为这是老头的生产率报告呢。盒子上的标记没标好，他弄错了。里面有两个人的声音，一个是老头，还有个叫比亚尔巴。我觉得这大概是个采访的结尾。"

"在报社做的采访？"

"不是，在工厂做的。"

---

① Cool Jazz，一般而言指 1949—1950 年间，由小号手迈尔斯·戴维斯（Miles Davis）所领导的九重奏为 Capitol 唱片公司灌录的专辑 *Birth of the Cool* 所代表的乐风，它的诞生使主流爵士乐风从咆哮乐风的"热"转向酷派乐风的"冷"，这是一种 180 度大逆转的历史性发展。

② 阿斯托尔·潘塔莱昂·皮亚佐拉（Astor Pantaleón Piazzolla，1921—1992），阿根廷作曲家、班多纽手风琴（Bandoneon）独奏家。他创造性地融合传统古典音乐与爵士乐，将探戈音乐从通俗流行的舞蹈伴奏音乐提升为可以单独在舞台上展示的、具有高度艺术性并能表达深刻哲理的纯音乐形式，并由此创立了"新探戈音乐"（Tango Nuevo）乐派，成为阿根廷文化的代表人物之一，是南美音乐史上的重要人物。在阿根廷，皮亚佐拉被尊称为"探戈之父"及"阿根廷国宝"。

"给我。"

"把门关上。我不想苏珊娜在这种时候进来。"

"好，现在请你闭嘴。"

"但是，对您来说解决所有事是如此地简单。"

"我不想谈这个。我认为罢工始于三个行政官员组织召开的会议。"

"我就是其中之一，如果您想知道的是这个的话。"

"我已经想到了，但我并不担心。您现在几乎已经掌控住局势了，因此，罢工结束了。"

"是吗？"

"至于另外两个人是谁，我还不确定。我收到了一些情报，一些匿名信，有检举这个的，也有检举那个的。那些信里提到了十到十二个名字，所有的人都值得怀疑，当然了，我不想在确认事实之前冤枉任何人。"

"说具体些，先生？"

"说具体些，我觉得这并不是个过分的要求，我想请您告诉我另外两个人的名字。我相信您，知道您不会欺骗我。"

"为了惩罚他们？"

"简单地说，是的。我不想祸及那十到十二个人，毕竟他们中的大部分都是无辜的。"

"听着，您把我当成什么人了？"

"您考虑好再说。"

"嗯？您把我当成什么人了？"

"您考虑好再说。"

"您认为我会为了几个肮脏的比索……？"

"每个月多五百比索。"

"您认为我会为了五百个肮脏的比索，不管是几个，害我的两个朋友——两个好人深陷泥潭？他们做的唯一的错事就是阻挡了您的脚步，先生，害您损失了两个月的利润。当然了，您有的是钱。那就把它们用到合适的地方吧，先生。"

"这么说……"

"这么说什么？"

"这么说您相信承诺，相信团结？"

"您不相信？"

"您看，比亚尔巴，您已经下定决心要和我撕破脸了，但我也有办法让您闭嘴。"

"是的，我知道。一切都有它的代价，对吗？"

"难道对您来说不是吗？如果不是的话，我祝贺您。但现在先祝贺我吧，祝贺我有个好的情报部门。我早就知道那三个人分别是谁了：桑切斯、拉布罗查和您。"

"那为什么还要问我？"

"因为我喜欢测试人性，喜欢看金钱是如何抹杀言语的。还能抹杀团结。您看了这封信吗？您知道里面写的是什么吗？不知道？是桑切斯和拉布罗查签过字的声明，指控您才是煽动工人罢工的主使。"

"谁会相信呢？"

"您会相信。您认识桑切斯和拉布罗查的签名吗？那好，您看看。您现在怎么看这两个好小伙？您真应该知道他们开的价有多低！什么？您说什么？"

"没什么。"

"唉，真不敢相信您竟然还为他们开脱。"

"不，我并没有为他们开脱。但是，您知道吗？在这种情况下，我觉得自己非常幸运。我想，坚守原则时是有一条界限的。他们的意志比我薄弱，对他们来说是件坏事。就是这样，您明白吗？三个人都是忠诚的，在无所顾忌的情况下，充满激情的情况下。然而，其中的一个人可能会在被打了一拳后变成叛徒；另一个坚强些，在被掀掉指甲的时候才会动摇；而第三个，最英勇的那个，睾丸被烧焦，他才屈服。在测量忠诚度的计量表上，每个人都有一个临界点，一旦外界施加的压力超过了这个点，这个人就什么都干得出来了。"

"别再说您的理论了。我只给了他们四百比索。"

"我明白了，您还没有打出那一拳，就收获了两个人的叛变。"

"无论如何，我刚才的报价依然有效。"

"我不感到奇怪。"

"我认为您实在没必要继续坚守您的原则了。他们没有原则。"

"当然了，您能轻易地看出每个人的临界点。"

"那么，您同意了？"

"不，我没有。您能对我造成的最大伤害，就是让我厌恶自己。我害怕要是您逐渐提高报价，承诺给我钱能购买的一切，奢华、舒适、权力，我就会动摇，就会让步，连我自己都不知道我本质上到底是个渴望安逸的人，还是个野心家，而且，我并不想知道这点，这个问题的答案一定令人厌恶。我足够了解自己，知道这个答案会让我无法忍受。"

"但是，为什么呢？有野心并不是坏事。"

"当然不是。"

"渴望安逸也不是坏事。"

"当然不是。您知道什么才是唯一的坏事吗？"

"不知道。"

"做您这样的人的儿子，先生。"

不坏，不坏。

"别不说话，拉蒙。"

"我在思考。"

不坏，不坏。

"来，再放一遍最后这段。"

"……够了解自己，知道这个答案会让我无法忍受。"

"但是，为什么呢？有野心并不是坏事。"

"当然不是。"

"渴望安逸也不是坏事。"

"当然不是。您知道什么才是唯一的坏事吗？"

"不知道。"

"做您这样的人的儿子，先生。"

不坏，不坏。

"然后呢，这家伙后来怎么样了？"

"我问了莫拉莱斯。他摔了门，拿了他的东西就走了。这是四天前的事。我想你应该有些话要说。"

"首先是一个问题：你为什么要让我听这段录音？"

"因为我们需要作个决定。"

"事实上，这个决定比亚尔巴已经作好了。你不这么认为吗？"

"这就是我的意思，不应该就这么让他走。"

"我不明白，乌戈。别和我说你还想让他当经理。"

"我想说的是不应该就这么让他走。我想让你说服老头，撤销他的职务。"

"我去说服老头？乌戈，你是不是疯了。没人能在任何事上说服老头，何况，如果要解雇他，老头还得赔上一笔款子。"

"付上六个月的赔偿款总比忍受一个婊子养的堕落鬼胡乱指责老头好。"

"想让我说说我的看法吗？我不觉得他是个婊子养的堕落鬼。我反而觉得他是个有胆识的人。"

"我不觉得。我们根本不了解彼此，拉蒙。"

"这是真的。我们根本不了解彼此。"

不坏，一点儿都不坏。现在的问题是，为什么那个家伙能和他正面对抗，而我不能呢？有几次我准备好了，甚至提前想好了论点，想要宣告我的独立，但一站到他面前，我的大脑就一片空白，准备好的字词都忘得一干二净，连半个论点都想不起来，有时候我好不容易回忆起几个，说的时候却一点底气都没有，我知道，他会那样注视我，那样微笑，他会吸一口雪茄，毫不掩饰地把那臭得要死的东西喷在我的脸上，之后他会张开嘴，表示他要开口说话了，然后，用讥讽的语调，用令人生恨的自信使我臣服于他强加给我的事物，臣服于他的绝对优势。他认为，或者说，至少他相信自己优于他所处的环境，优于他的下属、他的敌人、他的朋友、他的孩子，甚至他的过去，他相信自己优于一切，除了他自己的未来。

"好吧，拉蒙，那就没什么好说的了。我会自己去和老头谈的。"

"这是你自己的事。拿着，把这盘磁带拿走。"

"向苏珊娜和古斯塔沃问好。再见。"

"再见。向多莉问好。"

他配不上她，这是我唯一确定的事。但谁又配得上多莉呢？我已经快两个月没见到她了，这样更好。见到她让我伤心。我会告诉她？应该不会。乌戈是我的兄弟。亲爱的多莉，乌戈是我的兄弟。亲爱的多莉。如果我能在她的脑子里停留一分钟，就一分钟，不，最好是在她的心里停留一分钟，如果我能知道她是怎么看我的，那该有多好。大伯哥拉蒙，或许只是这样。但是，有好几次，两次或者三次，我都发现她深情地望着我。当然了，天主教会允许大伯哥和弟媳相亲相爱。但我有时觉得，她望着我的时候，目光中流露出的爱意并不是天主教会限定的那一种。乌戈是我的兄弟。但他实在太粗鄙了。亲爱的多莉。我记得是在门德斯。当然是在门德斯。大家庭的跨年夜。我和她单独待在长长的阳台上，圆桌上放着香槟杯。再过十五分钟就是新年的第一天了，1957 年 1 月 1 日。乌戈和马里内斯跳着贴颊舞。跳着跳着，他们消失了，消失在贴着海报的屏风后。"我们从没聊过天。"多莉说。我的嗓子哽住了。"没有，从来没有，实在是太遗憾了，我一直很想和你聊聊天。""你最近好吗？""你指什么，多莉？旅行社？""不是，旅行社的事你一向处理得很好，我知道。""那是指和苏珊娜的关系？""不是，我相信你在这方面完全没有问题。""你太抬举我了。""我指的是和你父亲的关系。""和我父亲？""是的，拉蒙，每次看到你们在一起我都觉得会突然发生些什么。""多

98

莉，你的雷达太厉害了。""但是这让你很痛苦，拉蒙，原谅我这么说。""我不怪你，不仅不怪你，还要感谢你呢。""拉蒙，你要知道，你才是受伤的那个人，对你父亲而言一点影响都不会有。""我很清楚。""所以呢？""他比我强。""没有人比他强。""多莉。""怎么了，拉蒙？""我认为你不是很喜欢老头。""但是。""你不用脸红的，这样的你看起来简直太美了。""但是。""我懂你，多莉，我太懂你了，告诉你一个秘密：我也不喜欢他。""但是。""别说了，别再说了，刚才你给了我今年最大的快乐，别毁了1956年这最后的一分钟。""我给了你最大的快乐？""你不明白总被那些人围着是什么感觉，他们总和你说'哦博士！''真是个大人物！''拉蒙您能有这样的父亲简直太幸运了'；我发誓我不羡慕他，也不嫉妒他，甚至也不怨恨他，我只是有点讨厌他，仅此而已。""拜托，拉蒙，别这么说。""我提醒你，要是你再用手堵住我的嘴，我会毫不犹豫地亲上去。""这就是所谓的绅士风度，不是吗？""要是亲的是手掌，那就不是了。""要是你继续胡言乱语，我很愿意再用手堵你的嘴。""非常荣幸。""新年快乐，一切顺利，拉蒙，多莉，快过来，咦，我的嫂子去哪儿了？""新年快乐，乌戈。苏珊娜？我最好去找找她。"苏珊娜，苏珊娜在哪儿？可怜的苏珊娜。苏珊娜吐了，在厕所，把她在1956年咽下的最后一口酒还给了崭新的1957年。再用手堵住你的嘴，多莉这么说。然后呢？我不知道。乌戈是我的兄弟。亲爱的多莉。

五

"噢，你能来真是太好了，布迪纽先生。有将近十个人在等你呢。梅萨博士。两个来面试导游的人，是理事会推荐的。苏托小姐。之前来过的那位 USIS[1] 的先生。印刷厂的人。翻译，就是那个委内瑞拉人。佩德罗萨，开大巴的那个。还有酒吧的年轻人，他想问我们要一些东京的宣传海报，贴在他们新开的精品店里。"

杰出的女秘书，丰满的女秘书，今天乳房中间没有一英镑的硬币，没了阻挡，视野开阔。

"小姐，拜托。我和您说过了，您需要帮我筛选筛选。我不能把一整天的时间都浪费在这些讨厌的人身上。给那个酒吧的傻小子一张皮里亚波利斯[2]的海报，就算他不喜欢也别理他。让梅萨博士进来，其他人的事都让阿韦亚先生处理吧。我兄弟打电话来过吗？"

---

[1] 全称为 US Investigation Services，一家美国公司，向美国和国外的政府和企业客户提供基于安全性的信息和服务解决方案。它的公司总部位于华盛顿特区的福尔斯彻奇。

[2] Piriápolis，乌拉圭城市，由马尔多纳多省负责管辖，位于该国南部拉普拉塔河畔。

"乌戈先生?"

我只有一个兄弟，蠢货。

"当然了，小姐，我的兄弟乌戈。"

"没有，布迪纽先生，他没打电话来。但妻子打过。"

"我兄弟的妻子?"

"不，是苏珊娜女士。"

"哦。"

"她让我告诉您，她去美发店了。"

"好的。"

"很高兴见到您，梅萨博士。我父亲提起过您。现在我为您服务，告诉我您有什么问题。"

我想这位应该就是那个和老头合伙的公证人的傀儡。他的远亲。大概是堂表亲。

"为什么不可以呢，博士，为什么不可以?"

我要带你去参观博物馆。

"当然了，博士，所有著名的博物馆：普拉多博物馆①、布雷拉画廊②、阿姆斯特丹国家博物馆③、乌菲齐美术馆④、

---

① Museo Nacional del Prado，位于西班牙马德里，收藏有从 14 世纪到 19 世纪来自全欧洲的绘画、雕塑和各类工艺品。
② Pinacoteca di Brera，坐落在意大利米兰布雷拉宫的画廊，主要收藏了中世纪至 20 世纪初的画作，是收藏意大利绘画最重要的地点之一。
③ Het Rijksmuseum Amsterdam，位于荷兰阿姆斯特丹，是荷兰的国家博物馆及规模最大的博物馆，藏有史前至最新的各种展品。
④ Galleria degli Uffizi，位于意大利佛罗萨市乌菲齐宫内，是世界著名绘画艺术博物馆。

卡比托利欧博物馆①、阿尔贝蒂娜博物馆②、伦勃朗之家博物馆③、大英博物馆，当然，也少不了卢浮宫。"

我要和你作对，老头。你以为我忘了巴黎，忘了你更喜欢丽都④，而不是卢浮宫。

"梅萨博士，今天我们不谈钱，谈钱伤感情……当然了，您是爸爸的挚友法吉公证人介绍来的，我们当然会给您提供最好的服务，最优的价格……可以是，比如说，我看看，五月二十二日，一般是坐飞机……如果要乘船出游的话就是另一回事了。当然了，游轮更休闲，更舒适，更理想……飞机是时间不宽裕的人的首选，当一个人不得不把时间精确地分割成小时，以便好好利用的时候，就会选择飞机。"

这句话就这样从我嘴里滑了出来，就好像听到有人咳嗽时说"上帝保佑"一样。

"您看，梅萨博士，现如今坐飞机去欧洲，只要十几个小时，不像以前那样得花上好几天。让人难以置信。当然，坐船出行可以缓解精神紧张，算是一种休息疗法，一种忧虑洗剂，一种滋补佳品，我在说什么呢，总之，坐船可以让人得到全身心的放松，我会向所有人推荐坐船出行的。您是一个人吗？我明白，我明白，一个人出游，但是您刚好有一位女性朋友也要

---

① Musei Capitolini，位于意大利首都罗马卡比托利欧山山顶卡比托利欧广场的一组艺术和考古博物馆，包括环绕中央梯形广场的三座建筑，由米开朗琪罗在 1536 年规划，工程经过 400 多年才全部完成。

② Albertina，位于奥地利首都维也纳的一座博物馆。

③ Museum Het Rembrandthuis，位于荷兰首都阿姆斯特丹市，画家伦勃朗自 1639年到 1656 年曾在此居住。

④ Le Lido，位于法国巴黎的香榭丽舍大道的歌舞秀夜总会。

出游，没问题。当然了，医生，有好的玩伴，旅行会更让人愉悦。我都记下来了。最好能订到游轮上的双人套间。您带了护照吗？那位女士的呢？很好，我的秘书会收集、保管这些材料，我会亲自负责您的行程，务必让您满意。非常荣幸，梅萨博士，随时为您服务。"

三点。黎明时分，餐厅的大本钟让我感到难以忍受。不想吃药。我喜欢失眠。我也喜欢回忆。为什么每每在凌晨醒来，我脑中浮现的唯一记忆就是关于第一次的呢？毫无疑问，罗莎里奥塑造了我。说这话并不是出于怀旧。傍晚时分，安静的海就像一个盘子。我们身后是茂密的树林。一整个下午我们都在打巴斯克回力球[1]。波尔特苏埃罗[2]最适合打巴斯克回力球。我那时只有十七岁，古斯塔沃现在的年纪。古斯塔沃和女人交往过吗？或许吧。应该有过。甚至可能和他的女同学交往过。出于某些原因，他看她们时并没有流露过分的渴望。在这方面他或许比较冷静。罗莎里奥住在塞斯佩德斯家。而我住在波尔特拉家。大海像个盘子，我们身后则是一棵棵参天的大树。叶子一动不动。"我们去散会儿步？""好啊，"她说，"我喜欢走在枯叶上。"松木的味道多么地好闻。那个时代还没有那么多的林间别墅，一些地方还有十分密集的树林。一个人要是躲进

---

[1] Paleta，即 pelota vasca，由一人用球拍或木棒对着墙（壁球场）击球，两人以上比赛时，以地上的线或球网作为分界，两人面对面击球。此游戏的根源可以追溯到希腊以及其他的古文明，现在是一些欧洲和南美国家的运动项目，美国有类似巴斯克回力球的运动，称为壁网球。
[2] Portezuelo，位于乌拉圭马尔多纳多省著名的海滩浴场。

去，就没人发现得了，世界仿佛被隔绝在树林之外。在里面只能看到一点微光。些许恐惧总是极佳的催化剂。她把手给了我。我们的泳衣已经干透了，尽管天色已晚，我们却没觉得冷。只穿着泳衣和裸着其实没什么分别，我充分地意识到了这一点，尤其意识到，她只穿着泳衣。多好看的腿啊。天色一点点暗了下来。世界离我们很远，只能听到几声模糊的汽笛声和一首探戈。"来，坐这里。"我说。在两株灌木中间有个小坑，上方甚至还有个树冠形成的顶棚。"你紧张吗？""不紧张。"我突然想到，现在她的皮肤应该很咸。我的皮肤也一样，前臂的汗毛已经被干掉的海盐压得歪七扭八。突然，我在罗莎里奥身上看到了什么让我心神不定的东西。在她躯干的下端，就在躯干和双腿连接的地方，在泳衣的缝隙间，有几根露出来的毛发，也被压得歪七扭八的，粘在两腿之间。不用多说什么了。她注意到了我的视线，变得有些惊慌，同时又怀着期待。我抱住她。没有经验的双手自然而然地伸向了她的胸部。它们从泳衣里跳了出来，像越狱成功的犯人。她笑了。上帝啊，她笑得真好看。圆圆的，挺挺的。我永远不会忘记那种触感，现在我依旧能感受到。确实是咸的。她全身上下都是咸的。那时我们两个都毫无经验，这是件好事，我们做了好多事，有了经验后，我们才知道，那些并不是最令人害臊的事。一切都很自然。由于我们不知道传统要求所有的第一次必须是迫切的、匆忙的、暴力的，我们进行了漫长的、令人愉快的前戏。和没有任何这方面的经验的人一起学习简直太妙了。因为罗莎里奥不知道女生第一次时必须反抗，必须表现出害怕或羞愧，在整个过程中她都是快乐的，这种快乐点亮了她，她亲昵地爱抚着我的生殖器，从那以后我再也没有享受过如此古老又如此新奇的爱抚。一切都在我们的掌握之中。我们根本不知道什么是罪恶，不知道什么是社会虚伪的道德观所允许的，我们超越了善与恶的界限。一切都是那么地美好，太美好了。最好的一点是，我根本不知道她在想什么，我根本不了解智性的罗莎里奥、社会的罗莎里奥、政治的罗莎里奥、经济的罗莎里奥、哲学的罗莎里奥，或许十七岁的少男少女们和这些词根本搭不上边。她也没问任何问题。那些在实现真正的肉与灵的结合时必须问的问题。我们的结合非常简单，只有她的肉体和我的肉体，还有我们共同的快乐。之后我再没经历过比这更完美的结合，而这次的结合之所以完美，是因为我们并没有遵守所谓爱的法则。要是我们再多做几次，就会不可避免地对彼此感到厌倦，但是罗莎里奥和我只做了三次，都在同一个月——一月，都在黄昏时分，而这三次中最让人满意的仍然是第一次。完美。她甚至没有怀孕。还有什么比这更好的事吗？或许第一次之所以如此完美，正是因为其中有游戏和玩笑的成分。我们从未感到忧伤，从未起誓要永远钟情于对方，甚至连"我爱你"都没对彼此说过。我们都满足于当下，除此之外并无其他。我和她说的最动情的一句话是："你真是个野蛮人。"而她和我说的最感人的一句话则是："我的上帝，我从没想过这件事如此美妙。"她把"我的上帝"当成一个普通的感叹词，说的时候并没有虔诚地闭上眼睛——这简直太妙了——而是满足、充满感激地看着我，这让我感受到她的真诚。我们拥抱是为了我们亲密的友谊，为了我们刚刚建立的同志情谊。尽管现在罗莎里奥已经成了阿索卡尔博士令人尊敬的妻子，有三个孩子，住在卡拉斯科①的一栋别墅里，由两个女佣伺候着，我们在一些聚会碰面时依然能毫不拘束地谈话，丝毫不怨恨彼此，也不会提到1934年二月②的那个黄昏。当然，我们心里都留存着对彼此的感激之情，我们望向对方的眼神里有一种秘而不宣的好感。我们礼貌地用"您"称呼彼此，脑中却满是用"你"相称时的美好时光——试探性的亲吻，毫无经验的爱抚，交叉着的双腿和沾满了枝叶的脊背。我不嫉妒尤利西斯·阿索卡尔，尽管他看起来很满足，也完全有理由满足。坦白地说，现在我并不想睡在这个成熟、丰腴的罗莎里奥身旁，我更想要那个青涩的、在树林里的她，因为现在她能给我带来的感官享受远远不及二十七年前的她，或许现在的冒险尝试反而会毁掉那段完美的回忆，至少会毁掉那些我们为了美化当时的记忆自行添加的细节。三点半，大本钟宣告。可以去睡了，现在我已经平静了。重温这段记忆总能让我平静下来，给我活下去的理由。我要试试放松疗法。从最底下开始。先放松脚趾，然后是脚脚脚踝，再是腿肚肚肚子，大大大腿，肚肚肚子，胃胃胃，胸胸胸，脖脖脖……

---

① 位于乌拉圭首都蒙得维的亚的高档住宅区。
② 和前文的一月矛盾，或许是作者笔误。

六

"接受现实吧，爷爷，"古斯塔沃说，"传统政党正在解体。巴特列①、萨拉维亚②、布鲁姆③、埃雷拉④现在在哪儿？都入土了。他们的政治理念也是：都入土了。现在还在地上蹦跶的反而是塞萨尔、纳尔多尼⑤、罗德里格斯·拉雷塔⑥。换

---

① 此处应指何塞·帕布洛·托尔夸托·巴特列－奥多涅斯（José Pablo Torcuato Batlle y Ordóñez, 1856—1921），乌拉圭国务活动家，1903 年至 1907 年和 1911年至 1915 年任总统，使他的国家从不稳定的独裁统治转变为有活力的民主国家。他的父亲是前总统洛伦佐·巴特列将军。

② 阿帕里西奥·萨拉维亚（Aparicio Saravia Da Rosa，1856—1904），乌拉圭政治家、军事领袖。他是乌拉圭民族党的成员，是反对乌拉圭政府的革命领袖。

③ 巴尔塔萨·布鲁姆（Baltasar Brum，1883—1933），乌拉圭律师、外交官、政治家，在 1919 到 1923 年间担任总统。

④ 路易斯·阿尔贝托·德·埃雷拉（Luis Alberto de Herrera y Quevedo，1873—1959），乌拉圭政治家、记者、历史学家，在五十多年间担任乌拉圭民族党领袖，是 20 世纪乌拉圭最重要的政治人物之一。

⑤ 贝尼托·纳尔多尼（Benito Nardone，1906—1964），乌拉圭政治家、电台记者、民族党成员，在 1960 年至 1961 年间担任总统。

⑥ 爱德华多·罗德里格斯·拉雷塔（Eduardo Rodríguez Larreta，1888—1973），乌拉圭律师、记者、政治家、民族党成员，担任胡安·何塞·德·阿梅萨加政府（梅萨加）的外交部长。

句话说，按顺序来，就是：反犹太主义、政治迫害①、蔑视群众。电台和报纸上那些纳尔多尼和贝罗②的话，还有塞萨尔和路易斯说的那些话，这就是解体。连大党内部都出了问题，没有一以贯之的东西，大家都注意到了。没人会永远把票投给那些人的。也许某一天，有人会给他们埋颗炸弹。"

"别让我发笑，"老头说，"他们要给谁埋炸弹？只不过是些乳臭未干的小子，妈妈的宝宝，眼高手低的马克思主义者。"

"那些民主之父的孩子又怎么样呢？嗯，爷爷？难道他们就不是乳臭未干的小子，妈妈的宝宝，就不是眼高手低的马克思主义者吗？"

"古斯塔沃，别和我说这些。他们也有缺点，但我仍然可以利用他们达成自己的目的。再说了，我没有任何损失。问题不是那些人左，这些人右，问题是那些人和这些人都属于意志薄弱的一代，变化不定、举止轻浮，只喜欢重复别人的观点，不愿意自己动脑子。"

"那您在报纸上，爷爷，就没有重复过别人的观点吗？您自己动脑子了吗？"

"我决定重复别人的观点时动了脑子。这中间是有区别的，我的报纸是生意，而那些人却把它当作原则、政治观念，诸如此类的东西。那些人观察并记录叛乱的外部迹象，就像其他人收集火柴盒或者火柴桶一样。那些人认为所谓的革命就是出门

---

① Caza de brujas，原指搜捕女巫、收集其施行巫术的证据，将被指控的人带上宗教审判法庭。现指道德恐慌及政治迫害。

② 贝尔纳多·贝罗（Bernardo Prudencio Berro，1803—1868），1860 年至 1864 年间担任乌拉圭总统。

不打领带。"

"那对您来说呢，爷爷，革命是什么？"

"古斯塔沃，别老想套我的话。你知道我根本不在乎革命。"

"那民主呢？"

"民主对我来说就是狗屎，但我能用它来赚大钱，所以我是个民主主义者，大写的民主主义者。这就是这个国家和美国的相同之处，你永远无法理解这点。美国人也不在乎民主，他们在乎的是贸易。民主是他们完美的宣传手段，这才是他们拼命宣扬民主的原因，面对古巴的时候就是这样，根本没有人记得他们是怎么资助斯特罗斯纳和索摩查①的，两个拉美的独裁者。"

"哦。"

"对于美国人来说民主就是：让整个国家的公民拥有投票权，在周末的报纸上大登讽刺漫画，让所有人（黑人除外，他们仍然干着苦活儿）觉得自己是世界公民；同时最大限度地剥削拉丁美洲的贱民——廉价劳动力。对于我来说，民主就是：每天写一篇完美的、政治正确的社论，一放下笔就给警察局长致电，要求他好好治治我工厂里那些罢工的工人。没有丝毫的犹疑。既然我生在这样一个糟糕的国家，我就必须适应环境、利用环境。就是这样。你曾祖父总提到祖国，你爸爸总把民族主义挂在嘴边，而你总是革命个没完。我刚才和你说了说我的想法，小子。我向你保证，我完全了解自己在说什么，但你

---

① 安纳斯塔西奥·索摩查·德瓦伊莱（Anastasio Somoza Debayle，1925—1980），尼加拉瓜总统、安纳斯塔西奥·索摩查·加西亚次子、索摩查家族最后一任独裁者，1965 年至 1979 年间统治尼加拉瓜。

好像并不怎么了解。我们是殖民地吗？当然是的。非常幸运。来，和我说说，谁想要一个独立的国家？看看那些蠢货，拜托。我发誓我一点儿都不惊讶。告诉你一件事。很可能有一天，一个被我辞退或者被我羞辱过——因为我真的很喜欢羞辱他们——的工人，一边思考一边走回家，又一边思考一边喝了会儿马黛茶，之后去买了把左轮手枪，回到工厂，给我来上一枪。这样的事可能真的会发生。但是，如果那些咖啡馆里的左翼分子要达成共识，打消他们的顾虑，协调他们之间的差异，作出最终的决定，在我的雪佛兰黑斑羚[1]上装一颗能一下子把我炸死的炸弹，简直是不可能发生的事，可能性近乎为零。能杀人的人要么被戴了绿帽，要么特别有胆量，要么喝得烂醉。可惜，那些人只喝可口可乐。"

苏珊娜把罐子放在梳妆台上，看着我，她的脸上涂着厚厚的粉。

"今天古斯塔沃给我复述了他和他爷爷之间的争论。"

"我当时在场。"

"我想和你说的就是这个。既然你在场，他们又在讨论这种话题，你怎么能一言不发呢？出于各种理由，你都该帮你爸爸说话。首先，这可以改善你和他之间的关系。其次，你应该阻止古斯塔沃说出那些话。前几天下午劳拉和我说——作为我的好朋友，她总是提醒我这点——古斯塔沃和一群危险的人混在一起，他的朋友都是些无政府主义者和共产主义者，或者类

---

[1] Impala，雪佛兰汽车公司生产的高级汽车，使用独立的品牌徽标——一只黑斑羚。

似的家伙。她曾经看到，亲眼看到，那群人在凌晨时分往墙上贴海报。"

"怎么可能。你能告诉我，你的好朋友劳拉凌晨为什么不好好躺在自家的床上，反倒在大街上晃悠吗？"

"别开玩笑，我是认真的。"

"我也是认真的，我十七岁的时候也在墙上乱涂乱画过。"

"这不一样。你那么做是因为你自命不凡。"

"哦，那古斯塔沃那么做是因为什么？"

"我希望他也是因为自命不凡。但他可能被带坏了，都怪他那些坏朋友。"

"或许他不是被带坏了，而是真的相信那些主义。"

"你真的得管管他了。"

"我不会管他的，说实话，看到他做这些还挺好的，至少还得到处跑，总比往大学里扔臭得要死的炸弹好。"

"拉蒙，你想听我说说我对你最近这种新态度的看法吗？你只是想激怒你爸，顺便激怒我。"

"或许吧，谁知道呢。"

"拉蒙，你已经年过四十了，不能一辈子都像个青春期的孩子。这很可笑，知道吗？"

"我从来没觉得自己比现在更像成年人。不只成年人，还是个老年人。"

"把那个罐子递给我。不，不是这个，绿色那个。"

"苏珊娜。"

"干吗？"

"你能不往脸上抹那些东西，赶紧上床吗？"

"你疯了。"

"苏珊娜。"

"今天晚上不行，拉蒙，我不想要。或许明天可以。另外，古斯塔沃的事情让我很烦心。"

"和那件事又有什么关系呢？"

"当然有关系，很有关系。不论什么时候你干事都很快，但我不行。我需要你先和我亲热一会儿，才能进入状态。"

"好吧，过来。"

"我和你说了，今天不要。"

"好吧。"

就让她待在那儿吧，往脸上抹她的卸妆油。刚才有一瞬间我确实很想要，但现在不想了。我可没有力气坚持两个小时。再说，她说了不行。不过很多时候她说了不行，最后却又行了。生活在穆斯林人家的闺阁①里一定是件很有意思的事。皇家语言学会应该把这个词收进词典——闺阁：世界上唯一一个不存在男性手淫行为的地方。引申释义——闺阁：世界上唯一一个将男性手淫的行为视作荒唐事的地方。

"拉蒙。"

"怎么了？"

"最近你有点奇怪。好像总在想别的事，不关心任何人。不只是不关心我，我已经习惯了，也不关心别人，总是心不在焉的。"

"是的，我自己也注意到了。但我并不担心，之前也出现

---

① 伊斯兰宗教法典允许一夫多妻制，一户家庭中有多个女眷，因此作者在此处戏称穆斯林人家为"闺阁"。

过这样的状况。我向你保证，不是因为劳累过度，旅行社的工作没那么累人。"

"为什么你没去见罗伊格？"

"没用的。他总是觉得我没有任何问题。到现在为止，他检查出最严重的问题是皮脂囊肿。就这些，根本不值我每次付给他三十比索的诊疗费。人们听到医生说'我亲爱的朋友，非常抱歉，您得了癌症'的时候，才乐意付这些钱。"

"哎，拉蒙，我刚才不就和你说了吗，你最近很奇怪。"

"癌症一天比一天常见，一天比一天不奇怪。"

"我知道，但我有点迷信，我觉得，只要你不把那个词说出来，就能侥幸逃脱。"

"有这种迷信很好，何况它还能救命。而且就算有一天你发现它救不了命，发现一切方法都没用了，还有什么能让你平静下来呢？"

"拉蒙，你还想不想睡我了？"

"你刚才说今天不行。"

"事实上我不太确定。你刚才也没坚持啊。"

"哦，那我应该坚持的。"

"而且刚才我还得把脸上的那些粉弄掉。"

"那你弄。"

"那么，我现在来了？"

"好的，来吧。"

七

格洛丽亚·卡塞利看着镜子里的自己，今天她的脸还过得去。然而，仅仅看正脸是不够的，有时候侧脸会出其不意地糟糕，这时候侧视镜就派上用场了。格洛丽亚调整了它们的角度，找到了完美的视角。毫无疑问，耳朵上这绺头发使她显得老气不少；更糟糕的是，它太不自然，几乎把她变成了另一个人。格洛丽亚很清楚，耳朵是她脑袋上最好看、最让人感到愉悦、最符合当下审美的部位（尽管她自己并不觉得好看）。正因如此，她要尽可能地展示它们。她的左脸比右脸好看，两边并不对称。她纤细的脖子上有块斑，化妆品也遮不住。不大，不会让人不舒服，但很明显。"是肝脏的问题。"近年来医生们一成不变地坚持着这个说法，但她自己知道，这块斑在二十七年前就出现了，就在她成为女人的那个月，那个时候她还没有肝脏，没有心，没有脚踝，也没有牙床，因为只有当身体的某个部位开始疼痛的时候，我们才会意识到它的存在，而在那个时代，她唯一一个时不时会痛的部位就是脾脏，要是她在海滩上奔跑了太多时间，或在大学体育馆打了好几个小时的排球，脾脏就会痛。

镜子里的人对她微笑着。她会定期检查自己的微笑所具有的能量。当然，不如当年了。这些皱纹虽然不影响她的美貌，却无处隐藏，它们是和唇纹一起出现的，笑起来的时候格外明显，减少了她至少百分之五十的天真——她旧日的天真，还有她令人愉悦的和善。不过必须承认，这种减少符合现实，她确实失去了至少百分之五十的天真与和善。至于剩下的那百分之五十，它们依然吸引着男人的目光，他们会在与她擦肩而过时转过头来，有些人甚至还会说些撩拨的话。剩下的这百分之五十到底是真实的还是伪装出来的，她自己也不确定。

她缓缓地移动着肩膀，想着这是自己首先受到埃德蒙多赞赏的部位。"多好的肩膀啊！疲倦的人刚好可以把手搭在上面。"这就是埃德蒙多·布迪纽在1939年9月10日和她说的话，那是她第一次听到有人和她说了句真正重要的恭维话，和系里那些男生每天和她说上好几次的轻浮话大相径庭。他们就像一群在玩抓人游戏的孩子，换句话说，他们怀着刚萌芽的爱，展开一轮佯攻，然后，为了不被抓住，他们又转身逃跑了。她是不会把他们的话当真的。与此相反，埃德蒙多的夸赞则由某种再真实不过的东西支撑着，比如他所提到的疲倦。当然，很久之后她才发现，对他而言做到这点并不困难，甚至可以说是不可避免的。只有当他代入自身，把自己当作积极主动的一方，当作法律，当作上帝的时候，他才能作出判断，才能钦佩或唾弃，赞美或辱骂。比如，他常说，"我喜欢这座山，因为在它面前，我觉得自己充满力量。"或者，"我讨厌有轨电车，因为我坐的车开在它后面的时候，我好像成了它的迟缓的奴隶。"

对，得把这绺头发拿开。如果把它别在耳朵后呢？不错。

那时他是民法学的教授，才四十六岁，鬓发却早已花白。两鬓在下雪，做作的安娜·玛丽亚在叹息间这么说。但不只是安娜·玛丽亚，系里所有的女学生对他都有一种近乎病态的崇拜。所以，当他毫无声息地走到她身后（不在系里，而是在国家美术厅），对她说"多好的肩膀啊！疲倦的人刚好可以把手搭在上面"时，她怎么可能不动心？她当即想到自己的身高很理想，是他即将在未来创造的那个需要彼此付出亲密、信任、交流和喜爱才能胜任的职位最理想不过的人选。当时她还不敢告诉自己那就是"爱"。但当她转过头时，才发现他是那么地完美，那么地难以抗拒，那么地男子气概十足。事实上，男子气概中不可避免地含有某些丑陋、不对称、不协调的东西，但在埃德蒙多·布迪纽身上，简直难以察觉这些负面的因素，而这又为他在吸引女性方面增添了绝对优势。然而，负面的因素还是存在的，但并不多，至少没有多到让他的脸或形象变得丑恶；或许它们至少得完成最基本的任务，形成几乎不值一提的反差，让他人的目光得到暂时的休憩，以便能够再次被他的美捕获。这中间的差别就好比拿泰隆·鲍华[1]毫无瑕疵、帅得单调的脸和伯特·兰开斯特[2]有些不对称却尤其吸引人的脸来比较一样。在想到这两个美国男演员的名字前，格洛丽亚觉得自己和大多数人都不一样，因为这两个她一个都不喜欢。"噢，

---

[1] Tyone Power（1914—1958），美国演员，曾出演过《碧血黄沙》《控方证人》等电影。

[2] 伯顿·斯蒂芬·"伯特"·兰开斯特（Burton Stephen "Burt" Lancaster，1913—1994），美国演员，曾参演过《杀人者》《血溅虎头门》《沙漠情焰》《电话打错了》《大西洋城》等电影，曾获奥斯卡最佳男演员奖。

教授，好久没看到您了，见到您真让我惊讶。"这句话一说出口，格洛丽亚就无法继续观赏那幅让她印象深刻的耶稣画像了。"我可以邀请您喝杯咖啡吗？"他这么说，除了答应之外，她似乎没有其他选择，因为就算在那个时期，布迪纽邀请中的疑问语气也只是为了表示他对谈话者的尊重。从来没有人会拒绝他的邀请。他们去的那家咖啡馆是老图皮咖啡，就在索利斯对面。到现在她还清楚地记得，走进咖啡馆时，他坚决果断的步伐让被征服的木地板发出了比他的脚步声更响的嘎吱声，尽管响，这个下午的嘎吱声却像被橡胶鞋底缓和了似的，是温顺的、轻佻的、会随机应变的。"您在读什么？"他问，没有征求她的许可，就拿起了那两本书，一本是巴列－因克兰[1]的，他点头赞赏，又对另一本帕纳伊特·伊斯特拉蒂[2]表示不屑。就在这时，意想不到的事发生了，命运之轮[3]彻底改变了她的人生，或许应该说，命运之斧将她的人生劈成了两半。第一个时期：1920 年 12 月 4 日到 1939 年 9 月 10 日。第二个时期：1939 年 9 月 10 日至今。他笑起来毫不紧张，没有任何犹疑和不安；他把那两本书放回到她的包里，突然开口了，还是一贯以来的冷漠语气，但突如其来的"你"却让她很意外："你知道我很喜欢你吗？能在美术厅遇见你真是太好了，因为这几天来我一

---

① Ramón del Valle-Inclán（1866—1936），西班牙剧作家、小说家和诗人，西班牙"98 一代"的代表人物之一，代表作有《四季奏鸣曲》《波西米亚之光》。

② Panait Istrati（1884—1935），罗马尼亚的工人阶级作家，用法语和罗马尼亚语写作。

③ 罗马神话中的时运女神福尔图娜（Fortuna）司掌着人间的幸福和机遇，她一手拿着象征丰饶和富裕的羊角，一手拿着主宰人们时运的方向舵，站在旋转的飞轮之上。因此方向舵和车轮常常被视为幸运女神的标志。

直想问你一个问题：你愿意做我的情人吗？"

　　直到今天，二十二年后，回忆起这些，镜中人的脸依旧红了起来。但那个下午让她脸红的是羞怯、惊吓和快乐。尤其是快乐。他看着她，他想和她共同生活（至少她愿意这么理解，这么欺骗自己），他用"你"称呼她，他坐着等待她的答复。"教授。"她结结巴巴地说，而他则贴心地把他多毛的、热情的手放在她苍白的、未设防的、高傲的手上。他掌心的温度直接传到了她跳得飞快的心脏，她激动得什么都做不了，只得低下头，盯着被蔑视的那本帕纳伊特·伊斯特拉蒂，小声地说："我太幸福了，教授。"过了好一会儿她才抬起头，发现他并没有被她的情绪感染，而是像办完了一项手续似的，用铿锵有力的语调说："叫我埃德蒙多。当然了，在系里不能这么叫。"但是，一直以来她都称呼他为教授，或许这是她唯一的不顺从。他第一次带她去他的小公寓，从容地爱抚她，亲吻她，大概一个小时后，他才微笑着脱下她的衣服，静静地享受着她的羞怯，没有衣服的遮挡，他又展开了第二个阶段的爱抚和亲吻，比前一次简短多了，之后他小心地进入她，非常缓慢，因为他注意到初尝禁果似乎让她非常痛苦（不是精神上，而是身体上），一切都结束后，他发觉她所承受的痛苦让她无暇享受自己的牺牲带来的快乐，便问道："很痛吗？"她回答："是的，教授。"她仍然像在教室里一样，对他十分敬重，这让他不禁笑出了声。后来，很久很久之后，当她已经习惯于这段关系，丢弃了惊讶、紧张和不安，她仍旧叫他*教授*，尤其是在他们做爱的时候，这个词似乎已经成了他们之间的暗语，成了他们的同谋，他们深信的见证人。

118

四点十分。他说四点半来。他很守时。快来吧。一切都准备好了，干净，整洁。格洛丽亚还要选一条项链。不要太复杂的，他不喜欢。"把那条巴洛克式的项链取下来。"他这么说，那天她戴着一串姐妹们从西班牙带回来的项链，是珊瑚和雕花银制成的。戴那条咖啡色的吧，是他五年前从巴西带回来的。但如果戴那条，就得把衬衫也换了，蓝色的衬衫和咖啡色的项链不搭。奶油色的那件衬衫熨过了吗？熨过了，实在是太幸运了。她的人生真的被劈成了两半。这些年来有多少男人试图接近她？想这些干什么呢？她对他始终是忠诚的，这对她来说并不难。当然，这是一种不抱希望能得到回报的忠诚，因为他有妻子和孩子，还有其他临时情妇，妻子去世后，他也从没提过要和她结婚。他们的关系一直是地下的，遮遮掩掩，不为人所知。或许这样也好。埃德蒙多的孩子们，乌戈，比她小不了多少，另一个，拉蒙，还比她大了几岁。她从没和乌戈说过话，和拉蒙，说过两次。第一次是在里瓦斯，有人把他介绍给她；另一次是在乌拉圭航空公司[①]飞往布宜诺斯艾利斯的航班上，他们刚好是邻座。拉蒙似乎并不记得她，或者故意假装不记得。不，不像是假装的。在整个飞行过程中他们几乎没有交谈。唯一的例外是，她拿出一根烟，他便把打火机凑了过来。"感谢火。"她说。就这样。要是他知道！但是，没人知道。真是个奇迹，要知道，在蒙得维的亚这样没什么胜景，土得要死，既没有大型娱乐场所，也没有闻名遐迩的变态杀手的城市里，传播闲话的速度简直快得惊人。同盟国花园里发光的喷泉

---

① Pluna，Primeras Lineas Uruguayas de Navegacion Aereas 的缩写，乌拉圭国家航空公司，成立于 1936 年。

就是我们全部的夜生活。说闲话是我们重要的消遣，家庭秀。但是，没人知道他们的关系，从来没人知道。他非常谨慎，亲自确保了这一点。当然有怀疑的人，但他们没有胆子去调查，因为他们不想承担发现埃德蒙多·布迪纽——等同于国家制度——的阴暗面这一巨大的责任。所有人都注意到他的生活里有空白，有虚线（就像表格里的那些一样），但没人能够往里面填入可靠的数据。没有人敢。

冰箱发出刺耳的响声和低沉的震动，它又恢复运作了。哦，她还得准备冰块。看着他品尝威士忌，她总觉得这是她的男人一天中最平静的时刻。这里没有工厂，没有报纸，没有党派之家，没有那些来寻求武器和爆炸性新闻的愚蠢年轻人，没有盲从的哈维尔，没有多疑的拉蒙，没有总在模仿别人的乌戈，在这里，外面的世界消失了。他事无巨细地向她讲述一切，讲述将他的一天分割的所有事。对于这点她毫无疑虑：他对她毫无隐瞒。因为他向她讲述丑陋的事、卑鄙的事、糟糕的事，似乎对她的爱坚信不疑，知道她能接受他人性中的阴暗面，他心里那从未向任何人展示过的魔鬼。连拉蒙都没见过这一面的他，她很确定。因为在拉蒙面前，他是一个比真实的自己更厚颜无耻、更暗黑、更有侵略性、更残忍的埃德蒙多·布迪纽。他从没和拉蒙说过他们的关系，也是因为（至少她是这么理解的）这段关系意味着他的妥协，意味着他承认自己并没有表现的那么顽固、那么严酷、那么不近人情、那么倨傲。他永远不会告诉他。这种耐心细致地在父子间建立的怨恨让格洛丽亚着迷，每天都会出现新的事，为它添砖加瓦。

还有，还有……在抚平床单上破坏美感的褶子时，格洛

120

丽亚笑了。还有，还有，现在她有了另一个秘密，最可怕的秘密。六十八岁的埃德蒙多·布迪纽博士、乌拉圭政坛上最有影响力的人物之一，在众多领域都享有独一无二的权威，却失去了一种最不起眼也最重要的能力。简而言之：他的性生活终结了。格洛丽亚又笑了。她还记得他的第一次失败，他用那一贯以来不容置疑的语气说："工作了一天，太累了。我们明天再做。""是，教授。"她这么回答，话一出口她就后悔了，因为原本这句话对他们两人来说都隐含着一种挑逗的意味，但这次她却不自觉地用了讽刺的语气，一句突如其来的嘲讽，这句话仿佛拥有了自我意识，揭露了真相。他承诺的"明天"从未到来，第四次失败后，他们都明白溃败已成定局，但他还是想方设法地将它视作一种对过去的纪念，而不是耻辱。性生活的终结成了某种类似荣誉勋章的东西。"没有人能像我一样迎来在这方面的休憩，简直太好了。现在我可以用清醒的头脑来对付这个世界上的邪恶和无序。"他忽略了无足轻重的细节，他"应得的休憩"并没有将格洛丽亚考虑在内，她的性生活并没有终结；他忽略了一件小事，他唤醒了她身体里那个蛰伏着的可爱恶魔，而它仍然需要他的喂养和游戏。然而，在那之后，又过了三年，格洛丽亚还保持着对他的忠诚。

这把加利福尼亚的扶手椅真是舒服。总能完美地贴合身体曲线。有一次就差一点点。她很少跳舞。但探戈多么地诱人！那个男人用非常正确的姿势搂着她，没有用过多的力。这是一种通过音乐节奏进行的交流。他们熟悉彼此的每一步，每一次扭动，每一个旋转，似乎从孩童时期起就在一块儿跳舞。在知道眼前这个男人的名字前，格洛丽亚就接受了这种默契，或者，你也可以称它为巧合、一致、自主调整，它允许她提前预知他出乎意料的舞步，以便紧紧跟随着他，就像个影子，一只跟随着节奏的寄生虫，比例绘图仪上[1]那支顺从的铅笔。很快她就意识到，自己成了那个陌生人的傀儡，因为她全身上下的皮肤都应和着他，一意识到他要迈出新的舞步，她心底就升起一股愉悦之情，这已经不只是舞蹈带来的愉悦了，它已经成了某种接近终极痉挛的变体，在未来的某个时刻等待着她。她清楚，他们之间没有灵魂契合，没有共同回忆，没有好感，没有任何爱情的先兆，但她也清楚，只要这个男人对她说一句"来吧"，她就会像个任人摆布的娃娃，像个机器人一样随他起舞。她之所以知道这一点，是因为跳《柴火》的时候，突然而至的尖锐小号好像一道闪电，仿佛让她看到赤裸的自己正躺在他的怀抱中，那瞬息间令人眩晕的幻觉具有可怕的魔力，她不得不把手环在那个男人的脖颈上，低声说了句"抱歉"，让那阵无法抑制的眩晕过去。就差一点点，但什么都没发生。事实上，那次的功勋（"或许是过错，谁知道呢。"她想）不能算是她的。在第八或第九首探戈舞曲后，手风琴手奏完了《雀鹰》的最后一个乐音，她微喘着气停了下来，并不疲倦，快乐地摇摆着，她与一个和她年龄相仿，而不是大上二十七岁的男人一起跳了舞，这似乎给了她某种启示。她仍然沉浸其中。而那个男人则久久地、平静地注视着她，她在那对深邃的眸子里看到了一连串否定和否定之替代的火花，她有种痛苦的感觉，仿佛自

---

① Pantógrafo，以相同、降低或扩大的比例复制设计图纸的仪器。这个设备上装有两支铅笔，其中一支对现有图像进行描红的时候，另一支就能在纸上产生完全一样的图像。

己正参演一出耗时冗长的悲剧，一出浮夸的、伪造的悲剧。同时，她又觉得自己仿佛突然身处户外。这时那个男人说："请您原谅我。"她的欲望破灭了，对此她无能为力，几个小时后她明白了一些女友在跳舞时附在她耳边说的悄悄话："你什么时候开始和娘娘腔跳舞了？"

格洛丽亚舒展着双腿。她有一对招男人喜欢的腿肚子。那种眼神她已经见了无数次（公共汽车上，咖啡馆里，剧院里，楼梯上），那些家伙被那曲线优美的古铜色肌肉吸引，用赞许的眼光欣赏着它，仿佛把它当成了有保障的高效性爱的标志。一项只对埃德蒙多有用的技能，现在却空无用武之地。她的问题和昨天、和前天、和十个月前一样："这公平吗？"尽管如此，对格洛丽亚而言，社会禁忌仍然有着极大的约束力。但每个禁忌都有它相对的反禁忌。她从这些对立中得出一个结论，一种她不愿相信的确信：他不是个丈夫，换句话说，他并不愿成为她的丈夫，哪怕在他可以这么做，而且必须这么做的时候。概括起来就是：继续忠于这样一个不愿做她丈夫，也不再是她情人的男人，还值得吗？此外，当他还是她的情人的时候，就尽其所能地欺骗她，和其他女人——从激发灵感和蜂窝织炎的妓女到带着祈祷书和吗啡的干瘪老女人——为所欲为。毫无疑问，根本不值得。实在太容易得出这个结论了，格洛丽亚做了个鬼脸，这个鬼脸包含着亲切的怜悯，真诚的谅解。他是个利己主义者，谁会怀疑这点呢？位于夸拉伊河①和拉普拉

---

① Río Cuareim，南美洲河流，属于乌拉圭河的左支流，流经巴西南里奥格兰德州和乌拉圭阿蒂加斯省，河道全长 351 公里，流域面积 14865 平方公里。

塔河①、乌拉圭河②和密林湖③间的广阔疆域内最了不起的利己主义者。这点很重要。事实上，能够陪伴某个头号人物本身就是件值得骄傲的事，无论它会招致多少麻烦。二十年来，我一直是埃德蒙多·布迪纽的情人，格洛丽亚一字一句地对自己说，尽管她知道，离二十年其实还差几个月。我仍然是埃德蒙多·布迪纽的知己，他信赖的人，她补充道。糟糕的是没人知道这一点，但毫无疑问，这已经成了贴在她身上的标签。在整个城市，甚至整个国家，再没有任何人（以后也没有？）能像她一样，在家接待这位有权有势的人，倾听他满满的心事。为了听到、看到她每天听到、看到的，那些记者、摄影师、摄像师、反对党议员愿意花多少钱？现在，再过几分钟，布迪纽就会走进来，疲倦地叹口气，亲亲她的脸颊，脱下外套和皮鞋，换上拖鞋，清洗双手和脸，坐到铺着小席子的扶手椅上，接过放了两块冰块和三指苏打水的威士忌，心不在焉地问"你今天过得怎么样？"，然后就开始倾诉他一天遇到的问题。有时他也会捡起前一天的话头："你怎么能让我不要蔑视群众呢？群众接受的就是这样的我。刚开始这对我来说就是个可怕的诱惑：欺骗他们，×他们。但是我妥协了，我郑重地向自己保证，第一个警报一出现，第一个预兆一出现，只要他们有所察觉，就马上回头。我再告诉你：年少时我想搞清楚这个国家的底线到底在哪里，因为只有知道哪条是真正的底线，才知道该如何找

① Río de la Plata，南美洲仅次于亚马孙河的第二大河流，世界第十三大河。

② Río Uruguay，南美洲河流，为拉普拉塔河的支流。它自北向南流经巴西、阿根廷和乌拉圭三国，总长约 1500 公里。乌拉圭河也是巴西与阿根廷及阿根廷与乌拉圭的界河。

③ Laguna Merim，南美洲的湖泊，位于巴西南里奥格兰德州南部和乌拉圭东部。

到自己的位置。于是我开始试探。一个谎言，还没到底；一个玩笑，还没到底；一次弄虚作假，仍然没有；货币欺诈，什么都没发生；道德欺诈，没有；胁迫、施压、讹诈，零；现在我给那些妈妈的宝宝提供武器，开展诽谤运动。但是，我承认，我开始厌倦了。难道这个国家根本没有底线？他们给我带来消息，失败近在眉睫，损失格外惨重，我的木偶们都丧命了。我想：或许就是现在，是时候了。但这样的场景并未出现。总有些人会被收买，总有些人没有足够的勇气，总有些人掏出一根烟，耸耸肩膀。他们害了我，但他们根本没有意识到。我是个固执的人，我有执念，我非得找到这条底线不可；在寻找的过程中，我堕落了，变得卑劣。现在我已经找到了这条底线，但它已经无法阻挡我了。我感觉得到，我的内心已经腐坏了。"

在这种时候格洛丽亚总会靠近他，把手放在他的头上。他的头发仍然充满活力，几乎和二十年前的一模一样。鬓角的痣也还是一样。脸颊上的胡楂还是刮得干干净净，露出光润的皮肤。"还有我的孩子们，"他或许会接着往下说，因为这是他最喜欢的话题之一，"你说我该拿乌戈怎么办？真让我生气。这个蠢货想模仿我。用什么？拜托。他有个妙极了的老婆，却对她置之不理。他能成为会计师，是因为我带他去了考场，让所有人都知道这是我的儿子。现在，他已经是个专业人士了，我又运用了自己的影响力，给他找了些活儿干。他却以为自己的制胜法宝是他那张漂亮的脸蛋。拜托。另一个，拉蒙，就不一样了。他很聪明，什么都看得清楚，打小就有双聪敏的眸子，能捕捉一切。所以他才更让我生气，让我非常生气。他放弃了自己的事业，这和我有什么关系。重要的是他是个左派，他坚信自己是个左派。哈哈。我给他钱，让他开一家旅行社，其实我希望他拒绝我。但他却接受了，你注意到其中的矛盾之处了吗？他并没有和我说：老头，把你的钱塞进屁眼去吧，我要从底层干起，做我自己，从我能干的事干起，就这样。现在，如果他发现我和莫利纳的那些脏钱有关系，难道他会有勇气来质问我，坚定地和我说：老头，你真卑鄙，这是我最后一次和你说话？不，他不会这么和我说话的。他不知道，要是他这么和我说话，我会给他一个怎么样的拥抱。不，他不会这么说的，相反，他会害怕得要死，来求我不要再做那种事，不是因为那种事卑鄙，而是因为那样做会坏了整个家族的名声。布迪纽这个姓还能更脏吗？是我弄脏的，在国家的普遍许可下，为了惩罚我，这个国家让我成了手握大权的显贵。是的，他肯定会对我说，我得为乌戈想想，为古斯塔沃、苏珊娜想想，为家里的所有人想想。当然了。但他从来没为我想过，从来没想到我是他的父亲，想到我已经腐坏了。他从不为此担忧。我在他面前接见了那几个大使馆向我推荐的蠢货，我给了他们武器，和我所能想到的最放荡的建议，而他英雄般地克制住了他的反感，还和那几个蠢货握了手，而不是把他们赶出去。在家庭聚会中他总是贪婪地看着多莉，但我敢打包票，他一定从来没能鼓起勇气和她说话，爱抚她，和她睡觉。优柔寡断，一个懦夫。结果就是他恨我，恨我恨到盼着我死，他最喜欢想的肯定是怎么才能让我早点死。可惜的是他并没有勇气这么干。他连只苍蝇都不敢打，但是，如果要在这个世界上存活，你就得打比苍蝇更强大的东西。现在我和他之间的关系已经无法缓和了。自从他用我的钱开了旅行社，一切就都结束了。他一天比一天更恨我，而我一天比一天更看不起他。现在，他唯一自我救赎的方法就是一劳永逸地把我解决掉。到了他拿枪指着我的那一刻，到了火花四溅的那一刻，我才会爱他，才会原谅他。那将会是我们两人的救赎。因为我已经厌倦现在的局面了，我已经筋疲力尽了。但是，事情发展到这个地步，我又不能允许自己筋疲力尽，现在再说后悔、再重新开始是毫无必要的。从我决定要做现在的我的那一刻起，我做的一切都经过了深思熟虑。太遗憾了，我错了，我要向社会、家庭、向所有的物质祈求谅解；现在说这些还有什么用。你可能会问：你的良心呢？或许你不会相信，我也问过自己同样的问题，区别在于你是在问我，而我是在问那个被称为上帝的幻影。我的良心呢？我问他。事实上，我的问题本身就是对他的抗议，就像你发现买的商品缺了个角，去商场抗议一样。我的良心呢？这才是可怕的地方。我没有良心，即使有，我也从未感觉到它的存在。"

　　他已经迟到十分钟了。格洛丽亚弯下腰，在书报架上拿起报纸，翻到第五页。布迪纽的社论比往日更具攻击性。这个国家真的没有底线吗？那她，格洛丽亚·卡塞利，有底线吗？布迪纽不也可以对她为所欲为吗？她总会忍让，从不会反抗，从不会表示不满。难道他不会因她的顺从而蔑视她吗？以前，格洛丽亚把这种顺从定义为爱，现在她又将它称为理解。她真的理解他吗？四十几岁的格洛丽亚，依然迷人，依然令人向往，她想着，如果那个9月10日，在他问她"你愿意做我的情人吗？"的时候，她的回答是"不"，她的人生会如何。一个单音节字，就这一个字。或许她已经结婚了，和她的姐姐贝尔塔一样，还生了两个小胖墩，她的丈夫或许就像费尔明一样，只对足球和彩票感兴趣，费尔明能准确地说出佩那罗尔足球俱乐部[①]近十五年来的队员组成情况，他还说，自己没能获得"问与答"价值一万比索的大奖，是因为他们骗了他，他选择了"第一序列的职业足球球员，1940年至今一直在世纪球场[②]踢球"这题，但那个居心不良的工作人员却问他胡安·阿尔韦托·斯基亚菲诺[③]放在床头的书是哪本。或许她会像贝尔塔一样发福，因为贝尔塔现在既不穿束腰，也不运动，还得了静脉曲张，她已经把自己过田园诗般生活的愿望抛到了脑后，每年母亲节，当她的儿子把学校老师要求写的年度小作文带回家交给她时，她都会流下感动的泪水，她每周有两个晚上会搂着费尔明那汗淋淋的身体，有时也会搂其他同样令人反感的男人，她把这看作一种例行工作，就和码头工人搬货物或牧师听人忏悔一样。如果是这样，幸好她当时说了"是"，当然了，以她的方式，"我太幸福了，教授。"事情发展到什么地步已经不重要了，一切都像一场真正的冒险，就像电影和小说里讲述的那样，不同的是，这场冒险的主角是她。不过就算在最初的几年，甚至最初的几个月，她都不觉得那是她的男人。虽然当时

---

① Club Atlético Peñarol，位于乌拉圭蒙得维的亚以足球队闻名的竞赛俱乐部。于1913年12月13日由前身"中央乌拉圭铁路板球俱乐部"（Central Uruguay Railway Cricket Club）正式更名为佩那罗尔，曾经三夺洲际杯冠军。

② Estadio Centenario，位于乌拉圭蒙得维的亚战场公园的足球场，为了1930年国际足联世界杯而兴建。同时也用作庆祝通过第一部乌拉圭宪法100周年。国际足联后来把此球场同圣西罗球场、旧温布利球场、马拉卡纳体育场、阿兹特克体育场、圣地亚哥·伯纳乌球场一起列为经典球场。

③ Juan Alberto Schiaffino（1925—2002），意大利－乌拉圭足球运动员，攻击型中场或前锋，曾在乌拉圭的佩那罗尔、意大利的A.C.米兰和罗马俱乐部效力。

她仍处于震惊中，但她明白，自己只是一件工具，一件毫不起眼的工具，从属于那个不好相处、捉摸不透、不动声色的男人。她明白自己是被占有，而不是被喜爱；被渴望，而不是被需要。她是那个男人享乐的工具，她的作用就是刺激他的感官。在那之后，他发出最后一声愉悦的呻吟，瘫倒在她身上，巨大的重量几乎让她窒息，格洛丽亚明白什么在等待着她——简单利索的抛弃。他注视着空空如也的天花板，此时此刻，她对他来说甚至比衣柜、衣帽架、椅子还无关痛痒。当时他们的关系并不亲密，真正的亲密和信赖是近几年他精力衰退、不足以满足他的肉欲后才逐渐建立起来的。格洛丽亚点了根烟，开始往外吐烟圈，这是那个下午他怂恿她抽烟时教她的。吐到第三个烟圈时，一个问题冒了出来：现在他们之间这种新的相处模式到底是一种交流的方式，还是他为了继续把她当作工具来利用而想到的办法，这样他就能继续在不动感情的前提下享用她，继续让她刺激——不再是感官了——他敏捷的思维，完成这一切后再将她抛弃，再次把她变为一件比家具更不值一提的工具。在问完这个问题前，烟圈就消失不见了，或许是为了逃避它的责任。当她正要再深吸一口时，门铃响了。

格洛丽亚打开门，他单脚站着，帽子挂在颈后。脸颊上的吻距离疲惫的叹息只有两厘米。格洛丽亚帮他脱下外套，把拖鞋递给他。两只鞋子落了地，发出与往日相同的声音。格洛丽亚在卧室看着他清洗双手和脸蛋。然后，埃德蒙多·布迪纽走向扶手椅，接过加了两块冰块和三指苏打水的威士忌，带着并不使他的威严减少哪怕一分的微笑，问道：

"今天过得怎么样？"

八

"你要去市中心吗？"

"是的。要捎你一程吗？"

"好的，把我带到学校。"

"你又和爷爷吵架了吗？"

"没有，那次大战之后我们就休战了。"

"你妈妈很担心。"

"是的，她说过我好几次了。"

"她真的很担心。"

"你不担心吗？"

"不怎么担心。我比你妈妈更了解你。"

"你确定？"

"相当确定……无论如何，好好和你妈说话，别吓到她。你清楚她激动起来会怎么样。"

"什么事都能让她激动。一大堆词都会让她怕得要死。"

"那你就别和她说那些词。要是说了，你得到的唯一好处就是：在家里，你再也不会有好日子过了。不管你脑袋里想的是什么，别总在家里说就行。"

"你也觉得讨论当下发生的事情毫无意义吗？"

"不是，我是觉得和你妈讨论那些毫无意义。你说服不了她。"

"爷爷就不一样了。妈妈是真的被那些事吓到了，而且她什么都不懂。但爷爷正相反，他懂得很，却装作被吓到了。"

"他们是另一种人。他们不想失去他们的世界。"

"我知道。为了不失去它，他们什么都愿意干。但真正让我恼火的是他们那种早已过时的装腔作势，他们什么瑕疵也没有，他们的正直无懈可击，他们超级超级无私。我指的是他写的文章，他在报纸上表明的态度，不是指他和我说的那些话。和我说话的时候，他总想表现得比真正的他更坏。"

"我们所有人或多或少都是表面现象的奴隶；他们，我们，还有你们。只不过所有人看到的表面现象不同罢了。"

"我们也是表面现象的奴隶，这怎么说呢？"

"老头那天和你说了。这是他的话里为数不多有道理的一句。那些人认为所谓的革命就是出门不打领带。"

"我不得不说，他们并不是这样想的。"

"我知道，我知道。但是他们开始争论，开始大喊大叫，开始组织集会；他们的激情被点燃了，他们相信这个国家可以变成他们倡导的样子，而且只能是那个样子。但这个国家或许比他们设想的要糟糕得多，比他们构建的那片理想之地要糟糕得多。"

"这是谁说的？"

"你看，古斯塔沃，其实我们想的是一样的。应该跳出资本的圈套，不该把土地集中在少数人手里，应该改善我们在国际政治事务中缺乏个性和独创性的局面，严厉整治行政腐败，禁止退休金黑市买卖，重拳打击大大小小的走私犯罪，削弱强权，推翻俱乐部的考迪罗①，严禁警察严刑逼供，严禁议员以低价购买进口汽车。毫无疑问，这一切都该立马付诸实践，但是那些人不明白，这个国家国民感受力的弹簧已经被一点点地磨损，直至毁坏了。"

"怎么说？"

"那天我在电视里听到一个黑人议员在发表讲话，嘲讽他选区的选民。他是这么说的：'四年里诸位一直对那些腐败的议员感到不满，他们就像我以及大多数人一样，以极低的价格购买从国外进口的汽车。诸位觉得这是极其严重的道德败坏。但是，到了投票的时刻，诸位仍然把选票投给了我们，而不是投给那些抵制了金钱诱惑的议员。这说明群众并不怎么在意这些细节。'"

"真虚伪。"

"是很虚伪。然而，很不幸，他说的其实很有道理。群众越来越不关心这些和政治道德有关的细节。群众知道政府高层会参与交易数额相当大的、获益颇丰的黑市交易。他们觉得自己没有能力阻止这种乱象。于是，一个普通人，当他可以行使他唯一的政治参与权，也就是投票权时，他妥协了，为了得到

---

① Caudillo，考迪罗，亦称考迪罗主义、考迪罗制度，原意是首领、头领。考迪罗制是拉丁美洲特有的军阀、大地主和教会三位一体的本土化独裁制度。盛行于 19 世纪 20 年代独立后至 20 世纪前拉美地区的大多数国家。考迪罗在经济上依靠大地产大庄园主，在政治上靠军人专政来维持其政治统治。对外投靠外国势力，对内残酷镇压人民反抗。

一点小小的、不值一提的好处，他也贡献出一份力，成了构成乱象的一部分。你要相信，这个国家最严重的危机就是榜样的力量导致的危机。"

"你可以说乱象是坏榜样招致的。但到了现在，就算有了好榜样，问题也无法解决。需要打破一整套经济秩序，需要彻底改变它。"

"是的，古斯塔沃，我同意。但是，如果为了改变现在的经济秩序，就得把道德暂时放进口袋，那就完全是本末倒置了。"

"事实上，这个国家面临的是一场经济危机，而不是道德危机。退一步讲，道德危机寄生在某种特定的经济结构上。"

"你们这些人，根本没弄懂马克思主义，却天天把相对剩余价值挂在嘴上，或许你们偶尔会想起，马克思也把政治经济学，把财富论看作道德科学，看作所有科学中最合乎道德标准的。难道你们没注意到，虽然马克思谴责资本主义政权剥夺个体权利，但他也提出要发动针对当下的道德科学的革命。你和你那些不打领带的革命伙伴打算怎么办？按照你们的话讲，先改变当下的经济结构，再把它交到那些道德败坏的人、野心勃勃的人、容易被操纵的人和失败的人手里？在我看来，试图改变经济结构是愚蠢的，因为要是不同时提高这个民族的道德素养，一切都会土崩瓦解，发展、革命，一切，一切将变得毫无意义。你难道没有想过，这个国家之所以对政治如此冷漠，这个国家的人民之所以对待一切都只是满不在乎地耸耸肩，或许是因为那些征服、变革——现在想来那已经是很久以前发生的事了——都不是这个国家以及这个国家的人民所渴望、所呕须的。这就是为什么曾是南美先锋的我们被一个又一个国家超越的原因，现在，任何南美洲国家的人民都拥有比我们更强的社会意识，都比我们更活在当下，更追随世界变化的潮流。现在南美洲已经进入了你们向往的大变革时代，但是，曾经如此整洁、如此民主、如此平衡的乌拉圭，那个曾经是美洲其他国家的榜样，那个因独立自主而闻名的乌拉圭，现在却停滞不前、无药可救，它成了最后一个吸取历史的教训，最后一个舍弃它辉煌的过去和虚伪的仪式的国家。"

"你们都是这样：显然，你们很了解现在的形势，但是，你们只会破坏。你们只会指出错误和不足。"

"不，古斯塔沃，我们只是选择了不同的道路。我认为唯一有效的改革方式就是发展政治教育，而这需要时间。而你则认为改革必须是迅速的，必须突然发动，突然达到顶峰，我能理解为什么你会这么想。我还记得，在二十岁前，我总觉得所有事情都很紧迫，简直刻不容缓，的确，的确是这样。然而，承认一件事情刻不容缓并不意味着你能够马上解决它。或许你和你的朋友说得有道理，但对我来说，获取政治意识只有两个途径：一是通过饥饿和掠夺，另一个就是通过教育。我们既没有忍饥挨饿，也没有去掠夺，至少没有像一些非洲和美洲国家的人民那样。同样的，我们也没有接受过像样的政治教育。所以真正的政治变革对我们来说才如此不值一提，也正是因为如此，那些卑鄙的、虚伪的政治现象对我们来说才如此重要。当我对你说这些的时候，脑子里想的是卑贱的官僚主义野心、社团之间的关系网、退休人员的大'涅槃'、零售业的腐败现象。在制订你的计划之前，你先把这个国家的国民理想化了，但事实上，他们并不符合你提出的要求。你要清楚，我和你说这些话，既不是为了丑化国民，也不是为了讥讽你们。你们都很好，你们的出发点也很好，这我承认，但你们只考虑了这个国家的经济状况就贸然介入，除此之外，你们还忘了这个国家的根本现实；这个国家非常好，拥有丰富的原材料，但是，如果要充分利用这些原材料，就要教化国民。这个国家的所有人都会写字，但一谈到公共就业服务和退休金之外的话题，他们就不知道该如何政治地思考。有些事靠口号就能解决，但有些事不能。举个例子，只要你去做个土地改革的问卷调查，就能发现，最热情的支持者都是专业人士、知识分子，或者学生。都是中产阶级以上的人，他们中的大多数都拥有大量的固定资产。但我建议你去广大的农村地区看看，如果你遇到一个农民，不管是年轻的还是年长的，只要你和他提及土地改革，要是他没大吃一惊或者真诚而又斩钉截铁地向你指出土地改革的不可能性，你就该给他授勋了；事实上，更可能出现的情况是，他根本不知道你在说什么。你要知道，我们国家的农民，至少是现在，还不具有土地意识，他们更喜欢游牧生活。这是他们给自由下的不可靠的、冒险的定义，他们知道，现在他们还可以到这里打个猎，去那里剪个羊毛，他们知道自己不受任何法规的约束，或者说，至少他们自己觉得如此；这是高乔人①传下来的观念，老人这么说。因此，在穿上奇利

① Gauchos，拉丁美洲民族之一。分布在阿根廷潘帕斯草原和乌拉圭草原，属混血人种，由印第安人和西班牙人长期结合而成，保留较多印第安文化传统。讲西班牙语，信仰天主教，从事畜牧业，习惯于在马上生活，英勇强悍，曾在19世纪初叶拉丁美洲独立战争中起过重要作用。现多为牧场工人。

帕①、举起土地改革的旗帜之前，得向农民反复灌输土地的概念。再想想：如果他们没有土地的概念，是否还要向他们反复灌输这个概念？庄园制度结束后，还有其他实现社会公平的方式吗？还有其他更符合我们的国情、更让我们适应的方式吗？要是你们依旧一成不变地照搬玻利维亚、古巴、加纳的成功经验，要是你们依旧把我们的农民看作古巴的农民或者奥鲁罗②的矿工，这事就办不成。你告诉我，明天或者后天，在巴西或者阿根廷，可能会有大事发生，是那种极其可怕的、能够席卷一切的大事，甚至会把我们也卷进革命的大潮中。或许吧，但这不该是一个成熟的国家完成革命的方式。革命在我们的国家爆发，点燃它的不是我们自己的信仰，而是蔓延到我们土地上的邻国革命之火。如果是这样，这些火焰于我们而言就是无益的，因为它们根本不是来摧毁我们的。如果我们不自己制作火药和导火索，如果我们没有深刻地意识到革命和革命之火的重要性，一切都将是肤浅的、虚假的、不正当的，一切都只是一张面具，就像现在我们卖力吹嘘的民主一样，面具，只是面具。要是我们国家的显赫人物，包括你爷爷，可以逍遥法外，大声向世人宣称他们的手是干净的，那么只能说明，在我们国家，干净在政治意义上的概念尚需完善。好了，你在这儿下车吧，那儿不能停车。"

---

① Chiripá，高乔人或农民的一种服装，把一块布围在腰上，然后将后部的布从腿中间掏到前面系起来，做成裤子状。

② Oruro，玻利维亚西部省，以矿业为经济基础，有锡、锌、钨、银、铋、金、盐等矿产。

九

　　还早，才两点二十分。我还不想去办公室。肯定已经有一大堆人在那里等着我了。好，就让他们等着吧。我想在咖啡馆坐一会儿，看看报纸。今天早上我只来得及扫了眼标题，还没看老头写的。今天他写的是什么？反对黑人？支持伊萨克·罗哈斯[1]？反对休息日？为工会的规章制度辩护？毕竟他谈论任何话题都是合理的。但是，为什么老头要刻意地把自己的文章变为卑鄙的杰作呢？

　　"瓦尔特，最近怎么样？"

　　"那天我看见你走进来了。我就坐在靠窗那桌。那天下午，我想叫你来着，但又不敢。"

　　"你从什么时候开始变得这么腼腆了？"

　　"有一件很棘手的事。刚开始我觉得不能在电话里和你说，后来又耽搁了，就一直没和你说。"

---

① Isaac Rojas（1906—1993），阿根廷海军上将、副总统，1955年开始执政，直到1958年，总统佩德罗·阿兰布鲁（Pedro Aramburu，1903—1970）解散所有权力机构，宣布提前大选。

"让你这么为难？"

"相当为难。涉及你父亲。"

"哦。"

"你知道的，我是莫利纳的秘书。那天我在不经意间得知了一件相当卑鄙的事。"

"别告诉我老头和这件事有关。"

"就是这样。"

"好吧，我不感到惊讶。"

"是笔相当重要的交易，和工厂有关。你父亲可以从中获得五十万。"

"天啊，那莫利纳呢？"

"也差不多。"

"你打算怎么做？"

"什么都不做。不过，我向你保证，不是为了你老头，也不是为了莫利纳，不是为了任何人，我什么都不做是为了钱。另外，没人知道我知道这事。我什么都不做，是因为我已经知道他们会怎么处理这种事了。如果我去告发他们，会有人给我录一份口供，然后，莫利纳会把我派到其他部门去，比如档案室，我会在那里默默无闻地过完剩下的日子，而你的父亲会在他的报纸上刊登一些传言，说某个办公室的某个雇员是地下党，这个地下党担任相当重要的职务，可以截取对国家安全至关重要的信息，而在一个自由、民主的国家，这种事是不被允许的。可以想见，这样做会带来怎么样的后果。"

"那你为什么要把这事告诉我呢？"

"为了让你有个准备。虽然你没有参与，但这种事情也会影响到你。不仅影响到你，还会影响到你的旅行社，甚至你的儿子。已经有个记者得知了这件事，明白吗？他正在核实，打算做一个爆炸性的大新闻。我觉得你可以和你父亲谈谈，告诉他这件事就要瞒不住了，总之，告诉他他马上就要输了。"

"那个记者叫什么？"

"拉腊尔德。"

"阿历杭德罗·拉腊尔德？《真理报》那个？"

"没错。"

"相信他将会掀起一场腥风血雨。"

"想像一下，会是一场好戏。"

"谢谢你，瓦尔特。"

"你打算怎么做？"

"还没打算。和老头谈论这件事对我来说实在太难了。我们的关系不太好，你知道吧？但不能让这种事发生，不能。"

"下午好，布迪纽先生。有七通电话找您，还有四个人在等您。"

"发生什么事了？阿韦亚今天没来吗？"

"阿韦亚先生今天已经接待了二十多个人了，这四个人要求见您本人。"

"好的，把需要回拨的电话号码列个单子给我。"

"先生，我还有一个请求。"

"说吧。"

"今天是我的生日，我想早点下班。"

"见鬼，本来今天我想把和美国那边的往来邮件处理掉。"

"先生，如果是这样的话……"

"我们也可以把这件事留到明天来做。为了庆祝您的生日。"

"谢谢，先生。"

"您应该还很年轻吧。"

"今天就满二十一岁了，先生。"

"满二十一岁应该是件令人开心的事，您有一份好工作，还长得这么漂亮。"

"我的男朋友也这么说，先生。"

"祝贺您，看来您的男朋友很明智，也很有品位。"

"感谢您允许我提前下班，先生。我去把里欧斯先生请进来。"

"稍等。我想先把这份报告读完。"

丰满的女秘书表现得很好。一夸她漂亮，她就马上把男朋友的事抖了出来。对我来说是某种意义上的被魔。我见过那个家伙。有一天我在加利福尼亚电影院的最后一排看到他们了，纠缠在一起。今天他肯定会好好地亲亲她。祝你生日快乐。①好好享用吧。好了，现在，该怎么跟老头开口呢？肮脏的交易，一直以来我都很怕这个。退一步讲，就算这件事影响了我，那又怎么样。但是，古斯塔沃怎么办？我不想让他以自己的名字为耻。我说的这是什么话？简直像大仲马会说的话。好笑的是，只有这种说法才能表达我不想让他以自己的名字为耻的意愿。那么，这话也可以算是我说的。只不过我的情绪没他那么强烈。86453。

"哈维尔，我是拉蒙。您妻子的关节炎怎么样了？听到您

_____

① 原文为英语。

这么说我很高兴，很高兴。我父亲在吗？五点？好的，哈维尔，五点我还在办公室。

现在：丰满的女秘书把里欧斯先生带了进来。

"您是布迪纽先生？"

"是的，很高兴见到您。"

"我坚持非要见到您本人不可，请您原谅，我知道您是个大忙人。"

"别担心，里欧斯先生，为您服务是我们的职责。"

"我的问题和旅行有关。当然，正因如此，我才会到贵旅行社来。"

"当然了。"

"原本这事再平常不过，我完全可以和阿韦亚先生谈，我在别的地方见过他，是个相当有能力的人。但是，我的情况有点特殊，需要有所保留。"

"保留？您指的是需要提前预订车船票，还是指要严格保守秘密？"

"都是。布迪纽先生，我现年七十三岁，妻子已经不在了，有两个儿子，两个女儿，还有一个孙女。我打算去欧洲旅游。"

"打算玩多长时间呢，里欧斯先生？"

"最多三个月。"

"打算什么时候出发？"

"越快越好。"

"您一个人？"

"不，和我的孙女一起。这是最基本的要求。"

"坐船还是坐飞机？"

"船。"

"坐什么舱？"

"一等舱。"

"您想要我为您规划行程，预订酒店，打点一切？"

"当然，除此之外，我还有一个要求。通常情况下，没人会向旅行社提这种要求，我之所以向您提出这个要求，是因为您的朋友罗慕洛·索利亚告诉我，您是个非常杰出的人。"

"您是罗慕洛的朋友？"

"他是我的医生。也是唯一一个知道我即将向您坦白的事的人。事实上，这件事就是由索利亚医生本人告诉我的，尽管对他来说实在是难以启齿，而此时我也不得不承认，我不知道该如何开口向您诉说。事实上，如果不是我有所察觉，索利亚至今都不会向我坦白。基本上可以算是我逼他开口的。但您肯定没有发现任何异样。"

"是的，说实话，我什么都看不出来。"

"其实事情很简单，我得了癌症。"

"里欧斯先生，我真不知道该说什么。"

"您的脸色很苍白。"

"可能吧，我真的不知道该对您说些什么。"

"没关系，我能理解。"

"在这种情况下，您还能去旅游吗？"

"什么能不能，按理说，我什么都不能做。但正是在这种情况下——借用您审慎的措辞——我才更有权利给自己一个满意的结局。索利亚医生认为我还能再活五个月，他向我保证，四个月后我才会感到不适，病情很快就会恶化，到时候我会连动都不能动。因此我只计划了三个月的正常生活。您可能觉得有点疑惑，不知道我为什么要和您说这些。"

"是的。"

"您瞧，我想和我的小孙女一起去旅游，这是我送给自己的最后一份礼物。但我的小孙女只有十五岁，要是我的儿子和儿媳得知我得了这种病，已经没几天好活了，肯定不会让我把小孙女带走，甚至还可能想方设法地阻止我。最好的情况或许是全家一块儿去，这样他们就能一路照顾我。"

"难道您不觉得，里欧斯先生，这种情况相当不错吗？"

"您的朋友索利亚医生也这么问我，但后来他理解了，我相信您也能理解。和一大家子一起旅行整整三个月，和儿子、女儿、儿媳、女婿一起。他们会刻意讲些笑话逗我开心，会用怜悯的目光看着我，眼眶一湿，就会立马别过头去。我必须承认，这种场景让我反感。我想要的是一场完全正常的旅行，和我的小孙女一起，她是我在这个世界上最爱的人。和我开心的小孙女一起，忘记一切，享受一切。她紧紧依靠着我，但事实上，是我紧紧依靠着她。您的朋友向我发誓，有关我的病情，他不会向我的家人透露半个字。您也要向我发誓。"

"当然了，但是……"

"我知道，您还没完全理解。除了帮我们预订船票、酒店，规划线路，给我们提供一些诸如最值得游玩的景点、最值得参观的博物馆之类的信息，除了这些或多或少算得上常规的事之外，我还想请您帮一个忙。我想麻烦您联系每一家我们在旅途中会下榻的酒店，告诉他们如果有坏事发生，坏事当然可能发生，您的朋友索利亚可能算错了日子，如果我真的出了事，他们必须保证我的孙女不用操心任何事，要是出了事，他们必须马上把她送回蒙得维的亚，坐飞机。不用说，我会向贵社支付一笔额外款项，感谢您对我的特殊照顾。"

"有些人可能问都不问就答应您的请求。但是，要是您允许，我要冒昧地提醒您，要是酒店的工作人员得知您的情况，也会向您投来同情和怜悯的目光，而这是您不愿看到的。"

"是的，当然了。我也考虑过这个问题。但是，酒店的工作人员、餐厅的服务员偶尔投来的同情目光和儿女投来的目光是不一样的，前者几乎是职业的，后者却是真诚的、忧伤的。您可以说我的心像石头一样硬，但我得承认，真诚才让我烦心。那些伪君子根本影响不了我，我完全可以无视他们，但我爱我的儿女，他们也爱我，至少我是这么认为的。另外，您肯定也去过欧洲，您知道，欧洲人的同情目光不像我们同胞的目光那样让人战栗。他们的同情不是佯装出来的，也不是暴风骤雨般的。那是种对经历过轰炸、集中营、酷刑、饥饿和截肢手术的人的同情。"

"我还以为您没去过欧洲呢。"

"确实没去过。但我见过'二战'后来这里的欧洲人的眼睛。"

"您让我觉得自己的举止非常轻浮。"

"哦，举止轻浮是没办法的事。我得说，曾经的我才是最轻浮的人。您可能听过一种说法，虽然盲人看不见，却有超乎常人的听觉、嗅觉和触觉。自从死亡的概念在我脑中闪过，自从我知道自己还剩多少寿命，突然间，我就拥有了某种感悟生活的能力，就像有个人，一个幽默的上帝，判定我原有的触角已经失灵，便给了我一个崭新的触角，让我得以拥有不同一般的感受。"

"幸运的是，您没有丢失您的好心情。"

"其实，和小孙女一起去旅游也是我激励自己的一种手段。就算不能延长生命，至少也能让自己满足地死去。"

"好的。我想我已经充分理解您对我们旅行社提出的要求了。"

"并不是对贵社的要求，而是对您的请求。这是我向您讨的恩惠。"

"好的，那麻烦您明天再来一趟，三点，带上护照和疫苗接种证明，您本人和您的小孙女的，如果有什么地方是您非去不可的，您也可以告诉我。明天我会留出一个小时，和您一起敲定所有的细节。要是您见到罗慕洛，麻烦替我问好。"

这比见一个死人还糟糕，糟糕得多。

"小姐，今天我不想再见任何人了。"

"但是，先生，还有三个人在外面等着，他们知道您在这里。而且，他们知道您已经见了里欧斯先生。"

"我觉得不太舒服。告诉他们明天再来。就这么告诉他们：我觉得不舒服，得走了，建议他们明天上午再来，因为下午我没法接待他们。"

"您真的觉得不舒服吗？"

"只是有点头疼，我没事。"

"您需要些什么吗？"

"不用了，谢谢。把那些人打发走，就去庆祝您的生日吧。"

"谢谢您，先生，希望您能好过些。"

我怎么能继续接待那些人。这个男人，如此平静。给我留下了深刻的印象，比大街上的死人还让我印象深刻。比见一个死人还糟糕。糟糕得多。里欧斯已经被宣告死亡了，但他还活着，还知道自己已经被判了死刑。我不明白，他怎么还能如此平静地规划他的未来，他少之又少的未来。我注意到，他并不相信宗教。他拿上帝开了个小小的玩笑。我不明白。在他略显荒诞的平静中，在他对小孙女的爱中，在他对死亡清醒的顺从中，在他对罗慕洛的尊重中，在他对儿女或许会有的怜悯的反感中，应该有些并不光明磊落的东西。然而，他的神色平静，眼神中没有一丝怨愤。凡人皆有一死，但他知道自己的死期，这简直太可怕了。尽管我知道自己最多还能再活四十年，但我一点都不想知道那天什么时候会到来。这种感觉多么可怕，看着时间一分一秒地流逝，知道自己正不可避免地走向一个明确的、不容改变的结局。拿到自己最后的判决会有什么感受呢？或许时间会以一种让人晕眩的速度流逝，闭上眼睛再睁开，半天就过去了。就像一辆在向下坡行驶却刹车失灵的车一样。我曾经感觉到自己的死亡迫在眉睫。真的，比罗慕洛向里欧斯保证了的五个月更迫在眉睫。就在穿过科隆和萨亚戈之间的铁轨的时候，那是在1938年，或者1939年的一个晚上。我从匈牙利女人那儿出来。就像平常一样，我懒得走到栅栏那儿，就随便找了个地方，从铁丝网上翻了过去。那天没有月亮。我一边走，一边想着那个匈牙利女人。她曾经说过她的名字，但我不记得了。好像是埃尔齐之类的。在预科班里，大家都叫她"那个匈牙利女人"，有时干脆直接叫她"匈牙利女人"。真是个好姑娘。性别、民俗文化和国家的混合体。和她睡觉就是和阿尔帕德大公①的游牧民族睡觉，和圣拉斯洛②睡觉，和德布勒森③食谱睡觉，和蒂米什瓦拉④之战睡觉。她是接吻的行家，在那晚，在这个吻和下个吻的间隙，在这个拥抱——八爪鱼的拥抱：疯狂、快速、层层叠叠——和下个拥抱的间隙，在这次爱抚——那么有力，把我的皮肤都搓红了，像得了荨麻疹一样——和下次爱抚的间隙，在这次云雨——她从不用毛毯，就算在七月，就算我冻得快死了，但她总能用她动物般的体温温暖我，比所有的热水袋都管用——和下次云雨的间隙，她和我说起扎波尧伊·亚诺什⑤的自负、这位国王与土耳其人的关系，当然了，还有奥拉迪亚和约⑥。有时她也会说起她的兄

---

① Arpad（？—907），匈牙利的第一位大公（889—907）。阿尔帕德王朝的创建者。

② 指圣拉斯洛一世（San Ladislao，1040—1095），英语文献中常写作拉迪斯拉夫一世，匈牙利阿尔帕德王朝的国王，1077 年至 1095 年在位。教宗英诺森三世在 1192 年将他封圣，后代的传说把他描述成虔诚的"骑士王""中世纪后期骑士精神在匈牙利的理想化身"。

③ Debrecen，匈牙利第二大城市，豪伊杜 - 比豪尔州首府，位于布达佩斯以东约 220 公里的匈牙利大平原上。

④ Temesvár，罗马尼亚语为 Timişoara，罗马尼亚西部主要城市，巴纳特地区的历史首都，现为蒂米什县首府。该城长期受哈布斯堡王朝统治，曾是匈牙利和奥地利争夺的对象。1919 年，蒂米什瓦拉正式并入罗马尼亚。

⑤ 指的应该是 Juan de Zápolya，但作者写为 Juan Zopalya，应为笔误。扎波尧伊·亚诺什（1490—1540），在 1526 年至 1540 年间任匈牙利国王，人们称他为亚诺什一世或约翰一世。

⑥ 文中所写的 Nagyvárad 是奥拉迪亚的匈牙利名，它的罗马尼亚名为 Oradea。奥拉迪亚是罗马尼亚的城市，是位于特兰西瓦尼亚的比霍尔县的首府。第一次世界大战前的 800 多年时间里，奥拉迪亚一直属于匈牙利王国，一战后，它被划分进罗马尼亚的疆土中；第二次世界大战中它又被划入匈牙利，但战后它得以重返罗马尼亚。

弟，捷尔吉和齐格蒙德，两人都是小提琴家，一个供职于维也纳交响乐团，另一个则在莱比锡广播电台的管弦乐队工作，他们只在圣诞前夕给她写信，说些中欧的政治笑话，还会拿自己开玩笑。还没等她讲完匈牙利的历史，我的精力就衰退了，于是她说了再见，我们就此分别。与这样的女人相处后很容易魂不守舍，而且那还是个没有月亮的夜晚，我边走边回想着她新奇的想法、情绪的爆发，还有一个接一个地从她嘴里蹦出来的名字和日期，于是，不知不觉中，我翻过了第一道铁丝网，又翻过了第二道，然后，在某个地方，我穿过了，不，应该说试图穿过铁轨。我根本没意识到自己正站在铁路支线上，就在右脚踩上铁轨的那一瞬间，我听到了从哥伦布车站传来的变轨声，一点零七分的火车就要来了。我怔住了，彻底怔住了，疼痛对我来说不算什么，重要的是，我非常确定，在四分钟后，最多五分钟后，一点零七分的火车就会经过，而我无法逃脱，因为这该死的铁枷攫住了我的脚踝，我的脚被牢牢地钉在了铁轨上，无处可逃，一阵恐惧从脚上升起，传遍了我的身体，其中包含的不只有对死亡的恐惧，还有对自己的愚蠢的咒骂，我怎么会如此可笑地跳进一个根本不是为我准备的陷阱里呢，要是往左十厘米，或者往右十厘米，我根本不会意识到危险的存在。突然，我听到了铁轨的咔嚓咔嚓声，一点零七分的火车就要来了，天气很冷，刮着寒风，但我流着汗，不安地重复着"匈牙利的灾难"，可怜的埃尔齐，做爱做得那么好，了解那么多的历史，却要为我的愚蠢负责，我在心里发誓，要是我平安地渡过这次劫难，以后一定等栅栏打开才通过，但是，我心里也清楚，这个誓言完全不具有任何效力，因为没有人能挣脱这个铁枷，我继续徒劳地用力挣扎着。火车来了，我的眼前突然涌现出一系列画面，有单独的，也有重叠的，都是零散的、碎片化的记忆，就像溺水者死前见到的画面一样：*妈妈给了我一个猪肉馅饼，为什么不是菠菜馅饼或者鸡肉馅饼呢，不是这些，妈妈给了我一个猪肉馅饼；胡利亚的辫子，其中一根只编了一半；老头踩着离合器的鞋，为什么只有鞋；平房上晾着一件衬衫，只有一件，它大张着双臂，似乎想要拥抱某人；又是妈妈，不过这次是在给我洗脚，我的脚正浸在一个天蓝色、镶着深蓝色边的大盆里，我从来没见过这个盆，妈妈什么时候给我洗过脚呢，在一个天蓝色、镶着深蓝色边的大盆里的我又小又嫩的脚；还有银河系，但这不是在我眼前的画面，而是在遥远的天上。*火车的声音越来越清晰可辨，越来越令人害怕，越来越近，我发疯般地挣扎着，连续不断的转动严重地伤害了我的脚踝，但火车就要来了，我开始祈祷，可是我又混淆了多年前学会的悼词，*慈爱的天父我们感谢你赞美你，*接下来呢，我不会，我什么都不会了，*天父和我有什么关系，和火车有什么关系，和我的脚有什么关系，和我爸爸的脚又有什么关系呢，现在他的脚上没有鞋子了，却仍然踩着离合器，而火车，它的灯光简直让我睁不开眼，罗莎里奥的皮肤，罗莎里奥的皮肤，罗莎里奥的皮肤，罗莎里奥，妈妈，可怕的、巨大的火车，它令人恐惧的车灯，慈爱的天父，它来了，它来了，巨大的，不，不要，哎哟，我挣脱后，火车开过了，不是火车开过，我才挣脱，我的脚还在，在我的双手中，鞋已经掉了，火车开过了，但脚还和我在一起，我就是我的脚，我是怎么做到的，怎么做到的，火车的汽笛越来越远，消失在远方，我亲爱的脚，*

*手上的脚，流着血的脚，幸福的脚，幸福的、属于我的脚，安然脱险后我才意识到，疼痛是多么地可爱，我的脚属于我，我该感谢谁呢，慈爱的天父还是善良的匈牙利女人？尽管火车已经开走了，但我一点都不想知道我的鞋子现在怎么样了，我流了好多汗，好冷，真是惊险，但不管怎么样，我的脚仍旧属于我。*当然了，里欧斯的又是另一回事，首先，他已经七十多了，而我那个时候只有二十或二十一岁，其次，他可以慢慢地做好面对死亡的准备，而我那个时候只有五分钟，我无法欺骗自己，必须在短短的五分钟内接受自己马上就要被火车轧过的事实。我无法冷静，现在想起这事，我仍然感到后怕，那可怕的车灯，那向我飞奔而来的独眼巨人，多年来一直在我的噩梦中显现。所有的大餐、仪式、告别单身派对、圣诞节火鸡后面都跟着一列向我驶来的火车，一列因为即将轧死我而沾沾自喜的火车，奇怪的是，在所有的噩梦中，我都没能逃脱，没能在最后一次绝望的尝试中把脚拔出来。可怜的里欧斯。他的火车开得更慢，但是，无论怎么努力，他都无法把脚拔出来。他的准备工作、他井井有条的应对方法、他对孙女的照料，在我看来就等同于我在脚被铁枷缠住、动弹不得时退而求其次，开始整理裤缝，或者梳理头发，或者用口哨吹一首探戈曲，或者刮掉指甲上的白斑，或者因为舌下腺分泌了比平时更多的口水而感到震惊。我不知道该如何衡量自身的恐惧，尤其是在无法置身事外，而是身处其中、位于恐惧的中心的情况下，就像里欧斯那样。

"怎么样，哈维尔？我父亲来了吗？那就好，我耽搁了一会儿，还怕……下午好，爸爸。"

"被你逮到了。我刚准备出门。"

"能给我十分钟吗？"

"十分钟，可以。不能再多了。"

"好的，有很严重的事。"

"对你来说什么事都很严重，你就不能放轻松一点，别老活在无益的紧张中吗？"

"我向您保证，爸爸，是您让我一直活在紧张中。"

"当然，过错总在我。"

"我说具体点：您认识莫利纳吗？"

"你知道我认识他。"

"您最近和他联系过吗？"

"怎么和警察审犯人一样。"

"或许是一场预演。"

"别胡说。"

"爸爸，我知道您和莫利纳那些不干不净的生意有关。"

"别胡说。"

"和工厂有关的生意。"

"别胡说。"

"别那么厚颜无耻。"

"你还要说什么？"

"有个记者正在核实这件事。他还在准备，马上就要展开进攻了。"

"这是你到目前为止说的第一件重要的事。但你掌握的信息肯定不止于此。这个记者是谁？"

"这不重要。"

"怎么不重要。"

"您只需要知道，他供职的报社与您的报社针锋相对。"

"我想也是这样。"

"那家报社很可能会敲锣打鼓地报道这件事。揭露真相，这就是记者干的事。更别提这个真相是有关埃德蒙多·布迪纽的了。"

"很合理，换了我也会这么做。"

"不要只考虑自己的利益，这对您来说有这么难吗？"

"你是担心这事一旦暴露，会影响到你，影响到乌戈，对吗？"

"还会影响到古斯塔沃。我不担心乌戈，我知道他和您一样肆无忌惮。至于我，我当然不希望这件事玷污我们家族的名声。但真正让我担心的不是这件事本身，而是您竟然也掺和了这件事。我想我能忍受这件事被揭露后可能造成的影响，我能挺过去，但古斯塔沃还是个孩子。"

"冷静一点。"

"您觉得我能冷静下来吗？"

"可能知道这件事的只有三个记者：苏亚雷斯、弗里德曼和拉腊尔德。我只担心这个人是苏亚雷斯。是他吗？"

"不是。"

"我担心是苏亚雷斯是因为，怎么说呢，因为他是个狂热分子。只要他想做什么事，就没人能让他改变主意。"

"那另外两个呢？"

"另外两个，的确有能让他们改变主意的办法。比如说，弗里德曼。不过不是弗里德曼，这我可以确定。"

"不是，是拉腊尔德。"

"一开始我就怀疑是他了。既然是他，你就可以放宽心了。"

"这么说，不会影响到任何人？"

"你指的谁？拉腊尔德还是我？"

"我指的是您。"

"拉蒙，你不是在教我应该怎么做，对吧？"

"如果可以的话，我倒是想。"

"我已经很老了，老得不想再听你的这些蠢话。当然，你一定认为自己特别高尚。"

"在道德上没有什么特别不特别的，只有高尚不高尚。"

"别装蒜了，拉蒙。你早就清楚，这不是我第一次掺和这种事了。难道你不清楚吗？"

"不幸得很，各种迹象让我不得不这么猜测。"

"哦。既然你观察到了这些迹象，又根据这些迹象作了大胆的猜测，那么，想必你也意识到了，我的钱不是通过天使般的手段获取的。你要知道，在这个国家，所有一夜之间暴富的人，除了那些中彩票的，都不是圣人，他们的手都不干净。已知：我的资本是在一夜之间积累起来的。已知：我没有中彩票，那么，我就不是个圣人。瞧，多简单的逻辑。"

"太简单了。"

"要是你非得说我肆无忌惮，没有底线，那你也是在说全家人，包括你自己。"

"我自己？"

"当然。难道你认为我所有的钱都不干不净，只有给你开旅行社的那八万比索例外?"

"哈哈,在这儿等着我呢。"

"那些钱是干净的还是肮脏的,取决于不同的视角,当然,你有权选择任何视角,我尊重你的选择,但无论干净还是肮脏,它们都和我所有的钱一样。我获取财富的手段向来是相同的,当然,我也会根据时势作出一些调整。但从来没有重大的改变。为了让你心里有数,我要告诉你,唯一真正干净的钱,是我从赌场赢来的。而且,那些钱一分都没有花在你的旅行社上。"

"您和我说这些干什么?"

"我可不想干涉你的生活。但是,既然你有那么多的顾虑,好好想想这些或许对你有帮助。"

"再过两年,我就能把当初向您借的钱还给您了。"

"或许吧。但这并不能改变什么。你一分不少地把钱还给我,这没问题,我也不会向你要一分一毫。但是,要是我是你,就会觉得旅行社的一切都是腐化的,都毫无意义。因为如果没有我,没有我的脏钱,就没有这家旅行社。你还不还钱根本不重要,丝毫不能改变事实。事实就是,你,你的妻子,还有古斯塔沃,都拥有不凡的社会和经济地位。你们之所以能够拥有这种地位,完全是因为我,卑鄙无耻的老头,因为我给你那肮脏的八万比索。再过两年,或许用不着两年,你就能归还这八万比索,但你不能抹去这个事实,是我的钱让你有了如此不同寻常的开端。你可能会同意我的看法:要是我们谨慎行事,就不会半途而废;要是我们一丝不苟,就不会掉进陷阱;要是我们讲卫生,就不会只清理眼前的东西;要是我们麻木不仁，就不会感到害臊。"

"您说得有理。"

"不用你说，我知道自己有理。"

"我当时根本不该拿您的钱。这就是您设计的陷阱，您的长期投资。今天您收到了您的第一笔红利，不是吗？"

"我没这么想过，但事实的确如此。"

"那么，您留给我的出路是什么？"

"我给你留的出路是什么？"

"对。是的，就算我把钱一分不少地还给您，也不能改变旅行社是用您给的钱创办的事实；就算有一天我把旅行社关了，您也仍然会说，我之所以拥有如今的金钱和地位，都是因为您的那笔借款。那么，我的出路在哪里呢？"

"你没有出路。因为一切，从你的社会地位到你的银行存款，从你的文化背景到你的道德规范，所有的一切都是我给你的，没有我，你什么都没有。我是独立的，因为你爷爷什么都没给我，教育、金钱、公共关系，什么都没有。所有的一切都是我自己挣来的，我一个人。但是你，还有乌戈、苏珊娜、多莉，还有古斯塔沃，你们的一切都是我给的。直接或间接地，我给你们带来富裕，带来别人的敬畏，我还给了你们一个有用的姓氏，在任何场所，只要你们在前厅出示印有布迪纽的名片，就能任意进出。你觉得丢了颜面，来我办公室慷慨陈词，我不知道你有没有意识到其中的矛盾之处。你担心你的姓氏——布迪纽——沾上污点，却忘了这个姓氏在这个国家意味着什么，也是因为我，而且只是因为我，我让这个国家的人——所有人，富人和穷人，杰出的人和微不足道的人——知道了这个姓氏的存在，他们依附于这个名字，是因为他们知道布迪纽象征着金钱、力量、权威和成就，这些人来求我帮忙，索要工厂的职位或者报纸的广告位，干这些事时他们可不会有什么良心的斗争；所以，就算事情到了最糟糕的地步，既然是我，而且只是我，让布迪纽这个姓氏有了这么大的影响力，那么也只有我有权利摧毁它。但是，你不用担心，我还不想这么做。什么都不会发生，你、乌戈和古斯塔沃能够继续递上你们印着布迪纽的名片，接过名片的人既不会脸红，也不会尴尬地望向别的方向。我知道怎么搞定拉腊尔德。"

"搞定拉腊尔德？我觉得不可能。"

"你以为这个大胆的人是谁？和所有人一样，他也有弱点。"

"他做了什么？"

"他？我现在还不知道。"

"所以？"

"所以，你记下来。他有个哥哥，奥拉西奥·拉腊尔德，耳熟吗？就是最近一次选举红党①名单上的第十九位议员候选人。他有个舅舅，哈辛托·佛朗哥，耳熟吗？1948 年他是一家著名银行的柜员，在某个周末，他坐上飞机，目标巴黎，大衣夹层里缝着五万美元，后来国际刑警组织②人赃并获，还得把大衣拆掉，才能把钱取出来。好，最后，最重要的来了，他

---

① PC，Partido Colorado，乌拉圭政党，主张温和和自由主义政策。20 世纪曾长期执政，2004 年大选后沦为在野党。

② Intepol，International Criminal Police Organization，成立于 1923 年，为联合国以外，世界上规模第二大的国际组织，主要责任为调查恐怖活动、有组织犯罪、毒品、走私军火、偷渡、清洗黑钱、儿童色情、贪污、高科技犯罪等大型严重跨国犯罪，不过并无本地执法权限。

的小妹妹，诺尔玛·拉腊尔德，耳熟吗？亲朋好友都叫她诺尔米塔，她可是杰出的参议员埃斯特维斯的头号情人；埃斯特维斯，已婚，育有四个子女，既是巴特列分子[①]，又是天主教徒，你是不是觉得两者之间存在矛盾？好了，你觉得怎么样？"

"我知道您有好好利用这些信息的能力，但是这些信息并不能直接影响到拉腊尔德。"

"既然我已经掌握了这三条极好的、可靠的、容易传播的信息，能直接影响到拉腊尔德的信息对我来说又有什么用呢？要是我能让他的哥哥丢掉儿童委员会的职位，控诉他以马克思主义和列宁主义作幌子，利用职务之便，煽动那些既贫穷又无依无靠的孩子，把他们变成整个社会以及民主实践的威胁，为什么我还要去调查拉腊尔德的职业生涯呢？再者，只要将1948年他那个银行职员舅舅的功绩抖出来，就算他天真、勇敢地揭发了我参与的肮脏交易，人们也会下意识地怀疑报道的真实性。还有，我还会寄一封匿名信给颇具影响力的埃斯特维斯夫人，告诉她她的参议员丈夫把诺尔米塔安置在哪条街哪号的哪间公寓里，顺便再把这个消息透露给《扫帚报》，毕竟我们的报纸是严肃、真实、客观的，我们可不会刊登这种桃色新闻，何况还可能背上诽谤的罪名。"

"您能做到这些？"

[①] Batllista，即何塞·巴特列–奥多涅斯的拥护者。何塞·巴特列–奥多涅斯（José Batlle y Ordóñez，1856—1921），乌拉圭国务活动家，在1903—1907年以及1911—1915年担任乌拉圭总统，使乌拉圭从不稳定的独裁统治转变为有活力的民主国家。在两任总统期间，他进行了劳工改革，限制外国企业利润，鼓励移民，将公共工程国有化，废除死刑，保护非婚生儿童。

"当然①，我的孩子。你别忘记，我有哈维尔，哈维尔每天的日常工作就是更新我那包罗万象的信息库，我和他把这个信息库称为'著名人士的非著名犯罪实录'。你不知道它能派上多大的用场，尤其是在今天这种情况下。另外，我还有一个优势，毕竟我是这个国家唯一一个具有足够前瞻性思维的人，所以，尽管我抓住了他们的小辫子，他们却没有能力用同样的方法对付我。退一步说，就算有人有这个能力，你别忘了，我的行为准则就是不留下一点痕迹，所以，在不完全干净的交易中，我不会在任何文件上签字，要是有第三人在场，我绝不开口。只有在完全合法、合规的交易中，我才会留下痕迹，才会有签名和见证人。只要有一丁点儿猫腻，就只有口头协议。*说，不做*②，你看，我还没把拉丁语完全扔掉。打个比方，刚才我和你说的这番话，我永远不会签字承认我曾经说过；要是刚才有第三个人在场，我也绝不会说出这番话，哪怕那个第三人是绝对忠诚于我的哈维尔。要是某一天我们反目成仇，你想用今天我说的这番话对付我，瞧，你没有证人。既然没有证人，谁又会相信你呢？没有我，你什么都不是，无非就是个试图对抗埃德蒙多·布迪纽博士的蠢货，上个月《时代周刊》刊登了一篇极其聪明的毒文章，大力赞扬了我们的民主代议制，甚至把乌拉圭尊为瑞士的竞争对手，另外，文章还把埃德蒙多·布迪纽博士称为乌拉圭政坛上五个最杰出的人物之一。坦白地说，文章之所以提到另外那四个人，是因为美国的报纸杂

---

① 原文为英语。

② *Verba non res*，拉丁语，由著名拉丁语谚语"做，不说"（*Res, non verba*）演变而来，此处布迪纽故意将意思反过来说。

志完全不了解我们的情况。我知道你不会这么干，你还没蠢到和我对着干。我只是给你举个例子，仅此而已。明天那个拉腊尔德就会接到一通匿名电话，当然，是哈维尔打的，他会知道自己处在什么境地，也就是说，我们会把我掌握的关于他亲人的信息告诉他。"

"如果他知道之后还是不肯闭嘴呢？"

"你不了解人性，拉蒙。所以你才总那么紧张。拉腊尔德是个聪明的记者，有工作，有进取心，当然，也有敏锐的嗅觉，但是归根结底，他还是一个想好好生活的人，他知道，而且比任何人都清楚，既然我已经掌握了他家的污点，要是他仍然不管不顾地和我作对，那他就永远过不上好日子了。我会狠狠地报复他，用我刚才告诉你的那些手段，除此之外，虽然我的报纸亲政府，而他为反对党工作，但两个政党都明白，这两份报纸缺一不可，所以，不出几个星期，拉腊尔德就会丢了工作，你不会以为，在两份最重要的报纸宣告了他记者生涯的终结后，拉腊尔德还能接着蹦跶吧？我再告诉你一次，他不蠢。他立马就能明白自己的处境。就和刚才的你一样，在我用两把刷子勾勒出你著名旅行社的道德开端后，你立马就明白了。你马上就明白了，你不能对抗我。因为你是我的儿子，血浓于水，这是首要的。其次，要是你实在受不了良心的谴责，和我翻脸，舍弃旅行社，撇下一切，彻底和我那些脏钱决裂，你也清楚，这对你来说比破产还糟糕。这等同于家庭的毁灭，你知道的，苏珊娜从没过过苦日子，她得煮饭、洗衣，还得找一份工作，你知道的，虽然古斯塔沃总有些激进的想法，但他也没过过苦日子，他得放弃学业，开始工作。你马上就明白了什么

159

对你有利，舍弃它们就意味着失去旅行社、失去妻子、失去儿子。还意味着失去情人，如果你有情人的话，无论如何，情人们是最不会感情用事的。我不知道你有没有情人，但你千万别觉得这是哈维尔的失职。不是，只不过是因为你并不重要，所以我们根本不需要收集和你相关的信息。好了，现在我得走了，你的十分钟已经变成了半个小时，现在党派之家应该已经有十五个人在等我了。向古斯塔沃和苏珊娜问好。或许明天我会去你家一趟。"

很奇怪。但是，他和我说的这些可怕的话从没对任何人说过。或许这说明了两件事。第一，他恨我，比恨任何人都更甚。第二，他相信我，比相信任何人都多，所以他才会和我说这些。因为这就是他。他总向我展示这幅粗野的自画像，还总爱往上添几笔。这才是他，那些具有煽动性的、恶意伤人的、不留情面的、无耻无情的社论无法代表他。这才是他，那落在肩膀上的手掌，那以张开双臂、望向天空作为结束的演讲，那并不虔诚的贡献，那大声疾呼并无把握的事时坚定的口吻，那和狐朋狗友提到我时点到为止的轻蔑，那面对天灾时虚伪的痛苦，那看着圣诞树时湿润的双眼中隐藏不住的残忍无法代表他。这才是他，摆出招牌微笑的照片，藏书五千——绝大多数还没用裁纸刀裁开——的图书室，说到妈妈或者她忌日那天，他只送了——而不是亲自带去——一大捧花时痛苦的表情无法代表他。冷不防地提到我的旅行社。他觉得我什么都做不了。但我真的什么都做不了吗？他有种准得令人难以置信的直觉，他可以把一个人的心理绘成坐标系，这样他就能知道，当他推动事件向一个特定的方向发展时，这个人会产生什么样的心理变化，作出什么样的反应。可怕的是，让人恐惧的是，他的判断通常都是对的。他知道，如果他继续推动事情发展，如果他继续推动我个人的历史进程，直到我下定决心抛弃一切，这时，在坐标系上，我的心理曲线将会和苏珊娜的心理曲线相交，苏珊娜会抛弃我，去一个鬼知道在哪里的地方，她可能会回娘家，或者和我离婚，反正除了留下来陪我，她什么都做得出来。他可能会在预测古斯塔沃的心理时栽跟头，也可能不会。古斯塔沃的年纪和他相差太多了，所以，古斯塔沃或许能逃脱他的控制，在某种程度上。老头会回忆，他在古斯塔沃这个年纪是怎么想，怎么思考的。但仅仅这么做是不够的。因为世界在变，古斯塔沃的十七岁和我的十七岁已经大不相同了，何况老头那年代久远的十七岁。或许这会是老头所有的预测中唯一一个出错的参数。是的，或许古斯塔沃不会抛弃我，但我不确定。我不确定任何事。好吧，我确定苏珊娜会抛弃我。但苏珊娜抛不抛弃我有那么重要吗？激情已然退却，彻底退却了，现在我甚至不确定它是否存在过，但是我的记忆，不是我的身体，是我的记忆，说它曾经存在过。或许吧。至于爱，没有激情的爱，一个抽象、宽泛的概念，爱可能还存在着，但已经不再重要了。我习惯了她，她在家里定下的规矩、她冷冰冰的说话方式、她担忧时有些歇斯底里的风格、她睡梦中的脸、她金属般的笑声、她的粉霜、她的皮肤、她的喃喃自语、她的沮丧、她的不合时宜、她的屁股。但习惯可不是必需品。我曾经需要过她，但现在不了。我和她之间还有什么呢？激情不再，或许还有些松散的爱；需求不再，只剩习惯。可以用什么词来概括这种状态呢？亲情？尊重？赞赏？同情？无关紧要？

厌倦？倦怠？憎恶？事实上，既然我还得活下去，就不该再深究了，连自己的心理也不该深究。连瞎子都看得出来，这不是幸福。幸福，多大的两个字。幸福是那个在波尔特苏埃罗的下午，和重生的、充满喜悦的罗莎里奥在一起，但我不会自欺欺人，我知道那个时刻不会永远持续。在那个遥远的下午，我投资了第一笔重要的生命基金，直到现在，它还在持续地产生红利。幸福是，或许是，和多莉一起生活，要是她没有和我的兄弟结婚。或许我不该那么快打消这个会给我带来天大的幸福的想法，要是她真的爱我呢？这点我永远无法确定。我知道她喜欢我，这很好，兄弟姐妹的配偶之间的爱是再正常不过的，这是法律允许的。但是，我是多莉的大伯哥，这个事实让我恼火。想想，如果多莉是我的妻子，在我抛下一切的时候，她会抛下我吗？我觉得不会。多莉不会抛下我。她是个善解人意的好女人，她会拼命工作，不再去做头发、做指甲；她会卖掉她昂贵的野生水獭皮大衣，穿一件普通的格纹外套；尽管命运和我让她千疮百孔，受尽苦难，但她永远不会被打败。如果多莉是我的妻子，她不会抛下我。但她不是。多么残忍的现实。其实，苏珊娜也不一定会抛下我。我不确定她是不是真的会抛下我，最主要的原因是，我不确定自己是不是真的会抛下一切。具体地说就是，在老头说了那番无情的话、轻轻刻了我一击后，我还会继续经营旅行社吗？我还会继续经营由埃德蒙多·布迪纽博士出资、多年来一直由他那八万比索支撑的旅行社吗？这八万比索就是一个以卑鄙和无耻为原料做成的丸子，那么，得知一切的我还要继续经营旅行社吗？但是，老头说得很清楚，就算我关了旅行社，就算我把钱一分不差地还给他，我今天拥有的一切——金钱、社会地位，还有我的家庭，都是因为他——完完全全、彻彻底底，是他为我创造了可能性。既然关了旅行社毫无用处，那我就不关。没有解决的办法。唯一或许可能的办法是，杀了老头，但在我们这种小国——借用《时代周刊》的评价，这瑞士般的乌拉圭——不会发生这种事。一个人首先得是个革新者、开拓者，也就是说，是个他者，才能干这种事。就像老头说的，我毕竟是他的儿子。通常情况下，儿子不会谋杀老子。这个国家只有滑稽的弑父案。电视上，记者向那个不安分的电影评论家胡安·迭戈·贝尼特斯提了个漂亮的问题：如果您是埃德蒙多·布迪纽博士的儿子，您想成为什么样的人呢？孤儿，贝尼特斯回答。勇士，在咖啡馆，人们都这么评价。连老头都笑了。要是他能问贝尼特斯一个问题，他肯定会问：要是你有这样的想法，为什么不随便找个法子杀了他呢？好了，好了，只是说说，不算数的，对吗？

"我走了，哈维尔，我走了。"

几点了？今天来不及去海滩散步了。

"哈维尔，您从来没去海滩散过步吗？对关节炎有好处的。哦，抱歉，得关节炎的是您妻子。再会。"

我把车停哪儿了？这已经是我这周第二次忘记把车停在哪儿了。让我想想，我从科洛尼亚来，在胡利奥·埃雷拉那儿拐了弯，没找到停车位，我只好继续开，继续开，关键是要想起我最后把车开到了哪儿。唯一的办法就是再沿着这条路走一遍。真奇怪：老头无情地说起旅行社的事，打击了我，但此刻我竟然觉得轻松，因为其实我心里明白得很。我想要骗自己，但我一直无法打消对老头的怀疑，怀疑他参与了那些见不得人的交易。现在他挑明了一切，证实了我的猜测，我也无法再欺骗自己，告诉自己一切都只是捕风捉影了。现在我知道了，我确定了，他亲口告诉我了，现在我必须作出抉择。如果一切照旧，就说明我有意识地走向了腐败，这病态的道德缺失会在每个抉择的关键时刻对我发出强烈的谴责。但是，在这个时代，又有谁没犯过错呢？此时此刻，生活在这个国家、这个世界，谁还能坚守他的原则、他的标准、他的道德？毕竟，制定原则、标准、道德规范的，是*其他人*。这些*其他人*不在乎任何人的意见。所有人都被搅了进来。没有人是完全正直的。在银行工作的马克思主义者；和女人私通的天主教徒，不仅无视神圣的物种繁殖规律，还想方设法地摆脱它；被判有罪后无可奈何地开始吃肉的素食主义者；每个月按时去政府领薪水的无政府主义者。谁可以一天二十四小时地靠他的上帝、他的良心、他的狂热或者他的信条过活？*没有人*。于是，正直被舍弃了。或许我可以继续开我的旅行社，我可没参与，也永远不会参与那些不干不净的生意。他借我那些钱的时候，我还没开始怀疑他。他说，要是从我的道德观出发，旅行社的一切都将会腐化，都毫无意义。或许吧。存在某种类似原罪的东西，给我们每个人都蒙上了阴影。就像蓬塔卡雷塔斯的神父说的那样，自亚当起，我们每个人都腐化了，都毫无意义，纵使我们没有犯罪，但我们每个人都是罪人；我们的祖先亚当堕落了，犯下了不可饶恕的罪过，从那时起，他的儿子、孙子、曾孙、玄孙，世世代代，除了按月偿付他欠下的巨额债务，什么都做不了。他的原话可能不是这样的，但要表达的就是这个意思。我问神父，为什么亚当犯下的罪却要我们来偿还呢？他看着我，眼神里没有一丝天主教徒应当具备的耐心，激动地回答道：我的孩子，你有的只是狂妄，和更多的狂妄，可怕的狂妄，这是你犯下的另一个罪过。好了，现在，除了经营旅行社的原罪，我又犯下了狂妄的罪过，对吗？我突然意识到，我已经彻底把拉腊尔德的事抛到脑后了。他会怎么做呢？肯定会让步。老头了解人性。

终于，我的车。在圣何塞街和索里亚诺街之间。有点剐擦。狂妄，这是你犯下的另一个罪过。那个神父拯救了我。谢谢，神父。那么残忍，那么粗暴，那么令人反感，从此以后我再也没有踏进过教堂一步。我的意思是，从此以后我只作为游客去过教堂，比如，我去过纽约的圣帕特里克大教堂，还有旧金山的多洛雷斯修道院，那里有世界上最美的墓园。傍晚，阳光（我从没见过那么金黄的太阳）从树叶间洒下，照耀着墙上欢快的圣丽塔像，还有石块、小路和门厅间那让人感到亲切的十字架，古老、不对称、令人愉悦。我多想再在多洛雷斯修道院看一回日落啊！那次我在那儿看了两个小时。最后，我甚至觉得这个小公园已然成了我的财产，要是我死后能葬在这儿，死亡就不会给我带来任何恐惧。

"为什么您不考虑考虑呢？难道您不知道，卡内洛内斯[①]可是多数人的首选？"

街上的人都不看路。幸好我把刹车修好了。我们来想一

---

① Canelones，卡内洛内斯省首府，南部紧接蒙得维的亚省。卡内洛内斯省为乌拉圭十九省之一，位于乌拉圭最南部。

想，好好想一想。如果没了旅行社，我会去干什么？迄今为止，我的专长是与人交谈，在宣传短途旅行好去处和推荐特价线路时派上了大用场。快乐游。我是怎么想出这么妙的*宣传口号*的？昨天四台播了这句广告语，听到的时候，我简直被震撼到了。不能不承认，这种宣传手段是美国佬教给我们的。说服人们，只要购买我们的产品，就能得到不可估量的幸福。如此一来产品销量就有了保证。只有在涉及国际政治时这条金科玉律才会失效，或许这就是为什么没人能忍受国际政治的原因。他们本可以用宣传一辆黑斑羚的方法来宣传民主，他们可以用一条脍炙人口的口号给我们洗脑，这句口号可以是：如果想活在恩典中，就马上加入我们的民主阵营吧！但他们却没有这么做，他们本可以告诉我们，成为民主党党员后，我们能过上多么美好的生活，但他们没有这么做，相反，他们选择了另一个效率更高的方法：制造恐惧。对罢工的恐惧，对共产主义的恐惧，对土地革命的恐惧。共产主义成了危害最大的害虫。如果下一期的《选择》杂志发起反对若望二十三世①的运动，或者在"我最难忘的人"栏目里对希特勒大夸特夸，我一点都不会感到惊讶。什么事都可能发生。就算毛认为尼基塔②是所有的天主教徒中最狡猾的一个，我都不会感到惊讶。一个让我心惊

---

① Juan XXIII（1881—1963），原名安杰洛·若瑟·龙嘉利（Angelo Giuseppe Roncalli），于 1958 年 10 月 8 日至 1963 年 6 月 3 日出任罗马教宗，是历代教宗中颇受敬重的一位。曾召开第二次梵蒂冈大公会议，提倡"清廉教会"，1963 年 4 月发布著名教宗通谕《和平于世》。

② 尼基塔·谢尔盖耶维奇·赫鲁晓夫（Никита Сергеевич Хрущёв，1894—1971），曾任苏联最高领导人、苏联共产党中央委员会第一书记及苏联部长会议主席（政府首脑）等重要职务。

胆战的问题：在下一次冷战、热战或者温战中，会出现什么样的联合和对抗？美国联合苏联，对抗中国和日本？有可能。也可能会有其他组合。在我看来，美国和苏联的联合是毋庸置疑的，和他们对抗的可能是中国和法国，也可能是中国和英国。也可能是美国联合苏联，对抗德国和日本。无论如何，最后这个组合听起来并不牵强。历史上已经出现过一次了，难怪我觉得熟悉。如果一个国家，一个辽阔、伟大的国家，在试图保持一致性和连贯性时尚且会遇上不可逾越的困难，以致无法尊重历史，遵循既有的发展路线，那么我，一只微不足道的、被第十一个捕鼠夹夹住的小老鼠，又怎么能保持自身的一致性和连贯性，尊重自己的历史，按照自己制定的路线走下去呢？不过，我到底有没有提前为自己制定好路线，这还是个未知数。因为，比如，不参与不干不净的交易，或者，不偷不抢，不杀人，不吃肉，这些以"不"起头的行为准则和制定人生路线可不一样。修女，或者歹徒，他们才是为自己制定路线的、为自己选择命运的人。上帝是修女的机枪，机枪是歹徒的上帝。好像找不到其他例子了。用记者举个反例，他们被新闻牵制，被主编牵制，还被他人的利益牵制，哪还有时间制定路线？还有，公职人员，惯例使他昏昏欲睡，黄色笑话使他昏昏欲睡，马票使他昏昏欲睡，如果他要为自己制定路线，首先，他得醒着，而这就是极大的不便了。再说说工人，经济上的不安全感让他紧张，罢工让他激动，老板让他恶心，要制定路线，他得头脑清醒、心态平和，而这是不可能完成的任务。资本家呢，数据蒙骗他，货币波动刺激他，社会动荡吓倒他，要制定路线，他就不能紧抓着自己的钱不放，但这一点是他无论如何都做不到的。至于我，缺乏饱满的爱使我低落、使我迟钝；对老头的依赖让我饱受折磨；兰塞姆太太滚烫的子宫攫住了我，令我不得不像个机器人似的做着无趣的机械运动。要制定路线，首先得具备英雄般的冲动，而这恰恰是我所缺少的。英雄也会感到恐惧吗？如果答案是会，或许我还能成为英雄。我有很多恐惧。哪个是最初的恐惧呢？黑暗，当然是黑暗，还有黑色巨兽般的苍蝇。然后是那个下午，和奥尔加姨妈一起去拉努斯——也可能是莱西卡——的那个下午，那天我穿着一件红色的毛衣，突然间听到有个人大叫：*牛，小心牛*。奥尔加姨妈和当时只有八岁的我回过头去，看到一只巨大的母牛朝我们飞奔而来，它一面哞哞地吼着，一面疯狂地把头从一边甩到另一边，至今我还记得它那看起来极度虚弱的前蹄，还有那巨大的脑袋和大张的嘴。它淌着口水，还像个结巴似的哞哞叫着。*牛，小心牛*，一个戴着贝雷帽的家伙在我们身后大叫，边叫边用力地挥着胳膊。*赶紧把那孩子抱出去，夫人，您看起来很强壮*。奥尔加姨妈似乎突然清醒过来，展现出以往并不具备的灵巧；她牢牢地盯着铁丝网，先是把她的手提包扔了过去，然后迈过一条腿，接着是身体和另一条腿。完成这一系列动作后，她立马抓住我的胳膊，把我拎了起来，就在她高喊"*上帝啊*"的那个瞬间，母牛从我的脚下飞奔而过，那天我穿了一双白色的鞋，有纽襻和纽扣的那种，我特别讨厌这双鞋，我都八岁了，怎么能穿这种小屁孩才会穿的鞋？惊险时刻过后，奥尔加姨妈差点晕过去，有人带我们去他家休息，还给奥尔加姨妈弄了点有镇定效果的东西喝，我则瞪大眼睛，为所有人描绘那个向我们撞过来的、可怜的庞然大物，显然，它比我在黑暗的房间中想象的巨大苍蝇更真实、更具体。有了那次有惊无险的经历，我就再也不怕苍蝇了。当然，又出现了新的恐惧。那时我刚摆脱斑疹伤寒，事实上，那是我能够自由呼吸新鲜空气的第二天，我在夸雷伊姆街和帕伊桑杜街交叉路口，正当在犹豫要不要过马路时，我转过头，就在那里，在离我的眼球只有十厘米的地方，有一辆正准备加速通过陡坡的公共汽车，我赶紧往后退，但不知怎的，车还是撞到了我，把我撞到了空中，我飞过斑马线，撞到了墙上。这次我的恐惧仅仅持续了三秒，想象着公共汽车如何轧过我的身体。不幸中的万幸，大家都这么说，那个可怜的司机也这么说，他不得不把帽子摘下来，散散脑门上的汗，与此同时，他的嘴里还不停地念叨着：他是怎么做到的，怎么做到的？我也不知道自己是怎么做到的，对警察我也是这么说的。没有人关心我的恐惧，或许他们认为这完全是多此一举。还有一次，在泛美航空 202 航班上，我突然听到一声巨响……

"今天怎么样？你是往兰布拉大街走的还是往卡内洛内斯街走的？"

"卡内洛内斯街，但路上堵得要死。一个蠢货学麦哲伦在那儿绕个不停，心不在焉地，大概以为自己正在帕索德洛斯托罗斯①吧。"

"你总是喜欢往卡内洛内斯街走，其实兰布拉大街的路况更好，走起来更轻松。"

"平常我都是走兰布拉大街的。但今天风很大，一个客户

① Paso de los Toros，乌拉圭的城市，由塔夸伦博省负责管辖，位于该国中部，距离首府塔夸伦博 140 公里。

和我说兰布拉大街那边的浪溅得很高，我刚洗过车，就走卡内洛内斯街了。"

"你见过乌戈吗？"

"没有。"

"他今天很早就打电话来了，说有空的话会去旅行社一趟。"

"他可能已经去过了，但今天五点我就走了，因为得去找老头谈谈。"

"你爸爸怎么样？"

"很好，他明天可能会过来。对了，他还向你问好。"

"你们没吵架，对吧？"

"没有，可以说没有。"

"你和你爸爸谈话，却没有吵起来，这可能吗？"

"今天确实没吵，但有些小摩擦是正常的。你知道，我们合不来。"

"关键是，你总是很固执，一点都不肯退让。"

"那他呢？"

"毕竟他已经上年纪了。他都这个年纪了，你不会还奢望改变他的处事方式吧？"

"苏珊娜。"

"怎么了？"

"和我说说，要是我改变自己，你觉得怎么样？"

"你指改变什么？"

"所有。"

"对你爸爸的态度？"

"不是，所有。"

"我没明白，拉蒙。"

"很简单。比如说：关掉旅行社，把老头的钱一分不少地还给他，还有，重新开始，从底层干起，完全靠自己。"

"拉蒙，不好意思，今天我没心情听笑话。女佣两天没来，我得一个人完成所有的家务，已经很累了，没心情听笑话。"

"这不是笑话。"

"我已经和你说了，拉蒙，我很累，头都开始疼了。"

"别担心，你知道吗，这当然是个笑话。"

"你可别以为我会把这种事情当真。"

"是的，我承认这是个笑话。我不会关掉旅行社的。至于钱，我会按照现在的速度慢慢还给老头。一切都会继续。"

"但是，拉蒙，我不知道你是怎么了，把这些理所当然的事一一列举出来，用这种像是在说胡话的语气。"

"或许就是胡话。"

"你接下来打算干些什么？"

"冲个澡，读会儿书，喝一杯威士忌。"

"晚饭好了我叫你。"

"很好。"

是的，我几乎已经可以肯定，最明智、最简单的，就是让一切继续；我几乎可以肯定，那些就是胡话。我不是个英雄，连英雄的一点边都沾不上。苏珊娜肯定不相信我是认真的，很好，那我也把这些话当笑话听吧。我没心情听笑话，她说，就这样轻易地抹杀了我的话。事实是，我知道自己不会改变，不会斩钉截铁地作出任何令人震惊的决定。这只是一种念头，一

171

个简单的思维游戏，这样一来我就有了劲头，觉得自己有作出抉择、作出改变的能力，但当那个时刻真正到来，当我需要做些什么，需要承担相应的责任时，一种排山倒海的恐惧就会向我袭来，那是一种类似童年恐惧的东西，就像黑暗中的苍蝇巨兽，或者飞奔而过的母牛，就像二十岁时那列独眼巨人般的火车，或者二十五岁时那辆把我撞飞的公共汽车。我不知道那究竟是对贫困、不稳定，还是对他人的白眼的恐惧。或许比这些还糟。或许只是对不舒服的恐惧，对没那么舒服的恐惧。当我觉得自己的生活枯燥、乏味、一成不变时，我也知道，我的生活是由一系列微不足道却令人愉悦的事组成的。要是我是个有才华、有权力的人，或者恋爱中的人，这些事就是不值一提的，重要的是我的作品、我的权力、我的爱情，但我不是，所以，这些微不足道却令人愉悦的事就成了最重要的鞭策。我指的是：车子；蓬塔戈尔达的房子，书房不仅令人舒适，还能看到大海；这间浴室，这些绿黑相间、出水量极大的水管，冷热水都能供应的水龙头，线条圆润、充满女性气质的浴缸，这浴缸多么华丽啊，简直像是马蒂斯亲自设计的；一个褶子都没有的衬衫、熨烫得一丝不苟的西装、天然丝绸制成的领带；书房和客厅的画，史波席托[1]、利马[2]、加马拉[3]、弗拉斯科尼[4]、

---

[1] 此处应指阿梅里科·史波席托（Américo Spósito，1924—2005），乌拉圭画家、雕塑家。

[2] 此处应指马诺洛·利马（Manolo Lima，1919—1990），乌拉圭画家、教育家。

[3] 此处应指何塞·加马拉（José Gamarra，1934— ），乌拉圭画家、雕刻家，20世纪60年代声名大噪，移居巴黎。

[4] 此处应指安东尼奥·弗拉斯科尼（Antonio Frasconi，1919—2013），具有乌拉圭和美国双重国籍的雕刻家、画家，1945年后移居美国。

巴尔卡拉[1]、埃斯皮诺拉[2]；晚餐前的两杯威士忌；房子尽头的露台上，某个夏夜不可思议的安宁；立体声音响，播放着美妙的探戈舞曲、布鲁斯和莫扎特；禄莱福莱[3]相机，还有那个手提箱，里面装着各种各样的滤镜和配件，我拥有它们，却从未使用过；Skira出版社[4]的艺术书；一整套瑞典著名品牌的餐具。我喜欢被美好的事物环绕。这算严重的罪过吗？我不爱钱，既不会把它们牢牢地锁在银行里，也不会用它们买一大片地，摇身一变，成为庄园主，更不会做投机买卖。钱对我来说根本不重要，但能用钱买到的东西的确很重要。我并不在乎钱，但钱是购买美好事物、满足审美需求、让我得以享受美好的休闲时光必不可少的媒介。说起社会公平，人们首先想到的——理所当然——是消除饥饿，让每个人都拥有干净、体面的住宿环境，还有，普及基础教育，扫除文盲。但是，在完成这三个紧迫的任务之后，应该在基本人权里加上一条，即，所有人都能依照个人品位布置属于他自己的空间。当然，这一条没有面包和容身之处那么重要，但也是刻不容缓的。

冲澡真舒服。把淋浴喷头的孔洞扩大是对的，流出来的水大了，舒服多了。挺直身子，昂着头，在淋浴喷头下冲整整五

---

① 此处应指华盛顿·巴尔卡拉（Washington Barcala，1920—1993），乌拉圭画家、艺术家。

② 此处应指曼努埃尔·埃斯皮诺拉·戈麦斯（Manuel Espínola Gómez，1921—2003），乌拉圭艺术家。

③ Rolleiflex，著名高端双反相机，在胶卷照相机中拥有先驱的地位，由专门制造光学产品的德国公司禄莱制造。

④ 意大利一家专营艺术、建筑、时尚、摄影、文学、音乐娱乐及搜索指南类书籍的出版社，其中以艺术和建筑类书籍最为出色。

分钟，不急着往身上打肥皂，真令人愉悦，水流似乎冲走了各种各样的烦恼、不应存在的顾虑和现实的束缚，为我赢来了一个短暂的假期。为什么我突然想起罗慕洛来了呢？哦，我知道了。是因为我想到了里欧斯，又看到了我的肚脐。一方面是可怜的里欧斯的讲述，还有罗慕洛对他的诊断，另一方面是水流在我的肚脐上形成的小瀑布。一次，罗慕洛告诉我一个令人吃惊的消息，是他做了外科医生以后才得知的。*你知道吗，在做手术之前，我们会仔仔细细地为病人清洁；可以猜想，或许是因为害羞，或者别的原因，每个病人来之前都会把自己洗得特别干净。但是，护士们通常还得清洁一个特定的部位。就是肚脐。人们总是忘记清洗肚脐。*要是精神分析科的医生得知了这一点，肯定会说，那是因为人们常常倾向于忘记自己的出身。从这个意义上来说，我并没有忘记自己的出身。我承认它的存在，还给它抹了肥皂。我承认它的存在，还好好地洗了洗它。现在水凉了。舒服过后的刺激。哎呀，太凉了。太刺激了。关水。这条短裤有点紧了。显得肚子前所未有地大。还是瘦一点好。

威士忌不错。很干，我就喜欢这样的。*酒刚好没过冰块。*敬你，亲爱的长着雀斑的兰塞姆太太。此刻，我感到很舒适。身体的舒适。应该记下这个时刻，因为有时候，就在我感到舒适的那一刻，舒适感就消失了。就像那天在龙舌兰餐厅一样，只有在别人告诉我们这个国家被夷为平地的时候，我们才会发现自己深爱着它。除了玛塞拉和拉腊尔德，其他人都是蠢货。为什么我们乌拉圭人一踏上别人的土地，就会变得那么卑鄙、那么没教养呢？在这里，我们也卑鄙、也没教养，但远远不及那个程度。身体的舒适。舒适，甚至有点晕。去小睡一会儿也没什么不好。要是人们把午饭之前的小睡叫作驴睡[1]，那么晚饭之前的小睡该叫什么呢？潘神睡？之前我并不知道潘神是什么。但现在我知道了，他是个半人半兽的怪物。两只前腿既瘦弱又不稳定，就像那头母牛一样。我看了看玻璃橱窗。那里就有一个半人半兽的模型，它身上还穿着免熨烫衬衫。马路那边的绿灯亮了，五个半人半兽的怪物穿过十八街，其中两个怪物还驮着女人，看起来就像女人在骑摩托。要是我变成了一个半人半兽的怪物，我也要去找个女人驮驮。找谁呢？兰塞姆太太？不不，她的雀斑太多了，而且她太主动了，我不喜欢。罗莎里奥？她住得太远了，还和那个半人半兽的尤利西斯·阿索卡尔在一起。苏珊娜？苏珊娜在另一个玻璃橱窗里，苏珊娜的人体模型，正把丰满的女秘书从通用电气的冰箱里拿出来，打算好好享受我们的冬季假期。我觉得好热，热得出汗了。需要半人半兽止汗剂。哪儿有药店？药店在一家兼卖糖果和香烟的咖啡馆里，哈维尔的老婆在门口微笑着，没穿衣服，袒露着那个没有肚脐的大肚子，抱怨着她的关节炎。哈维尔还好吗，夫人？哈维尔有个手电筒，堂拉蒙希多[2]，这样他就可以完成您父亲交给他的整理情报的任务了。我不是堂拉蒙希多，夫人，我是半人半兽的怪物。但您长着堂拉蒙希多的脸，瞧瞧，和博士多像啊。没有没有没有。您不是博士本人吧？不是，博士做

---

[1] 驴睡（la siesta del burro）也被称为羊睡（la siesta del carnero），指牧人忙碌一个上午后，让牛羊在草地上吃草，自己则在树下小憩，后来人们引用这个词组泛指午饭前的小憩。正因如此，主人公才将自己晚饭前的小憩戏称为潘神睡（la siesta del fauno），潘神即古希腊神话中以半人半羊的形象出现的牧神，专门照顾牧人、猎人、农人和住在乡野的人。

[2] Don Ramoncito，对拉蒙的尊称。

了肮脏的交易。您脚底下的蹄铁脏了，堂拉蒙希多。不可能。真的，您的蹄铁脏了，眼睛却是清澈的。我要哭了。堂拉蒙希多，您会带上我吗？我想和您走。抱歉，夫人，您长得太丑了，我喜欢被美好的事物环绕，所以才发起这次革命。那么，您为什么不带上多莉呢？她是我兄弟的女人，我不能带她。我也是你兄弟的女人。抱歉，多莉，刚才我没认出你，把你当成哈维尔的老婆了。怎么可能，她的肚子那么大，还有关节炎，再说，她从来不会光着身子，也从来不脱下她的衬衫。你光着身子，多莉，你太美了。你是拉丁美洲最好的半人半兽。应该叫说拉丁语的美洲，因为另一个美洲是说英语的。你是世界上最好的半人半兽。你会有个前腿瘦弱的儿子，就像那头母牛一样。什么时候？

　　"哞哞哞哞。拉蒙蒙蒙。你睡着了，拉蒙。晚饭已经准备好了。"

十

我想在吃早饭之前离开，一言不发，不引起任何人的注意。我口中苦涩，肌肉僵硬，脑袋重得要死。我甚至不想和古斯塔沃说话，但他朝我走过来了。我们晨间短暂的对话成了我们一天中唯一一次交谈。我好累。为什么呢？可惜了，今天晴空万里，吹来的风如此宜人，海面又如此平静。明明已经进入四月，近三天的气温却高得像夏天一样①。真可惜。今天的我需要一片灰色的天空，如果我能把这美好的景色变得灰暗就好了，可惜，我不能。

"你昨天很晚才回来？"

"一点钟。"

"准备得怎么样？"

"不错，这是一个漫长的过程。刚才乌戈打电话找你，你还在睡，我就没叫你。他的车坏了，今天又有罢工，他一早就得去杜拉斯诺，所以让你帮忙，在去市中心的时候捎上多莉。"

我永远理解不了他们的结合。然而，她脸上的表情总是

---

① 乌拉圭位于南半球，3—5月应为秋季，6—8月为冬季。

很平和，就算他不停地说些没教养的话，她还是一脸幸福地看着他。这其中的神秘之处让我感到敬畏。乌戈是个浪荡子，没错。和一个浪荡子一同生活却仍能感到幸福的，只能是另一个浪荡的人。但多莉不是。多莉有自己的内心世界。丰富的内心世界。她的可爱之处不在于她说的话，相反，在于她的沉默、她的表情、她的目光，等等等等。乌戈甚至连一个开朗的浪荡子都算不上。他也不忧郁，只不过总是情绪不佳。他继承了老头所有的缺点，却没有继承他饱满的精力、想要掌控一切的决心，还有看穿人心的能力。他只是个可怜人。难道我不是个可怜人吗？或许他更可怜。至少乌戈尚未意识到自己的局限。亲爱的多莉。我还记得第一次见到她，那个时候我已经结婚十年了，但在那一刻我意识到，她就是那个我一直在寻找的人。但现在她是乌戈的了。我和苏珊娜结婚，是因为我觉得那个人或许并不存在，换句话说，我妥协了，我说服自己那个人并不存在。当然了，如果多莉不存在，苏珊娜也还不错。但她存在。比如说，现在，她就存在，就在那儿，花园里。还朝我挥着手，就像这样。

"你好，多莉。"

"早上好。"

"乌戈让我来接你。"

"嗯，你也看到了，这辆车的车轴坏了，刚好就在今天。"

"只是车轴吗？"

"嗯，幸好当时乌戈开得慢，而且没开出很远。"

"运气真不好。"

"我也这么觉得。"

178

"你今天真美。"

"多谢，大伯哥。"

"能送你去市中心真是太荣幸了。如果乌戈还有良心，就该每周把车弄坏一次。你知道吗？我还没吃早饭呢。"

"真可怜。"

"我们在帆船咖啡馆停一下，吃点东西？"

"我不急，可以允许你请我喝杯咖啡。"

"太好了。真是太荣幸了。"

我不确定她到底美不美，但她今天的确很迷人。她爱听我说恭维话，我看到她的眼睛亮了。

"多莉，昨晚我梦到你了。"

"是噩梦吧，我猜。"

"不是，是个很美的美梦。"

"拉蒙，我不喜欢你这么看着我。"

"对我来说刚好相反，我就喜欢这么看着你。"

"我提醒你，这可不是一句适合搭配抹了果酱的烤面包片的话。太腻了。"

"多莉，你知道我梦到什么了吗？"

"我没兴趣知道。男人如果梦到女人，内容总是相同的。"

"你错了。我梦到自己是半人半兽。"

"别开玩笑了。那我是什么？长颈鹿？"

"不，你是多莉。"

"那就好。"

"你怀着我的孩子。"

"但是，拉蒙。"

"你脸红了，当然，这样更美。"

"你这是在给我下套。"

"当然不是。你怀着我的孩子。"

"这不代表任何事。很久以前我就做好了准备，以防你对我说些过分的话。"

"过分？"

"对，比如你爱上我了，诸如此类的话。但现在我才意识到，你脑子里想的是另一回事。你想的是和我睡觉。我之前也考虑过这个可能性，知道怎么回应你最恰当。但是我从来没想到，你会对我说这种话。"

"但是，多莉，这三者之间没有任何区别。我的梦想要表达的，和你之前想到的一模一样。我不明白你的意思。"

"不一样。不一样的，你说了孩子这个词，从那刻起一切就都不一样了。你不知道，拉蒙，我想要个孩子，一直都想。"

"别哭，你别哭。"

"我一直想要个孩子，但乌戈坚决不同意。他不仅现在不想要，还和我说，他永远都不想要孩子。"

"他怎么知道他不想要？"

"他和我说了上千次，我求他一次，他就说一次。他想方设法不让我怀孕，借口是，他不想把孩子带到这个充斥着可怕的东西的世界上，原子弹，等等等等。"

"我不是给你下套。我真的做了这样的梦。"

"我知道。"

"多莉，我喜欢你。这很不像话。但是我真的喜欢你。我该怎么办？"

"我知道。"

"那你呢？"

"不。"

"哦。"

"拉蒙。拉蒙。看着我。你别这样，我知道你是个好人。"

"谁告诉你的？"

"没人告诉我。我就是这么觉得的，我还知道，你比乌戈好多了。"

"显而易见。"

"请理解我，拉蒙。我知道，如果我喜欢你就好了，因为你是个好人。乌戈，正相反，他无知、粗鲁、不聪明，有时候还很坏。但是爱情这东西就是盲目的。你这么好，乌戈这么糟糕。但我爱他，拉蒙，你不知道我有多爱他。"

"别哭了，没事，一切都结束了，我不会再来烦你，不会再和你说这些。我大概是疯了，才说出这种话。我鼓起勇气和你说这些，是因为有一次，在门德斯，你肯定不记得了……"

"不，我记得。"

"我和你说，如果你再用手堵住我的嘴，我就亲上去了。"

"对，然后我问你，这就是所谓的绅士风度，不是吗？"

"然后我说，要是亲的是手掌，那就不是了。接着你又说，要是你继续胡言乱语，我很愿意再用手堵你的嘴。"

"我记得。"

"我相信，我认为你对我有感觉。"

"我有，拉蒙，我当然对你有感觉。但不是你想让我有的那种感觉。那种感觉我只对乌戈有，我爱他。"

"既然如此，你当时为什么要那么说呢？"

"因为那个晚上我很绝望，因为我又和乌戈大吵了一架，还是因为同样的事。然后我看到了你，那么无依无靠，那么渴望他人的理解和帮助，就像我一样。有那么一瞬间，我混淆了同情和爱情。请理解我，拉蒙。我知道，我肯定，一不小心我就会爱上你，但我不能这么做。不是因为担心他人的偏见，也不是装模作样，更不是出于对上帝的敬畏。我甚至不是天主教徒。只是一种无法摆脱的念头罢了。或许连爱情都算不上。我已经迷失了，今天过后，还会更迷失。"

"一个问题。"

"问吧。"

"告诉我乌戈到底有什么好的，值得你这么爱他，这么痛快地拒绝我。我想要知道。"

"哦，这个问题太难了。乌戈不聪明。还是个浪荡子，或者说，过着浪荡的生活。但他这么做，是因为他害怕面对自己，害怕看到自己真实的样子。他是个懦夫。但我相信，如果有一天，他能看到真实的自己，就像我看到的那样，他就能找回勇气。他厚厚的面具下仍然藏着一个天真的、善良的、慷慨的乌戈。有时候我感觉得到他的温存，但他会立马戴上面具，摆出老样子。他不想让别人察觉另一个乌戈的存在，他觉得羞耻。你可能会说，根本没有人会察觉，但仍然有这个风险。我必须帮助他，让他能够坦然地面对真实的自己，不再感到羞耻。有一次，他和我说起你。"

"说起我？"

"那天他喝多了。拉蒙看不起我，他说。"

"我没有看不起他，多莉。我只是觉得他没有底线，一直愚蠢地模仿着老头。"

"你觉得这和看不起有什么区别？这让我很伤心，他说，因为有时候我很需要他。我觉得这是真的，拉蒙，我觉得他很需要你。"

"我从来没想过。"

"想过什么？"

"我从来没想过，乌戈会这么想。"

"现在你知道了。"

"现在我觉得自己是个傻瓜。"

"但你不是。是乌戈总戴着面具，不是你的错。你们在一起时我总在观察，我知道他是怎么惹恼你的。有时候我甚至觉得，面对着你，他会变得很有攻击性。"

"多莉，你会原谅我吗？原谅我说的那些蠢话，关于梦的，不，所有的蠢话。是我害你哭的。"

"哭出来对我有好处。关于梦，我要感谢你，真的要感谢你，拉蒙。你不知道，像你这样的人能梦到我，还是这么好的梦，让我多么自豪。"

"好了，现在我们把一切都说清楚了。梦的事情结束了。但是偶尔也请允许我找你聊聊天，和你聊完后，一切都豁然开朗了。比和别人聊天，或者自己一个人待着的效果好多了。对我所处的情况豁然开朗了，你明白吗？"

"我明白，拉蒙。"

"你想在哪儿下车？"

"在十八街的哪个路口都行。"

"布然可河？"

"好的。"

"看那只狗。"

"它长着流浪汉的脸。"

"你想成为流浪汉吗？"

"当然不了，你呢？"

"现在不了，但这是我小时候的愿望之一。"

"我小时候想当船长。"

"女船长。"

"不，我想当的是男船长。小时候我以为当男人或当女人是自由选择的，就像一件衣服一样，可以穿上去，也可以脱下来。"

"克里斯蒂娜·乔根森[①]曾经阐述过你这个观点。"

"真的吗？"

我怎么可以像现在这样和她说话呢？说狗、流浪汉，还有克里斯蒂娜·乔根森，说任何事。现在我更爱她了，但我们之间不会发生任何事。为什么我没能早点遇见她呢？为什么我不把她从乌戈手里抢过来呢？和她在一起，我就有了勇气。或者说，这是我为自己的懦弱找到的新借口？

"为什么不说话了？"

"我在想事情。"

"要是我想得太多，就会难过，就会沮丧，会觉得自己一下子变老了。"

---

① Christine Jorgensen（1926—1989），世界上第一个接受了变性手术并成功改造了外生殖器的人。

"你知道吗？我和老头好好地谈了一次。"

"又一次？"

"是的，又一次。这件事我只和你说，老头做了肮脏的生意，我指责了他。我想阻止他。"

"我早就知道这件事了。是乌戈告诉我的，他很害怕。"

"害怕什么？"

"害怕命运无常，有一天你的父亲会完蛋。"

"不，不会的。老头是不可战胜的。"

"没有人是不可战胜的。"

"你不喜欢老头，对吧？"

"不喜欢。他对乌戈做了很差劲的事。"

"对我呢？"

"他也对你做了差劲的事，但你更坚强。"

"如果我真的那么坚强，就能够战胜他。要战胜老头，只有一个方法，就是杀了他。"

"拉蒙。"

"别担心。老头不仅不可战胜，还刀枪不入，永远不死。"

"光是你说的话就够可怕的了。你竟然那么想，太可怕了。"

"是的，我也这么觉得。看，我对你多么坦诚，在告诉你之前，这还只是个没成型的想法。我想让他死，这是真的。你意识到了吗？"

"可怜的拉蒙。"

"要是他死了，我身上最糟糕的部分就会消失，或许这个国家最糟糕的部分也会消失。有时候我真的无法容忍他的犬儒主义，他想从一切中获利，从我们的公共空间、我们的仪式、我们的偏见、我们的迷信和我们的禁令中获利。如果来了个外国人，看到我们伸出的手，他会投来轻蔑的目光，这让我愤怒，身体里的某个地方仿佛开始燃烧。但如果我们中的一个，比如，老头，向我们投来轻蔑的目光，那他所有的行为都成了卑鄙的戏弄，这时我不再愤怒了，我体会到一种难以承受的沮丧，我不再燃烧，开始解体。另外，最让我沮丧的一点是，作为他的儿子，我说的所有反对他的话、做的所有试图让这个国家摆脱他邪恶统治的努力，都被看作不满、不忠甚至背叛。他比任何人都清楚这一点，所以，他才一次又一次地强调，毕竟，我是他的儿子。他知道这是他的保障。坦白和你说：如果我不是他的儿子，或许他早已经被我杀了。但是，我是他的儿子，如果我杀了他，就不会有人知道我做了多大的牺牲。我的牺牲正是从我下定决心不当杀人凶手的那一刻开始的。没有人会知道，因为儿子杀死父亲是如此地吸引眼球，没有人会关注其他的细节。我还问了自己另一个问题，一个同样令人不安的问题：如果——很显然，这只是假设——我是唯一一个知道老头到底是什么人，并为此深受煎熬的人；另外，如果，我还是唯一一个认为他必须马上消失的人，那么，我有权利取消这个伸张正义的行为吗，就因为他是我的父亲？"

"你想把他变成一个殉道者。"

"是的，我这么想过。"

"那么，你又是什么呢？"

"你觉得，现在我又是什么呢？"

"我们不能再谈下去了，拉蒙。我简直不敢相信，我们竟然坐在你的车里，沿着布然可河行驶，如此平静地谈论着这个话题。"

"或许我们已经变得麻木不仁，变得残忍了。我的意思是，或许我已经变成这样了。"

"今天上午的天气真好。"

"的确。"

"我承认，现在我有点怀念那套常规了。严格地控制饮食，还有那么多的感情爆发，我敢说，不出几个星期他们就得把我送进医院。"

"多莉。"

"为什么你不叫我的真名多洛雷斯呢？我喜欢这个名字，但没有人这么叫我。"

"好的，多洛雷斯。"

"我喜欢你这么叫我。"

"谢谢，多洛雷斯。"

"我就在这儿下车。"

"明天我再来接你？"

"明天我应该不需要来市中心。再说，明天乌戈就回来了。"

"再见，多洛雷斯。你很迷人，很善良。另外，你天生擅长聆听，我很欣赏这一点。"

她让我叫她多洛雷斯。我当然会这么叫她，无论是在受到祝福的失眠，还是在噩梦中。所有的一切都是对我的启示。在向多莉，不，多洛雷斯倾诉的过程中，老头的死逐渐变成了某种合理的东西，某种早已——谁知道从什么时候起——在我脑中酝酿的信念，最糟糕的是，或者应该说，最幸运的是，至少可以说，最奇怪的是，让老头死这个想法一点都没吓到我，也不会吓到我。我会成为杀人凶手吗？一顶很大的帽子。杀人凶手。*流亡的儿子终结了他的父亲。*通常情况下，人们总会说起流亡的父亲和流亡的母亲，我将创造一个新的群体：流亡的孩子。*嫉妒是这桩可怕的杀亲案的动机。*让我们来猜猜看，老头的报纸报道这桩案件时会用什么标题呢？或许是最简单的：*埃德蒙多·布迪纽去世*，并在页面底端加上黑线。哈维尔，或党派的头头们，肯定会想尽办法，不让报纸的读者们了解真相：让这位杰出人物消失的，正是他的儿子。*埃德蒙多·布迪纽博士，我们的领路人，昨日因心源性晕厥辞世，此前没有任何显示他已生命垂危的征兆。悲痛的消息一传出，悲伤之潮就席卷了整个城市。没有人相信，埃德蒙多·布迪纽，这个在我国长达五十年的民主进程中为我们带来一切美好事物、一切崇高思想的工程师，这个为了正义事业无私奉献、孜孜不倦的领袖，这个仁爱的教皇，这颗乌拉圭杰出的心脏，停止跳动了。*这种普遍的怀疑是合理的，因为这颗杰出的心脏，这颗慷慨的、闪亮的心脏——埃德蒙多·布迪纽的心脏，会继续跳动，不仅在我们的页面上，多年来，他慷慨地为我们的报纸提供政治和道德上的庇护，让我们得以存活，也在每个人的心中，他在我们心中播下了种子，传递着对人类最深切，也最真诚的关怀。很好，但是，他们会怎么说我呢？或许警察会把我带走，确保我也死于心源性晕厥。遗传疾病。*埃德蒙多·布迪纽的儿子也因同样的疾病离世。*街头巷尾的骚动。滥俗广播剧成真了。绝对不要这样。

"您说什么，加瓦尔东？"

"布迪纽先生，几天前我就想和您谈谈了，可惜一直没有机会。"

"这几天我很忙。"

"不是什么重要的事，就是一些需要改善的小细节。"

"例如？"

"这个问题我已经遇到过三次了，有一次他们还让我觉得自己有点土气。"

"又是*应召女郎*的问题吗？"

"又是。您知道，这些人不是游客，他们是经理、副总统、地区监管人，他们熟悉的只有那三种类型。您去过纽约，布迪纽先生，您知道那里的酒店有多规范。法国姐，五十美元。美国姐，四十。波多黎各姐，二十五。这些人喜欢法国姐。他们总是愿意付那五十美元，但必须得是法国姐才行。对他们来说，乌拉圭的姐，再漂亮也只值波多黎各姐的价，他们没兴趣。他们会出二十五美元，或者更少，但他们不喜欢她们。换句话说，他们来可不是为了捡便宜，而是为了法国姐。"

"弄不到法国姐？您和达列格里谈过了吗？"

"是的，先生，和达列格里谈过了。但为数不多的法国姐全在光复街。笼统地说，在老城区。她们对不上这些人的胃口。这些人有特定的目标。他们从来没忘记自己是经理、副总统、地区监管人，是上等人，而不是无名小卒。如果他们是棒球运动员，所有问题都迎刃而解，但他们是经理、副总统、地区监管人。真不敢相信，布迪纽先生，我竟然把我们自己的产品放在最低劣的一级。但这不是我的想法。我清楚，您和我一样，都喜欢乌拉圭女孩，她们真的很美，不过这些人是经理、副总统和地区监管人，经验丰富的人，老古板，他们有点看不起在拉美出生的欧洲人。我给他们推荐了一个蒙得维的亚妞，他们不要，说是不想和土著扯上一丁点儿关系。他们只想要法国妞，就这样，没得商量。美国佬就是墨守成规的动物。以后这种情况肯定会改变，不过需要时间。这些人不懂什么是进步同盟①的精神。"

"那么您有什么提议？"

"我之前想过，要是没得商量，就先和别的旅行社谈谈，然后和旅馆老板谈谈，看能不能和国家旅游局做个交易（当然，是私下的）。坦白说，我认为唯一体面的解决方式就是进口。"

"进口什么？"

"进口法国妞，先生。但我们需要的，不是千辛万苦地跨越大江大海，最后终于抵达老城区小旅馆的法国妞。那些是水手们的法国妞。我们需要的，是副总统、经理、地区监管人的法国妞，高级的法国妞。您要知道，布迪纽先生，他们喜欢那些胸大腰细，像玛丽娜·维拉迪②那样长发披肩的姑娘，屁股要翘得刚刚好，眼睛得像温顺的羊羔，得会说英语，这是当然的，还得是个全神贯注的听众，当他们说起自己的第六

---

① Alianza para el Progreso，美洲进步同盟，1961 年创立于美国，目的是协助拉丁美洲从事社会与经济发展。这是肯尼迪时期提出的通过对发展中国家的资金援助，达到控制发展中国家、扩张势力范围的一种行动。

② Marina Vlady（1938— ），法国女演员。

个老婆根本不理解他们时，要表现得善解人意。我知道，要弄到这样的法国妞很不容易，迈阿密、拿骚①、棕榈滩②、尼斯、圣特罗佩③、巴西利亚、马略卡岛④、哥本哈根，还有其他完备的旅游胜地，都有极大的需求。但是，要是国家旅游局能介入，或许就好办多了。您要知道，按照现在的情况，这项业务没法再继续了。就在昨晚，新加利福尼亚石油公司的地区监管人，就是您介绍给我认识的那个，来找我，非常忧伤，退而求其次地问我，这里有没有夏威夷妞，我没有其他办法，只能告诉他实话，没有。您现在会笑，是因为您不知道当时我感到多么羞耻。没有商品，我根据多年经验总结出来的生意经又有什么用？相信我，对他们来说，接受夏威夷妞已经是极大的妥协了。但我们连夏威夷妞都没有。我向您保证，他们的意志已经彻底消沉了。哈瓦那的事情对他们来说是极大的打击。不，不，我指的不是土地改革。他们已经习惯这个了。我指的是伦巴。我太想念伦巴了，那个地区监管人昨晚这么对我说。他们不能原谅卡斯特罗，因为他禁止了伦巴。那些报纸让我发笑，包括您父亲的报纸，布迪纽先生，我完全没有冒犯的

---

① Nassau，位于新普罗维登斯岛，是巴哈马的首都，也是该国第一大城市以及商业、文化中心。位于拿骚以东海上天堂岛的亚特兰蒂斯度假中心是闻名世界的旅游胜地。

② Palm Peach，位于美国佛罗里达州东南部的旅游城镇，是美国最有名的亿万富豪区，也是美国亿万富豪的度假胜地，旅游业相当发达。

③ Saint-Tropez，法国普罗旺斯－阿尔卑斯－蓝色海岸大区瓦尔省的一个镇，距离大区首府马赛约 100 公里。

④ Mallorca，西班牙巴利阿里群岛的最大岛屿，位于西地中海，是著名的旅游点和观鸟去处，旅客主要来自英国、德国、爱尔兰和斯堪的纳维亚半岛。

意思，但那些报纸竟然宣称公权力成了一项吸引游客、发展旅游业的绝妙政策。哈哈。埃斯特角半岛，游客优惠，还有赌场。真是鼠目寸光。阿根廷的游客可能会买他们的账，但这些阿根廷人和我们国家大多数人一样，都没见过世面，土里土气的，除了自负，和对外宣称的六百万人口，他们什么都没有。另外，阿根廷人都是拖家带口的，带着夫人，还有孩子，去上一趟花不了多少钱的皮里亚波利斯，也就差不多了。我认为，要是只想着在这些阿根廷人身上赚钱，也太没野心了。我们应该做的，是吸引北边的游客，您不这么认为吗？如果要吸引他们来消费，就得先解决*应召女郎*的问题。您要知道，我们现在还不用遮遮掩掩，甚至发明出一套秘密术语来。在洛杉矶的每家酒店，我们不说一流酒店，就说二流和三流的，每个房间的床头柜上都放着一张上门速记女郎的价格表。打个电话，她们就来了，不拿笔，不拿纸，连内裤都不穿。一个小可爱。这就是秩序。而在这里，正相反，有那么多让人泄气的问题。酒店老板甚至害怕他人的指责，怕别人说他们贩卖白种女人，真没见识。所以，只好强迫他们填写正式的订单，再盖上章。哪个地方的旅游业不涉及性服务？您又笑了，但这是事实，我们已经远远落后了。如果没法解决这个问题，我就回加拉加斯。至少那里有石油，而历史已经证明，有石油的地方总会发展出旅游业的文明。我不知道您是否了解为什么当初我要来蒙得维的亚，因为那时执政的是拉腊萨瓦尔[①]这个疯子，和其他的正派人一样，我认为自己处境危险，就离开了。但现在情况不一样

[①]　沃尔夫冈·拉腊萨瓦尔（Wolfgang Larrazábal，1911—2003），委内瑞拉海军军官、政治家。1958年发动临时政变，担任总统。

了，现在我可以重新回到那里，继续我光辉的事业。从业十五年的宝贵经验可不能白白浪费，布迪纽先生。经验，还有我掌握的四门语言，它们可是我唯一的资本。"

"我这周一定会打电话给您。"

"很好，布迪纽先生。希望您一切都好。"

"小姐，请坦白告诉我：您认为我们在这里过着乡巴佬一般的日子吗？"

"这个嘛，先生，我觉得……"

"当然了，您没去过别的国家，不知道该如何比较。"

"这个嘛，布迪纽先生，我去过布宜诺斯艾利斯，还去过阿雷格里港①。"

"很好，很好。那么和这些城市的人比较，您觉得我们过着乡巴佬一般的日子吗？"

"从什么意义上来说呢，先生？"

"比如说，娱乐，消遣。"

"我在这里过得很开心，先生。但我不知道这是不是您想知道的。当然了，您……"

"不，不，不。这就是我想知道的。"

丰满的，只剩下丰满。真是个蠢货。叫人如何相信上帝的存在？一个如此丰满的女人，如此完美，有那样的胸，那样的嘴，这样的女人怎么可能没有脑子呢？应该给她接上半导体管，或者作为残次品退还给上帝。无论如何，那个总流着口水的男朋友用不着费心爱抚她的脑子了。

----

① Porto Alegre，又称愉港，巴西南部最大的城市之一。

193

"我要去市中心吃饭，小姐，下午两点左右回来。"

"您记得吗，三点您约了里欧斯先生。"

既然没有脑子，她怎么会有记忆呢？她把记忆存在胸里？地方多得是。到处都可以储存记忆，胃、眼球、胰腺，到处都可以。

"再见，蒂托。"

"再见，博士。"

"再见，佩佩。"

在老城区竟然能碰见这么多熟人，真令人难以置信。

"再见，拉马斯。"

这个人真的叫拉马斯吗？

"再见，巴尔维尔德。辉煌的利物浦怎么样了？"

与他交谈，只可能涉及两个问题：钓鱼和利物浦。除了那些咬了饵之后又轻松溜走的鱼，谁会真心喜欢钓鱼？

"再见，苏亚雷斯，四月中旬怎么会这么热呢？"

"再见，小鬼，你爸还好吗？"

我只钓过一次鱼，那时我才八岁，钓到了一条银鲈，还是埃斯特万叔叔偷偷游到水下，把它挂到我的鱼钩上的。他真了不起。

"再见，特蕾希塔。你总是那么美，和你妈妈一样。再见，特蕾莎夫人。"

她是怎么保养的，真难以置信，看起来竟比女儿还年轻。太热了，我得把大衣脱下来。等不到晚上了，现在我就要冲个凉。

"你应该和你父亲谈谈。"

"谈过了。"

"你没告诉他拉腊尔德的事？"

"说了，所以他才放下心来。"

"我不明白。"

"拉腊尔德已经完了。老头有对付他的武器：58年大选的时候，他哥哥的名字在红党的名单上；他舅舅几年前从银行拿走五万美元，被国际刑警组织抓了；还有他妹妹，诺尔玛·拉腊尔德，你认识吗？"

"见过。她是埃斯特维斯的秘书。"

"秘书和情人。"

"这我可不知情。"

"看，老头掌握了这三条信息，就等于扼住了拉腊尔德的咽喉。"

"你认为拉腊尔德会妥协？"

"老头可不会出错。你怎么看？"

"坦白地说，我不确定。我之前根本不知道这三条信息。但确实是猛料，确实能把拉腊尔德拖下水。但是，从另一方面来看，从这笔买卖中能捞到不少油水。他马上就会获得《真理报》的支持。"

"很难。两家报社是不会开战的。你看着吧，到了最后一秒，一切都会迎刃而解。退一步说，假设拉腊尔德真的在报纸上揭露了老头，遭殃的可是他自己。老头和莫利纳已经想好该怎么打压他了。老头说，表面上，拉腊尔德是个聪明的记者，有一份体面的工作，但实际上他只想过平静的生活，他比任何人都清楚，老头掌握了这三条重要信息，如果他站出来和老头对着干，老头会让他再也没有好日子过。老头说，只要给拉腊尔德打一通匿名电话，让他了解自己的处境，他就会明白该怎么做。你呢，你敢站出来和老头对着干吗？"

"我？你疯了。如果拉腊尔德是个有经验的人，我同意你的判断，他会明白该怎么做，会就此收手，你想让我站出来吗？"

"拉腊尔德有弱点，还有三个。你有什么弱点？"

"我没有弱点。根本没必要知道我的弱点。你想，要是我要揭发别人，只能通过官方渠道。没有人知道我。我，瓦尔特，一个无名小卒，哪份报纸愿意刊登我的文章？要对付我，根本用不着大费周章地收集我家的丑事——要是有人去收集的话，或许真能找到——也用不着威胁我，很简单，只要找个人把我递交的材料拿走，把我派到档案室去，最后，再去告发我，说我是个共产主义者，一切就都结束了。你知道的，现在控诉一个人是共产主义者根本不需要递交任何证据。你呢？你敢站出来吗？"

"你忘了，我可是他的儿子。一个背叛父亲的儿子，和一个背叛国家的政客，人们，我指的是舆论，总是倾向谴责前者。必须承认，他们太强大了，和他们对抗，每一场战役都是力量悬殊的。他们有报纸、电台、电视，还有警察。除此之外，他们还掌握着两个党派的人。白党①的庄园主和红党的庄

① Partidos blancos，又称民族党。成立于 1835 年，创始人为 M. 奥里韦。由于奥里韦的军队以蓝色丝带饰于帽边作标志，后来退色变白，故俗称白党。白党主要代表农牧业主和天主教势力的利益，与乌拉圭红党长期争夺政权，但影响较小。

园主都是庄园主，在他们相同的身份面前，政治差异根本算不了什么。在利益面前，他们会结成同盟，这是毫无疑问的。今天的你，明天的我。你笑什么？"

"看到你这么激动，我觉得好笑。敬你，只敬你一个人，敬埃德蒙多·布迪纽的儿子。"

"你是不是想说，我这是过河拆桥，忘恩负义。"

"别生气，拉蒙。是你问我在笑什么的。你不会相信的，你让我想到，你让我想到我们两个，我们都没有背叛各自的阶级。你看，我爸一辈子都是个工人，死的时候也是个工人，死于工厂的一次事故。他不认字，也不会写字，却有着清楚的阶级观，一直都有。有一次，那时我们忍饥挨饿（我还小，才十岁），因为发生了长达几个月的大罢工。工厂关了一阵子，但从那个时候起又开始招人了，一次比一次招得多。我爸是技术工，所以他们来找他，给他开了两倍的工资，让他回去，但他拒绝了。他从没想过要背叛自己的战友。他说，挨饿总比背负耻辱要好。这句话被我一说，听起来就好像从哪儿抄来的一样。但我可以向你保证，他说这句话的时候，心里真是这么想的。你知道我说的是什么工厂吗？你爸爸的工厂，那时还不是塑料厂，而是铝材厂。我上过学，但没拿到文凭。我加入了一个社团，然后就工作了。现在，看看我：要是谁没有一点阶级观念，那就是我。和我爸的朋友在一起时，不知道为什么，我总觉得内疚，觉得不舒服；和办公室的同事在一起时，我总觉得不能融入他们，我和他们不一样，想的不一样，做的也不一样。但是，你看，我，莫利纳的秘书，不是别人的秘书，就是莫利纳那个家伙的。有时我替我爸感到羞耻，要是他知道我为一个如此腐败的人工作，他会怎么想？这简直让他成了塞莱斯蒂娜[①]。"

"你的意思是，我们背叛了各自的阶级。"

"对，我就是这个意思。你是属于另一头的人：有钱人。你爸爸是这个国家最令人敬畏的人物。你完全可以接受良好的教育，但你放弃了学业。你没有完全摆脱你爸爸的影响，但是，我们长谈了那么多次，我知道你思考了很多问题。国际政治、国内政治、社会道德，你是你爸爸的反面。你是个特例。一般来说，有钱人的儿子是用钱丈量一切的，这是他们独特的思考方式。但你不是。你也算不上左派。我想说的是，你得理解我，拉蒙，我还不清楚你真正的立场。或许你正在背叛你的阶级，但你应该能做得很好。"

"你对我有所保留。"

"什么都逃不出你的眼睛，是吗？"

"是什么？"

"你会生气的。"

"你了解我的，快说吧。"

"既然你这么坚持，我就说吧。要不然你会以为是什么坏事。你想过吗，你的态度在你身处的环境中显得如此不寻常，它是如何形成的？是因为真正的自信，因为你愿意为之负责的深刻信念，还是因为你想和你父亲对着干？"

"我想过。"

---

①　西班牙中世纪对话体长篇小说《塞莱斯蒂娜》中的人物，贪恋金钱，从事拉皮条，为小说主角青年骑士卡利斯托和贵族少女格利别耶安排幽会。最后，塞莱斯蒂娜被杀身亡，卡利斯托坠梯而死，格利别耶自杀殒命。

"然后？"

"我也不确定。"

他怎么能这么说？此外，其实我从来没想过这个问题。瓦尔特竟然会贸然说出这样的话。应该想一想，好好想一想。因为某件事，我决定不采取更加主动的态度。因为什么事？因为某件事，因为任何事。老头觉得我是个左派，这让他很头痛，尽管他不肯承认这一点。然而，我从来没在任何一份宣言上签过字，也没加入过任何一个党派，甚至连任何一场政治活动都没参与过，更不要说在募集资金的时候作出贡献了。连这些最容易的事情我都没做过。说我是左派，只是因为我在某个咖啡馆说了美国的坏话，哈哈，还有苏联的坏话。应该想一想，好好想一想。

"好了，我得走了。我要去共和国大街，你要和我一起走吗？"

"好的，我也要回旅行社了。你关于阶级还有背叛的演讲让我忘了时间。还有个客户在旅行社等我。"

"下次来市中心吃午饭记得给我打电话。不然的话，我们永远都见不了面。"

"给您介绍我的孙女。"

"很高兴认识您，小姐。您把我需要的东西都带来了，很好。您的护照，里欧斯先生，还有您孙女的。您的疫苗证明，还有您孙女的。关于旅行路线的要求呢？"

"在这里。"

"很好。让我们来看看：里斯本、圣地亚哥、塞维利亚、科尔多瓦、格兰纳达、马德里、托莱多、巴塞罗那、那不勒斯、罗马、佛罗伦萨、威尼斯、日内瓦、巴黎①。一定要按照这个顺序来吗？"

"不，您看怎么样合适，就按照您的安排来。"

"我想，比如说，我们可以做一些调整，这样您既能参加塞维利亚的圣周②游行，又能去佛罗伦萨庆祝蟋蟀节③。"

"您来作决定，按照情况作出适当的调整。事实上，只要让我的小孙女满意就行了。"

"但是，爷爷。"

"没什么但是。布迪纽先生，她就是我们这次旅行的总指挥。她这一年的成绩非常出色，看看她，脱颖而出，多么优秀。她肯定能完成任务。"

"但是，爷爷。"

"好了，布迪纽先生，请原谅，我得暂时离开一会儿，十五分钟。昨天和您约时间的时候我忘了，今天的这个时候我有份文件要签。我的孙女会留下来，您可以和她一起敲定所有事情，她是我的全权代表。"

---

① 分别位于葡萄牙、西班牙、意大利、瑞士和法国。

② La Semana Santa，又称受难周，在基督教传统中，指复活节之前的一周，用来纪念耶稣受难。基督徒会在这一周举行各种各样的庆祝活动，比如游行，其中以西班牙塞维利亚的圣周游行最为著名。

③ La Fiesta del Grillo，和基督升天节（复活节的四十天后）同一天。1582 年，佛罗伦萨出现了大量的蟋蟀，威胁到了农业生产，于是，佛罗伦萨人组织了一场大型的蟋蟀捕猎，保护了庄稼。从那以后，每年的这一天，佛罗伦萨人都要庆祝这个节日，全家人会一起去郊外野餐，爸爸还会带着自己的孩子抓蟋蟀。

"好的，您完全可以放心，里欧斯先生。"

"一会儿见，爷爷。"

"好了，小姐，既然您是总指挥，那就和我说说，您更想去哪些城市。"

"抱歉，先生。在我爷爷回来之前，我得和您谈谈。"

"您说。"

"我知道，昨天我爷爷已经向您坦白了。"

"坦白什么，小姐？"

"他的病。"

"什么？您爷爷生病了？"

"我说的是他的癌症。"

"小姐。"

"我知道，他请您帮忙隐瞒。"

"但是。"

"我来解释，索利亚医生的女儿是我的好朋友。罗慕洛·索利亚。"

"是的，我认识他。"

"所以，索利亚医生和我已经认识很久了。上周，我在等琪琪，就是我的好朋友，索利亚医生的女儿。这时索利亚医生来了，带我去了他的办公室，和我说，很久以前他就认识我了，他的女儿有我这个朋友让他很高兴，因为他知道我是个懂事的人。说完这些开场白后，他说了爷爷的事。"

"罗慕洛告诉您，您的爷爷得了癌症？"

"对。他说他想了好久，不知道到底该不该告诉我，但他觉得，如果爷爷在欧洲旅行的时候，没有任何人了解他的病情，对爷爷来说难免有些残忍。"

"那，您的父母也知道了？"

"他们不知道。我是唯一一个知道的人，而且爷爷也不知道我知道了。"

"哦。"

"索利亚医生说他决定告诉我，而且只告诉我一个人，因为他知道，如果告诉我父母，这次旅行就泡汤了。而爷爷是那么地想去。"

"我知道。"

"昨天爷爷来拜访您，也是出于医生的建议。所以索利亚医生提前把爷爷的请求告诉我了。"

"我想您没有给我留下任何一丝保守秘密的余地。"

"我把一切都告诉您，布迪纽先生，是出于两个原因：一是让您更放心，知道爷爷是和我，一个了解他病情的人一起出行；二是，既然我已经知道了，您就能坦诚地把所有旅行中应该注意的事项告诉我，考虑到爷爷的状态，我想了解所有可能派得上用场的信息。"

"请再给我至少一天的时间，情况有了变化，我需要重新规划。"

"当然。"

"您一定很爱您的爷爷吧，小姐？"

"非常爱。您别再说了，我怕我会哭。爷爷可能会注意到的。他很警觉。"

"抱歉。"

"没事。我还是出去等爷爷吧。我会告诉他，有人来找您，您和我约定明天下午见面详谈。但是我上午就会过来。如果您觉得可以的话。"

现在我要怎么面对可怜的里欧斯呢？真难办。我开的是旅行社，可不是忏悔室。是谁把我搅到这种事里的？我是不是该给索利亚打个电话？让我看看，电话本在哪儿？索利亚，阿尔曼多。索利亚，比阿特丽斯。索利亚，何塞菲娜·门德斯·德。索利亚，罗慕洛。92465。

"我可以和医生谈谈吗？布迪纽。罗慕洛？好久不见……你应该知道我为什么打电话来……对，就是为了这件事。这件事太不寻常了，我从没遇见过，所以和你确认一下……好的……好的。听着，我认为你做得对……我会想想该怎么办，这事可不简单，你别说……你的妻子怎么样？琪琪呢？……老头当然还活跃着……苏珊娜也好……古斯塔沃已经十七岁了……你说什么？时间过得太快了，一不留神我们就老了……我还比你大一岁呢，四十四了……当然了，我们该见一面。我们可是铁哥们儿。你还每天去基督会吗？大清早去？真是训练有素。我不去了。已经好多年不运动了……如果我现在去划桨，肯定会累散架……听我说，为什么你不来我家做客呢？下午来，这样我们就可以好好聊一聊，聊到天亮。我把地址告诉你，你有笔吗？卡拉穆鲁街5572号……对，在蓬塔戈尔达。周末我都在家。睡上一整天……不，别去划桨……为什么不，罗慕洛，为什么不……我会替你问候苏珊娜的。也替我问候奈莉和琪琪……你会来我家的，对吗？"

罗慕洛·索利亚。他的声音变了，完全不一样了。他是个

203

好人。那个时候，在布宜诺斯艾利斯，应该是在 1938 年。那时我在圣马丁将军大道和坎加约街交叉口的图里斯普兰街旅行社当学徒。当然了，是老头叫我去的。图里斯普兰旅行社属于爱德华多·罗萨雷斯旅行社。大胡子智利人，自学成才的哲学家，过着双重生活，一方面经营着一家旅行社，一方面又办了一所心灵教育学校。玫瑰十字会①加通神论加埃利法斯·利维②加克里希那穆提③，真是一盘大杂烩。布迪纽博士的翻版，活跃在另一个领域的埃德蒙多·布迪纽。他的欺诈针对的是人的灵魂。他喂饱了自己，不过饱的不是他的灵魂，而是他的银行账户。在旅行社他叫罗萨雷斯，在学校里他叫空间。布宜诺斯艾利斯、蒙得维的亚、里约热内卢、圣地亚哥，还有一些意想不到的城市，比如波帕扬④、贝洛奥里藏特⑤、派桑杜⑥、

---

① 17 世纪初在德国创立的一个秘密会社。据称该会社社员拥有自古代传下的神秘宇宙知识；折中采纳神秘主义、哲学和科学的观点，提出了借"神秘智能"改造世界的主张；普遍认为神弥漫于宇宙万物之中，人一旦意识到神存在于自身之内，就能作为宇宙的缩影主宰宇宙的力量。

② Eliphas Lévi，法国魔术师，神秘主义作家阿尔方斯·路易斯·康斯坦斯（Alphonse Louis Constant，1810—1875）的笔名。

③ 吉杜·克里希那穆提（Jiddu Krishnamurti，1895—1986），印度作家、演说家与思想传播者，被誉为 20 世纪最伟大的灵性导师，是第一个用通俗的语言向西方全面深入阐述东方哲学智慧的印度哲人，在 20 世纪对西方哲学、宗教产生了重大的影响。

④ Popayán，哥伦比亚西南部城市，是联合国教科文组织认定的美食之都。波帕扬建城于 1537 年 1 月 13 日，名称来源于当地印第安人，意为"两个茅草屋"。

⑤ Belo Horizonte，也被称作美景市、比路贺利桑特，是巴西第四大城市。

⑥ Paysandú，乌拉圭西部城市，为乌拉圭第四大城市。

兰卡瓜①、塔里哈②，都有他教派的分支。巴基西梅托③，卡塔马卡④。钱从各个城市流到他手上。那个时候奥尔蒂斯总统⑤还对这些视而不见，《我们》杂志还刊登路易斯·法比奥·扎玛尔⑥的诗，要是有人在《德意志解放报》门前的小路上说一些头脑简单的反纳粹言论，附近的条子很快就会赶来逮捕他，唯一的新鲜事是阿根廷公共工程和财务管理公司⑦的新工程，我到的那晚，人们像潮水一般涌进科隆大剧院⑧，观赏托斯卡尼尼⑨指挥的歌剧，真是激动人心，在高处，你能清楚地看到这位大师的秃头随着瓦格纳⑩谱写的激昂旋律，时而变白，时而变红，无家可归的女人在地方妓院外排起了求职

---

① Rancagua，智利奥伊金斯将军解放者大区首府。

② Tarija，玻利维亚南部城市，塔里哈省首府。

③ Barquisimeto，委内瑞拉城市，拉腊州的首府，位于该国西北部。

④ Catamarca，阿根廷东北部城市，卡塔马卡省首府。

⑤ 罗贝托·玛丽亚·奥尔蒂斯（Roberto María Ortiz，1886—1942），阿根廷总统（1938—1942）。

⑥ Luis Fabio Xammar（1911—1947），秘鲁诗人、作家，是极端土著文学运动的发起者，他的诗中饱含对土地和乡村生活的热爱。

⑦ Chadopyf，La Compañía Hispano Argentina de Obras Públicas y Finanzas 的缩写。

⑧ Teatro Colón，又叫哥伦布大剧院，是位于阿根廷首都布宜诺斯艾利斯市中心七月九日大街广场上的著名剧院，更是座典型的文艺复兴式建筑，仅次于纽约大都会歌剧院和米兰斯卡拉剧院，是世界第三大歌剧院。

⑨ 阿尔图罗·托斯卡尼尼（Arturo Toscanini，1867—1957），意大利指挥家。他的指挥风格以强度与完美主义以及对管弦乐的细节与旋律敏锐的听觉而闻名，是19世纪末和20世纪初最负盛名的音乐家之一。

⑩ 威廉·理查德·瓦格纳（Wilhelm Richard Wagner，1813—1883），德国作曲家，开启了后浪漫主义歌剧作曲潮流。主要作品包括《尼伯龙根的指环》《特里斯坦与伊索尔德》《漂泊的荷兰人》等。

的长队，那时拉博卡①的鱼可比现在的好吃多了，维亚蒙特街人行道上的地砖全松了，一走上去，裤子就会被飞溅起来的该死的泥弄脏，伽特和查韦斯百货公司②的香水柜台有个金发美女，美得不可方物，却对我不屑一顾。有个星期六，埃斯特万叔叔也来了，约我在卡比尔多见面，结果我像个傻瓜一样在五月广场的卡比尔多③等了两个小时，叔叔却在卡比尔多咖啡馆等我。还有一次，我在查尔卡斯街上走，突然有个人对我说，看，维多利亚·奥坎波④，我却问他，谁是维多利亚·奥坎波，他不屑地看着我，发表了以下评论：这些乌拉圭人，除了会踢足球、玩轮盘赌，什么都不会，完完全全的奥帕⑤，我不懂奥帕是什么意思，但我没问，因为不想再一次被鄙视。日本庭园里有一架巨大的、转得飞快的过山车，转了几个可怕的大圈之后，两个女孩从上面下来，其中一个梦游似的抻着腿，有液体从她的漆皮皮鞋上流下来，或许她已经吓得尿失禁了。还有玛尔多娜咖啡馆的牛奶焦糖酱松饼，真是美味。空间教派其

---

① La Boca，布宜诺斯艾利斯的工薪层生活区，由于在此定居的第一批居民是意大利热那亚人，因此这里的建筑依然保留了明显的意大利特征。

② Gath&Chaves，位于布宜诺斯艾利斯市中心的百货商店，1883 年由阿尔弗雷多·伽特（Alfredo Gath，1852—1936）和洛伦索·查韦斯（Lorenzo Chaves，1854—1928）创立，后被英国哈洛德百货公司（Harrods）收购，成为上层人士钟爱的购物胜地。1974 年倒闭。

③ Calbido，位于布宜诺斯艾利斯的五月广场，曾是殖民地时期的市议会和拉普拉塔总督辖区的总督府。现在是一座博物馆。

④ Victoria Ocampo（1890—1979），阿根廷作家、知识分子、翻译、编辑、慈善家、文学艺术家的保护人。阿根廷著名文学杂志《南方》的创办人，译介了很多西方著名文学作家的作品，和阿根廷著名作家博尔赫斯、卡萨雷斯等是好友。

⑤ 意为蠢蛋。

中一个副秘书的母亲在图库曼街开了一家膳宿公寓，我就暂住在那里，罗萨雷斯和老头沆瀣一气，打算让我过过苦日子，所以，我手里的钱只够住在那种地方，和那个副秘书塞里亚尼共用一个房间，塞里亚尼在铁路部门工作，每天都起得很早，把罐子里的水倒到盆里，在刷牙之前，他就已经梳好头、抹好发蜡了，头发梳得很紧，以便能够戴上他那顶灰色的帽子，我只要睁开一只眼睛——因为另一只还在睡——就能看到他这个样子，穿着内裤，戴着帽子，现在我得承认，那是我在前庇隆①时代的阿根廷看到的最好笑的场景之一。有一天，罗慕洛突然来到我的公寓，于是我和何塞法夫人，也就是塞里亚尼的母亲谈了谈，在房间里加了张床垫，之后我们出去散步，在科连特斯街一家日本人开的酒吧里喝啤酒和白兰地，罗慕洛只会说一句日语，侍者为我们拿杯子和骰子来的时候，他一口气说出了那句话，于是，侍者脸上出现了东方人特有的喜悦，情不自禁地开始他疯狂的日语演说，手脚并用，眉飞色舞，直到罗慕洛决定实话实说，用西班牙语告诉他，刚才那句是他唯一会说的日语，听了这话，日本侍者重重地把骰子砸到了大理石吧台上。你对他说的那句日语是什么意思，我问罗慕洛。罗慕洛回答：自学习日语以来，我认为您的国家非常美好。自然，在日本侍者领着老板过来之前，我们就溜走了。但是，喝了啤酒加白兰地的罗慕洛已经上头了，回图库曼街的路上，他一直念叨着大炮，只念叨着大炮，就像醉酒的托兰佐·蒙特罗②和艾萨

---

① 胡安·庇隆（Juan Perón，1895—1974），阿根廷民粹主义政治家，1946年至1955年、1973年至1974年期间三次出任阿根廷总统。

② 卡洛斯·托兰佐·蒙特罗（Carlos Toranzo Montero，1902—1977），阿根廷军官。

克·罗哈斯们一样，而现在，有了大炮，他们玩弄士兵、威胁总统，当然，一切都在法律允许的范围内进行。然后，我们躺下睡了，我躺在床上，他躺在床垫上，塞里亚尼已经开始打呼噜了，肯定梦到了投胎、因果报应，还有空间教派总喜欢提的其他内容。三点钟，我醒过来，发现罗慕洛不见了，但酒还没完全醒，于是我接着睡。吃早饭的时候罗慕洛出现了，我问他发生了什么。等到何塞法夫人离开餐厅、走进厨房，他才小声地告诉我：虫子。我就知道。公寓里实在有太多虫子了，不过我已经习惯了。我经常半夜醒来，走进浴室，在镜子里看着自己被虫子爬满的身子，然后打开淋浴头，为自己净身。虫子纷纷从我的身上撤退，很有秩序，就像一个军团。有一晚，我正躺在床上，阅读我的第一本陀思妥耶夫斯基，突然，《罪与罚》书页的最上方出现了两只毛茸茸的腿。肯定是蜘蛛。我下意识地把那本可怜的陀思妥耶夫斯基砸向墙壁，蜘蛛掉了下来，落在塞里亚尼的帽子上。我没管它，让它的尸体留在了那里；后来我才想到，或许这可怜的小生物被虫子纠缠，无计可施，才来寻求我的帮助。但这回被纠缠的是罗慕洛，他也无计可施，只好起床、穿上衣服、走到大街上。在光复街和维亚蒙特街的路口，他坐上了一辆有轨电车。这辆车到查卡里塔，一路上，罗慕洛都在睡觉，简直像个流浪汉。到了终点，售票员走到他身旁，说：终点到了。罗慕洛睁开眼睛，说：没关系，我还要回市区。哦，售票员说，那你今晚就是在胡闹。早餐时他和我说这些，害我笑得前俯后仰，甚至流出了眼泪。好戏还在后面，何塞法夫人又走进餐厅，和我们说起她的假期计划。她总是颠倒单词中字母的顺序，那天早上她本来想说纳韦尔瓦皮湖①，却说成了瓦尔韦皮纳湖。副秘书塞里亚尼也会犯类似的错误。有一次，当着我的面，他问一对迷信的夫妻（妻子已经怀孕八个月了）：*私生子的预产期是什么时候？* 丈夫在回答时特意强调：我们的*孩子*②会在一个月之内落地。还有一次，他说有一次他和朋友去野餐，在一条小溪边看见一只受伤的加拿大臭鼬，故事的高潮来了：它只剩下最后一根*胸骨*。有时候我看见塞里亚尼和罗萨雷斯在一起，我察觉到，罗萨雷斯毫不掩饰对塞里亚尼头上顶着的发蜡、他的硬领，还有他粗暴的干涉的嫌弃。和他的信徒在一起时，罗萨雷斯常常会入定，仿佛来自宇宙的电波突然和他的大脑建立了交流。在这些时刻，所有人都会安静下来，有人双手合十，有人闭上双眼。在我面前的罗萨雷斯表现出的则是另一番面貌，他常常和我谈起他的信徒，说他们是十足的傻瓜。每个星期天，不出意外，他都会早早来电，请我去他家和费尔明——他患哮喘的儿子——下象棋。我挺喜欢费尔明的，但他的棋艺很差，让我觉得无聊至极。说起他的爸爸，这个小子就双眼放光，有时候，我刚来了个王车易位，他就报复性地说：大师想让老天下雨的时候，就会下雨。他是他的儿子，却和那些信徒一样以大师来称呼他。虽然我没有像使徒多马③一样产生怀疑之心，但很显然，我的反应在费尔明看来远远称不上虔诚，因此，在我第一

---

① Lago Nahuel Huapí，阿根廷巴塔哥尼亚北部内格罗河省和内乌肯省的湖泊。

② 塞里亚尼本想说 vástago（孩子），却说成了 bastardo（私生子）。

③ Tomás el Apóstol，又称"低土马"（意即"双生子"），耶稣十二门徒之一。《对观福音》和《使徒行传》把他列在门徒名单上（《马太福音》第 10 章第 3 节、《马可福音》第 3 章第 18 节、《路加福音》第 6 章第 15 节），但有关资料不多，对他的叙述集中在《约翰福音》。

次将军的时候，他又开口了：大师会说世界上所有的语言。说到语言，我想起来了，我见证了精彩的一幕。教派的信徒大都相信*空间大师*会说世界上所有的语言。一天，最早入教的信徒之一来图里斯普兰旅行社找罗萨雷斯。其实罗萨雷斯不喜欢在旅行社接见他的信徒，但那天他心情不错，就接见了这个叫加尔多斯的人。其实一周前他就来过了，他告诉罗萨雷斯，他有个阿拉伯朋友想进入心灵教育学校学习。一个只会说阿拉伯语的阿拉伯人。这可是个好机会，可以好好见识见识*空间大师*的语言能力，看他到底会不会说阿拉伯语。罗萨雷斯可没有丝毫畏惧。他让加尔多斯告诉他的阿拉伯朋友，想入学的话，他得填一份申请表，当然，可以用阿拉伯语，简单介绍一下他迄今为止的生活和经历。这次加尔多斯就是为了来递交这份申请。他把信封交给罗萨雷斯的时候，我就在他的办公室。罗萨雷斯打开信封，拿出叠好的申请，展开后逐字逐句地阅读起来，尽管对那些字符一窍不通，他仍然全神贯注，之后，他把纸叠成原来的样子，放回信封，平静地对探询地看着他的加尔多斯说：告诉你朋友，既然他曾经是那样的人，那么他就不该也不能进入我们的学校。但是，加尔多斯结结巴巴地说。没有但是，就这么告诉他。我永远忘不了加尔多斯脸上的表情。他拿着信封走了，再也没有回来过。他的信仰被耗尽了，我听到一些信徒这么说，但我无法确定他们说这话是出于羡慕还是责备。我认为他们中的一些非常希望把自己的信仰耗尽。罗萨雷斯也患有哮喘，虽然没有费尔明那么严重，但也是哮喘。他在位于图里斯普兰街的办公室里放了一个吸入器，就在办公桌左边的抽屉里。我的办公室在他隔壁，隔断墙很薄，经常能听到他连续的咳嗽声，还有剧烈的呼吸声。但他总是试图隐藏他这无伤大雅的身体缺陷。当然，他这么做也对，一个能随时让老天下雨的大师，一个会说世界上所有语言的大师，一个能和来自宇宙的电波建立交流的大师，为了能让他可怜的支气管保持正常的运作，竟然得依靠尽职的吸入器，要是让人知道了这个消息，非得笑破肚皮不可。有几次我突然闯进他的办公室，恰好撞见他在使用吸入器，他试图掩饰的行为真是滑稽，硬是把没完成的吸入转化为一阵咳嗽，与此同时迅速地把吸入器藏到某个文件夹底下或某个抽屉里。在这些时刻，他看向我的眼神中满含怨愤，而我则一脸无辜。罗萨雷斯留着尖尖的胡子，其中的几缕已经花白。他总是把头倚在左手掌上，用大拇指和食指托着脸，空闲着的小指则挦着他那摩菲斯特①式的胡子，有时还用手指把胡子向上弯，把胡子的尖端贴在嘴上，只有在非常愤怒或非常兴奋的时候，他才会咬胡子。比如，每次我突然闯进他的办公室，他就会咬。不过我也找到了一种应对方法，就是眨三次眼睛，在心里说：演员。是的，那是奥尔蒂斯总统、《我们》杂志、托斯卡尼尼、伽特和查韦斯百货公司的金发女郎、日本庭园、两个卡比尔多、《德意志解放报》、妓院门口的长队、*空间教派*的时代。也是在那个时代，罗慕洛·索利亚来到了我居住的、由何塞法夫人经营的膳宿公寓，晚饭过后，何塞法夫人问道：诸位想喝什么，茶还是咖啡？我们中的

---

① 中世纪魔法师之神，与德国博士浮士德订约的魔神。在克里斯托弗·马洛的著作《浮士德博士的悲剧》及 19 世纪歌德的歌剧作品《浮士德》中均有提及。

一个回答道：茶。于是她回应：实在是抱歉，我这儿只有咖啡。无论如何，那是一个美好的时代。尽管老头仍通过罗萨雷斯密切地监视着我，但在布宜诺斯艾利斯的六个月里，我感到相当自由，当我意识到罗萨雷斯每个星期天早上都会给我打电话，请我去巴勒尔莫陪费尔明下十几盘棋，接着我就不得不硬着头皮挤上开往莱安德罗·阿勒姆[1]街的公共汽车之后，每个星期天我都会早早起床，在接到电话之前抓起一本书，逃离公寓，去圣马丁广场阅读，慌乱地，不过总归是在阅读，从托尔斯泰读到米格尔·卡内[2]，从《红字》读到《红衣主教们的晚餐》[3]，从《恶之花》读到《写给黑姑娘的诗》[4]。阅读，我像中了魔似的阅读着，只偶尔抬起眼来看看雷蒂罗[5]的树、有轨电车和在广场上兜圈子的小汽车，车上通常坐着一对夫妻，来自图库曼[6]、卡塔马卡[7]或者门多萨[8]。绝对不会是蒙得维的

---

[1] Leandro N.Alem（1841—1896），阿根廷政治家，阿根廷中间派社会自由主义政党激进公民联盟（Unión Cívica Radical）的创始人。

[2] Miguel Cané（1851—1905），阿根廷作家、律师、学者、记者和政治家。

[3] *La cena de los cardenales*，葡萄牙作家、诗人、外交家、政治家胡里奥·但塔斯（Julio Dantas，1876—1962）的戏剧作品。

[4] *Versos de Negrita*，巴尔多梅罗·费尔南德斯·莫雷诺（Baldomero Fernández Moreno，1886—1950）诗集，费尔南德斯·莫雷诺是阿根廷诗阿根廷语言学会的院士，曾做过乡村医生。此处作者误把该诗集的名字 *Versos de Negrita* 写作 *Versos a Negrita*。

[5] Retiro，布宜诺斯艾利斯一个多样化的街区，坐落在城市的东北部，这里有着开满艺术画廊和时尚咖啡馆的安静街道，一直延伸到繁忙的雷蒂罗火车站。

[6] Provincia de Tucumán，阿根廷的 23 个行省之一，位于该国北部。

[7] Provincia de Catamarca，阿根廷的 23 个行省之一，位于该国西北部。

[8] Provincia de Mendoza，阿根廷的 23 个行省之一，位于该国中西部。

亚人。滑稽的英雄感让我们自主地远离一切人所共知、随心所欲、轻而易举就能得到的快乐。让我们最放松的事，就是高唱《赶跑侵略者》。就像有一次，一个阿根廷学生代表团应邀去一个"铁幕"那边的欧洲国家访问，我记得好像是保加利亚吧，为某个世界歌曲博物馆演唱民歌，博物馆的负责人、民间舞蹈的研究者和语音学的教授会把歌曲录制下来，方便日后研究。这些卓越的爱国学生，在商量之后一致决定演唱《赶跑侵略者》。等那些保加利亚人弄懂他们唱的歌词，肯定免不了要用保加利亚语把所有乌拉圭人骂上一通。话说回来，我们的民俗文化到底是什么，又在哪里？对答舞[①]，专业人士会这么回答。不过，自从纳尔多内[②]每天都在农村广播电台大肆宣传对答舞，作为他的开场白起——*每天都在这里向我国的农村生产者、邻国的农村生产者、生活在蒙得维的亚农村地区的朋友以及内陆所有地区的朋友致以问候，*这种可怜的舞蹈形式就不再是民俗，而成了阴森的玩意儿。或者，还有歌鸟组合[③]、阿塔瓦尔帕·尤潘基[④]和埃德蒙多·扎尔蒂瓦尔[⑤]，但他们都是阿根廷的。

坎东贝舞[⑥]是我们的，换句话说，是黑人的。在这一点

① Pericón，一种民间舞蹈，男女在结对而舞的过程中，不时停下来对歌或对话。
② 贝尼托·纳尔多内（Benito Nardone，1906—1964），乌拉圭政治家、广播记者。
③ Los Chalchaleros，于1948年成立的阿根廷民俗乐团，由四名男子组成。
④ Atahualpa Yupanqui（1908—1992），阿根廷歌手、词曲作者、吉他手和作家，被认为是20世纪最重要的民间音乐家。
⑤ Edmundo Zaldívar（1917—1978），阿根廷吉他手、作曲家。
⑥ Candombe，一种黑人舞蹈。

上，我们和美国一样。只有黑人才发自内心地感到愉悦。剩下的民俗就是体育赌博、足球、走私蚁、偷盗犯、三冠王①、贿赂、美德的三要素。很明显，可供选择的选项只有两个：大吹大擂的慈善行为和建立在混凝土结构之上的利己主义。是的，在圣马丁广场看到的景色真让人舒心，卡瓦纳大厦②锐利的倒影，载着外省来的小夫妻的车，一边的长椅上坐着一个拉科鲁尼亚③保姆，她身边则坐着个长得像印第安人的警察，他们对婴儿车里的啼哭充耳不闻，深情地看着彼此，露出羞怯的微笑，那羞怯是多么地珍贵，多么地罕见，只属于初来世间的人，他们可不像我们——失败且自负的中产阶级——在进一步行动前，总要拐弯抹角地高谈阔论一番，大谈信仰、让-保罗·萨特、匮乏的生活、独立戏剧、最近的集会、我觉得您很面熟、狂欢节游行途经的地点、旅游业、传统党派的衰退、今年的夏天尤其热、美元始终保持的高汇率是人工操纵的，持续不了多久、您经常乘坐这辆电车、能告诉我您的电话吗、和您交谈真令我愉快。拐了好大的一个弯，否则就是直截了当的恭维话，像猛丢出的石块，这或许是我们从安达卢西亚人那儿学来的，只学到了皮毛，忽视了他们的优雅。直截了当的恭维话

---

① Triplete，足球术语，又称三料冠军，在一般情况下指一个足球俱乐部在同一赛季内胜出三项联赛或杯赛冠军，而真正意义上的三冠王应指一个足球俱乐部在同一赛季内获得三项主要大赛的冠军，其中应该包括一项国内顶级联赛冠军、一项国内杯赛冠军及一项洲际性杯赛冠军。

② Edificio Kavanagh，位于阿根廷布宜诺斯艾利斯雷蒂罗区佛罗里达街 1065 号，俯瞰圣马丁广场。此处作者写为 Cavanagh，应为笔误。

③ La Coruña，位于西班牙西北部濒临大西洋的一座港口城市，属于加利西亚大区，是拉科鲁尼亚省的省会。

既不抒情，又毫不留情地封闭了想象的空间，对屁股的恭维，熟稔的下流话，时不时还冒出几句粗话。这不是特例。这么做的可不止普通人，也就是说，没文化的人，既不是赛马会的成员，也不是艺术之友，更不是国际扶轮社①和国际狮子会②的会员。全世界的人都这么做，除了娘娘腔，他们拥有另一种思考方式和行为模式，除了圣人，但这些年圣人已经越来越少了。至于我，我既不是娘娘腔，也不是圣人。现在我正注视着杰出的女秘书，丰满的女秘书，她是不是蠢货又有什么关系呢。不行，我得用社会道德与和平共处原则的高标准来规范自己、约束自己。我开口了。

"把那些文件放这里，小姐，再让阿韦亚先生把《周报》送过来。"

然而，事实是，无论如何伪装，我的视线仍然牢牢地锁定着那枚摇摆的英镑，我全神贯注地观察着它的摆动，因为只有这样，我才能在某个瞬间——尽管只是一瞬——瞥见那偶尔一闪而过的、丰满得令人窒息的乳房，仅仅是那一瞥，就让人无法控制自己的双眼、双手、嘴和颓唐。我没有用砸石块的方式直截了当地恭维她，也没有咬紧牙关，在她屁股上狠狠地拍一巴掌——多么诱人的屁股啊——这说明了一件事，我的文化环

---

① Rotary International，由分布在 168 个国家和地区的共约 33000 个扶轮社组成的服务性国际组织，总部设于美国伊利诺伊州埃文斯顿。它是一个非政治和非宗教的组织，不分种族、肤色、信仰、宗教、性别或政治偏好，向所有人开放。其宗旨为借由汇集各领域的领导人才，提供人道主义服务，促进世界各地的善意与和平。

② Lions Clubs International，于 1917 年由梅尔文·琼斯成立，是世界最大的服务组织，总部设于美国。其 46000 个分会及 140 万名会员分布于世界各地。

境给我施加了太多的束缚，结果就是，在表达自己的情感时，我总是过于谨慎。

"好了，小姐，今天就到此为止吧，您已经让我在大约十张支票和三十封信上签字了。"

我该走了。今天晚上我肯定会忍不住想关于多莉的事，不，我想说的是关于多洛雷斯的事，但我得先平静下来，我得把所有的平静都留给今晚。

阿韦亚说每天走走路有好处，他就是这么把大肚腩减下去的。除了走路，我还得少吃点面包，改掉吃饭喝啤酒的习惯，菜里少放点盐，杜绝一切甜食，每天早锻炼。事实上，在身体状况最好的时候，我也无法用手指尖触碰脚趾，但是，相信在几年之内，我就连脚踝都碰不到了，无论怎么努力弯腰，怎么努力屈膝，都无济于事。有时候，我甚至能感到自己身体的僵硬，换句话说，有时候，我意识到自己已经四十四岁了。

"再见，秘书。"

这个人是我在帮萨瓦拉办事的时候认识的。他可认识所有的潜在购买者。

"在这里碰见您真是太好了。弗雷伊塔斯，我想请您帮个忙，帮我找一个新翻译。之前那个委内瑞拉翻译不干了，说我们简直就是乡巴佬。对，还是*应召女郎*的问题。看起来洋基佬只喜欢新一代的法国小姐，乌拉圭妞在他们眼里就和波多黎各妞一样粗俗。您怎么看？当然了，您和我认识全乌拉圭的妞儿，对吧？问题是，他们是经理、副总统、地区监管人，这些人的时间太金贵了，他们就喜欢那种只要你一按下按钮，就立马叉开腿的妞。我是这么对那个委内瑞拉人说的：您还想怎么样呢，加瓦尔东，毕竟我们的国家还不发达。不迎合他们，我们就会完蛋。因此，我需要一个至少会说三种语言——英语、法语、德语——的家伙。不，暂时不需要俄语。那些捕鲸的家伙还不需要我们无价的服务，再说了，弗雷伊塔斯，您不觉得他们根本用不上翻译吗？无论何时何地，一声令下，万事大吉。"

渴死我了。我需要汽水，十万火急，就算喝了它们之后我的肚子又会膨胀十厘米。可口可乐、柚子汽水、*西柚汽水*，只要是冰的，什么都行。哎哟，才七夸德拉①，我就累了，身体就吃不消了。真巧，之前我也在这张桌子旁坐过，就一次，就是拉雷多向我坦白他的诈骗行径那次。可怜的家伙。他就是所谓的大环境的受害者。当然了，他自己也有错：意志薄弱。因为当他发现一个同事，阿基雷，操纵支票谋取私利——具体的数额我不是很清楚——的时候，第一反应是去举报他，但阿基雷抱头大哭，说他结婚了，有两个孩子，妻子肚子里还怀着第三个，说他会把钱还回去的，求拉雷多别揭发他，揭发他的话，他就去自杀，等等。那个时候拉雷多自己也早已债台高筑，债权人每天都去他的办公室闹事，给他下一次又一次的最后通牒。没法还清债务、东山再起，拉雷多心急如焚，加上阿基雷又每天给他吹耳边风，劝他也利用支票，这样就能易如反掌地搞到一大笔钱，他们可以拿这笔钱去赌场，赢回更多的钱，然后，他们就可以把拿的钱还回去。多做几回，不让其他人发现，就能把所有的债务还清。一切都会非常顺利，拉雷多

---

① Cuadra，拉美广泛使用的长度单位，在乌拉圭，1夸德拉约为85.9米。

可以平安地渡过这次危机，不被那些债权人逼死。于是，拉雷多按他说的做了。第一次，他无比自责，但第一次过后就会有第二次，他们拿着这些钱去轮盘赌，五千比索在一夜之间打了水漂，一次接着一次，渐渐地，把钱还回去的希望越来越渺茫。直到银行出纳觉得不对劲，向经理申请检查许可，于是一切都败露了，我说一切，指的是拉雷多知道和不知道的一切，诈骗之中的诈骗，拉雷多利用支票诈骗，却没想到阿基雷在后头摆了他一道。拉雷多坐在这张桌旁把一切都告诉了我，然后去自首了。

"这可口可乐一点都不冰。我要冰的。好了，再给我拿瓶饮料，随便什么饮料，只要是冰的就行。什么四月不四月的，现在还热得很呢。"

后来，一年后，我在密西昂内斯街和林孔街交叉口碰见他，完全变了个人。只不过在米格莱特待了十个月而已。瞧，布迪纽，我已经搞清楚了，本质上我不是个放荡的人，在米格莱特待了十个月，我还没有成为一个职业罪犯，光是这点就让我自豪。您可不知道米格莱特意味着什么：基佬们的付出和索求，还有那些拉帮结派的人，他们得确保你出去之后肯为他们做事，去偷去抢去走私去诈骗，去乌拉圭、阿根廷或者智利。完美的组织架构。假文件、身份证明、推荐信，你甚至会觉得罪犯和看守之间没有任何区别，所有人都是强盗。这一次经历足以让我改过自新，永不再犯。永不再犯，我向您保证，永不再犯。矿泉水是冰的。真是渴死我了。肯定是因为烤肉里的大蒜。好了，再走两夸德拉就到停车的地方了。等一下，我忘记今天有罢工了。本来可以问问丰满的女秘书要不要捎她一程，她应该住在布塞欧区吧。或许没问更好，省得她胡思乱想。这些和我一起走着的人，那些坐在广场长椅上喂鸽子的人，还有那些突然停下朝远处望、过后又继续前进、边走边自言自语比比画画的人，他们的生活是怎么样的呢？每个人都背负着各自的问题、债务、手淫、怨愤、对家乡的思念，明明什么都不是，却追求超凡脱俗。我就这么反复地思量着，脑海中一直循环着六七个画面：老头、多洛雷斯、这个让人无法理解的国家、古斯塔沃、苏珊娜——当然有她、死亡、上帝——或者某种类似的东西。我以自己为中心旋转着，理所当然地认为世界从我开始，以我结束，一切因我而存在；那些可怜的人，他们每个人也都是这么想的，认为自己的遭遇是全天下最悲惨的。然而，事实上，无论是在天上，还是在地下，根本没有人关注他们。终于看到我的车了。我为它感到高兴，因为修理工能解决它所有的问题。至于我，我缺少一种情怀，或者说，一个活塞，或者说，我的出气阀已经磨损了，或者说，对过去的怀念——我的点火系统——迸发出滞后的火花。没有修理工能把我修好。

今天走兰布拉大街，再见卡内洛内斯街。这条路真好，微风吹拂着。至少这个反常的夏天和真正的夏天很像，日落时天气瞬间凉爽下来。如果——当然，只是打个比方——我现在正想着多洛雷斯，会怎么样呢？从上午开始，巴尔加斯爱上建筑系那个深色头发的姑娘时作的诗就在我脑海中打转。她身材纤细、美丽可爱，但是，结婚了。一切都过去之后，他把一张打印的稿纸给我，说：在我看来，这是我写的最真实的东西，另外，我再也写不出更好的东西了。他说得对。那个时候他写了好多东西，后来却从了政，混了几个代表当当，结了婚，生了一大堆孩子。不管怎么样，诗本身还是好的，当然是好的。那时我把整首诗都背了下来，尽管心里并没有思念的人。现在，我有了思念的人，却把诗忘了。让我想想。

> 因为我既拥有你，又不拥有
>
> 因为我思念你
>
> 因为夜晚睁大眼睛
>
> 因为夜晚过去，我说爱
>
> 因为你收回你的影像
>
> 你比你所有的影像更美好
>
> 因为你从脚趾美到灵魂
>
> 因为你从灵魂好到我
>
> 因为你把甜美藏在骄傲里
>
> 小又甜
>
> 心肝啊小心肝
>
> 因为你是我的
>
> 又不是我的
>
> 因为我看着你，死亡
>
> 比死亡更糟
>
> 如果我不看着你，我的爱
>
> 如果我不看着你……
>
> 因为你存在着，无论何时何地
>
> 但我爱你，你的存在才更有意义

因为你的嘴是血

因为你的冷漠

我的挚爱，我必须爱你

必须爱你

尽管伤口疼痛加倍

尽管我徒劳地寻求你

尽管……

夜晚过去，我拥有你

又失去了你

　　我还记得它，这首诗是献给你的，多洛雷斯。另一个人写了它，为了另一个女人，但它也是我的诗，献给你的诗。它是另一个人写的，因为我不知道该如何表达自己的感受，他替我表达了我想表达的，我从诗里感受到了。巴尔加斯可能已经不记得他曾写下这样的诗句了，但我还记得，这就让它成了我的。*因为你是我的，又不是我的*。没人能用更好的方式表述了，对吗？*心肝啊小心肝*。它是献给你的，多洛雷斯。现在我已经搞不清楚它的作者到底是谁了。或许巴尔加斯是个随时随地记录我的所思所想的机器人。或许我才是巴尔加斯，又或许曾经的巴尔加斯其实是我。我唯一能够确定的是你的存在，此时，在某处，在世上的某个角落，一个人，或者和某个人在一起，但这个人不是我。我唯一能够确定的是你比你所有的影像、所有我所拥有的你的影像更美好。这就是我一直在等待的瞬间吗？独自一人，没有外界的压力，没有任何见证，这样我才能够大声地告诉自己，我已坠入爱河。在四十四岁这一年？

或许只是半坠入爱河。因为她拒绝了我，她不喜欢我。如果要让一个人完完全全、彻彻底底、心甘情愿地坠入爱河，首先得让他知道自己正被爱着，自己唤醒了某人的爱。所以我的情况只能算半坠入爱河。但是，是以什么形式呢？当然，和年轻时大不相同了。那时的爱情是一种愉悦的疯狂，一种狂热，包含着刚萌芽的自我毁灭倾向，游戏和性的总和。现在不一样了。性还在，当然了，怎么可能不在。多洛雷斯的身体诱惑着我。我们几乎没有过身体接触，除了一次，她把手搭在我的手臂上，不是什么示爱的动作，只是交谈时自然的碰触，但我却感受到身体的震颤，我把这种震颤归咎于她柔和、温暖、对我许下承诺的皮肤，她时不时轻柔地掠过我的小臂和手腕的汗毛。但远不止如此。她注视着我的时候，我感受到了比她触碰我时更剧烈的震颤。我们几乎没有过身体接触，就算有，也是出于一些不值一提的原因。相反，她总是注视着我，从未刻意躲避我的目光。她有一种惊人的能力，能把全身心倾注在目光中，在看的同时，她在经历、在感受、在同情。她同情我，怀有对我的好感，这一点我可以确定。她的同情是如此炽烈、如此充满活力、如此光彩夺目，几乎等同于爱。或许一个在亲密关系中过于怯懦或过于麻木的女人，在某个爱的瞬间，在她的爱达到顶峰的那瞬间，才能达到这种与人心有灵犀、不点就通的交流程度。多洛雷斯，仅仅是她的同情，就等同于热恋中的女人所能给出的最好的爱。但这远远不够。尽管我捕捉到了，或者说，认为自己捕捉到了多洛雷斯强烈的同情，但我清楚，这根本不是她所能给的最好的东西，她最好的东西可不是同情——无论这同情有多强烈——而是爱。于是，令人难以抗拒的推论：要是多洛雷斯的同情让我如此心神不定，那么，多洛雷斯的爱，她最好的爱，她疯狂的爱，会让我如何呢？这个问题中包含的可能性让我头晕目眩、失去理智。或许明天，或许后天，我会接受现实，但今天的我愿意像个罪人一样忍受这种痛苦。昨天的我还不知道，原来我可以这样去爱。在这期间发生了什么？仅仅是因为我和她的交谈，因为我说出了想说的话？或许吧。今天，在我说那些话的时候，说着说着，话变得越来越真，我似乎在用拉拢教徒的热忱说服自己的心，这颗正在隐隐作痛的心，是的，从生理上来说，这个中空的、由肌肉组成的器官通过某种方式同时控制着我们的血液和情感。无论如何，一到家我就能单独待着了，没有人会来打扰我。但是，不对，苏珊娜肯定会说起劳拉的八卦，或者抱怨女佣走了之后，她每天在家干活儿有多累，又或者要求我找古斯塔沃好好谈谈，因为他结交了越来越多的无政府主义者、社会主义者和共产主义者，或者告诉我，奥尔加姨妈打电话来，说我是个好人，又或者——这是最糟糕的情况——提议去卡拉斯科吃饭，因为今晚她不想做饭。我不想出去吃饭，今天我得控制饮食，吃一盆新鲜的沙拉就够了，吃完之后出去走走，一个人。希望今天我问苏珊娜想不想和我一起出去走走的时候，她像平常那样告诉我，她实在太累了，要早点睡。我想一个人沿着兰布拉大街走走，仰躺在沙滩上，看看浪间的磷火。但是，我看到苏珊娜了，她站在栅栏边等我，这可不是一个好征兆。苏珊娜很健康，尽管下周她就满三十九岁了。不过这和健不健康没关系。

"市中心很热吗？"

"简直热死了。现在最重要的事情就是冲个澡。"

"是的，你赶紧去冲澡吧，凉快凉快。我在这里等你是为了告诉你，别把车开进车库了。女佣走了，我实在太累了，坦白说，今天我没心情做饭。我们去卡拉斯科吃饭怎么样？"

十一

"我必须杀了他。"

没有别的出路。但这个念头刚出现，我就动摇了，不仅因为内心极度挣扎，还因为我清楚，要是我这么做了，就会受到众人的责备。我会被鄙视、被侮辱、被毁灭。这个国家不能容忍任何悲剧性的举动。它鼓励平淡无奇、奴性十足的行为：参加电视转播的慈善活动，或者掰开衣着光鲜的乞丐们干净的手，笨拙地把钱塞进去。看在上帝的分上，还是美元。最关键的是，这个国家要求我们不要把生活复杂化。对于我来说，杀了他，就是把生活复杂化。这个行为会把生活变得多么复杂。正因如此，我才拼命抵抗、拼命挣扎，试图摆脱这个不得不作出的决定，寻找另一条出路。但是，没有别的出路。除此之外，杀人是什么滋味呢？一次，只有一次，我觉得我杀了人——我的表弟维克多。那时他和我一起在畜牧场的荒地上玩耍。玩了一会儿，他就没了人影，但我也没在意，继续一个人玩。和小石子玩，和蜗牛玩，和一块满是生锈的钉子的木板玩。我以为维克多已经回家了。就在这时，我看到了一块马蹄铁。奥尔加姨妈总说，把马蹄铁向后扔，不用眼睛看，这样就能带来幸运。于是，我捡起马蹄铁，用一只手牢牢地遮住眼睛，另一只手举起马蹄铁，越过肩膀向身后扔去。两秒钟后，我听到远处传来一声尖叫，然后，什么声音都没有了。

是的，马蹄铁刚好砸在了维克多头上。他晕过去了。你杀了他，奥尔加姨妈跑着赶来的时候对我吼道，你杀了我的宝贝，杀了你的表弟，杀人凶手。埃斯特万叔叔抱起维克多，飞快地向前跑去，我跟在后面跑，他的身体瘫软着，脸色苍白，我一边跑一边哭，大声叫着：睁开眼睛，让他睁开眼睛。但他的手臂依旧无力地垂着，小手似乎想伸进埃斯特万叔叔运动衫的口袋。他们把他放在大厅的沙发上，我在一边哭泣，试图解释我根本不知道他藏在我后面。让他睁开眼睛，跟他说，叔叔。我真的以为自己杀了他，这让我难以承受。奥尔加姨妈把冰凉的毛巾放到他的额头上，埃斯特万叔叔把氨草胶凑到他的鼻边。几分钟过后，维克多睁开了一只眼睛，然后是另一只，抱怨道：哎哟，痛死我了，怎么回事？我看到他还活着，便爆发出一阵大笑，向奥尔加姨妈解释道：看见了吗，我没杀死维克多，他躲起来了，我把马蹄铁朝后扔，没用眼睛看，就像你教我的那样，但马蹄铁给维克多带来了坏运气。她笑了，仍然在流眼泪，但已经不恨我了，她抱了抱我，说：哎呀我的孩子，感谢上帝，什么都没发生，知道吗，要是你真的杀了你的表弟，那有多可怕啊。然而，几个月后，维克多真的死了，因为某种迅速恶化的病，我是第一个看到他死的，那时我已经把之前看到的瘫软虚弱的身体、下垂的双臂、离埃斯特万叔叔运动衫的口袋仅有两厘米的手指尖忘得干干净净。

"我必须杀了他，多洛雷斯。"

她的身体也瘫软着，在我身边。但她还活着，活得好好的，只是睡着了。现在的她撤下了所有的防线，蜷着双腿，像个小女孩。谁会想到呢，她睡觉的时候张着嘴呼吸。她为什么这么吸引我？事实上，她赤裸的身体并无非同寻常之处，她小小的乳房就像青春期的女孩一样，却给我带来一阵眩晕。她腰部有很多小斑点，相当多，但没有雀斑那么密集，她的阴部几乎呈金色，还有着孩童一般的膝盖和光洁的肩。我仍然不敢相信。*因为我既拥有你，又不拥有*。这句话仍然是真的。我不拥有她。我属于她，但她不属于我。帆船咖啡馆的那个下午过后，我再没和她提起过我和她的事。是她提起的。昨天我遇见了她，昨天，幸福的昨天。圣荷塞街和亚瓜龙街交叉口。我从那里接上她，和平常一样沿着兰布拉大街送她回家。我一直在想你，她说，一夜接着一夜。我没说话，不想给自己任何想象的空间。我知道你很痛苦，她说。我依旧没开口。拉蒙，她说。我突然明白，意料之外的事即将发生，天大的好事，多年前星象就曾预示，却一直没有实现的好事，我无法克制自己，开始浮想联翩。拉蒙，她重复道，我想和你睡觉。在驱散心头的阴霾之前，我在心底感谢她，因为她说的是"我想和你睡觉"，而不是"我们做爱吧"。我减慢车速，靠向道牙。我的手颤抖着。甚至忘了该怎么吞口水。这是我上午作出的决定，她接着说，对你，我有一种奇怪的感觉，我不知道那是不是爱，因为那种感觉和对乌戈的感觉大不相同，它更平和、更稳重，也更令人愉悦，或许是因为我确信你能理解我，你是个好人。我并不想做你的情人，我不能背叛乌戈，我只是想和你一起睡觉，就一次，我知道这对你来说很重要，我向你保证，这对我同样重要。你爱我，这让你痛苦，我不爱你，或者说，暂时还没有爱上你，但我也很痛苦，我不能让你一个人受苦，拉蒙，我想让你拥有我创造的记忆，让它成为你的救命稻草，你失去了母亲，憎恨父亲，与古斯塔沃疏离，无法和苏珊娜交流，偶尔还会梦到我，这让我很不好受。你有权利好好享受生活，好好体味每一种情感，你有权利得到幸福，至少一次。我承认，这对我来说是一个危机，但是我已经想明白了，死神总会惩罚我们的犹豫不决。我们的生活由三个阶段组成，犹豫、犹豫、死亡。然而，死神在面对我们时可没有半点犹疑，它把我们带走，让一切结束。死神安插在我们脑中的间谍，可怕的第五纵队①，它的名字叫顾虑，是的，我有顾虑，你也有顾虑，你要理解，我并不是说有顾虑不好，但它是死神派来的第五纵队，顾虑带来犹豫，于是，享乐的时刻就溜走了，我们本该好好享受这幸福的时刻，它是我们来这世上的目的。但我们有顾虑，我们犹豫了，在剩下的一生中，我们都只能为未完成的心愿叹息，抚摸过去的伤疤，在脑中不停地思量我们本可以成为什么样的人；我们总在克制、忍受、欺骗自己、欺骗他人，我们变得越来越不真实，越来越虚伪，我们越来越以自己为耻。那么，为什么我不能让你美梦成真，把这幸福的时刻交还给你呢？另外，我得承认，我很好奇，这会不会也是我的幸福时刻，说不定它会成为我们共同拥有的幸福时刻。我想说的是，我们不能向死神投降，因为它不会给我们任何退路，等到你死了，我也死了，就算后悔，我们也无法再活一次，无法回

---

① La quinta columna，1936—1939 年西班牙内战期间在共和国后方活动的间谍的总称，现泛指隐藏在对方内部的间谍。

到这个你无比渴望我、我又掌握着自己命运的时刻了。今天上午，作出这个决定后，我忍不住笑了，为什么我们一直以来都那么愚蠢，任凭顾虑充塞我们的头脑，让死神白白捡了个便宜呢？你不觉得我们像极了即将坐上电椅，却要亲自确认电椅按钮是否正常运作、电线品质是否优良的犯人吗？

"我必须杀了他，多洛雷斯。"

于是她问道：你准备好了吗？我苦涩地笑了笑，脑中最先浮现的是她阐述她的理由时清晰的条理，然后，我想到，我并不确定光凭所谓的幸福时刻——只是一瞬，而不是连续的幸福小时，甚至幸福一生——我的命运就能改变。就像她说的一样，这是幸福的一刻，也是被诅咒的一刻。这段回忆，这根我可以抓住的救命稻草，或许会让接下来的每个夜晚、每个失眠的夜晚更加苦涩。关于死亡，她说得倒很对，但是……出于某些原因，我们拿不定主意。或许是因为我们不满足于这一刻。或许我们宁愿一切都没有发生，让这一刻像大部分被我们荒废的时间一样逝去，或许我们根本不愿付出抓住那根稻草的代价。我们宁愿放弃一切，不愿承认这是我们唯一的机会，不愿承认我们能拥有的只有这一瞬，无法持续、无法留存的一瞬。当然准备好了，多洛雷斯，我回答道。她看穿了我的思绪。当然了，她说，在这之后，你可能变得更加不幸，而我则会陷入无尽的悔恨之中，责备自己伤害了你，但事实是，没人知道之后的事，要我说，我们值得冒一次险。什么时候，我问，明天，她回答。

"我必须杀了他，多洛雷斯。"

就是今天。今天，现在，多洛雷斯坐在公寓的床上，无数女人曾坐在相同的位置上，豪尔赫、胡安和哈辛托的女人们，三 H①——他们这么称呼自己——的后宫，这间公寓是三 H 的据点，今天他们把钥匙借给了我。无数女人曾经上过这张床，无数双腿曾经在这张床上打开，秘书、演员、模特、银行柜员、上流人士、寡妇、美甲师、播音员、大学生、空姐、未成年少女、游客、知名教授、某个教区的教民、游泳运动员、诗人、抄写员、速记员、舞者、裁缝师傅、吗啡成瘾者、自杀未遂者、电梯引导员、*精品店老板*、委员会主席、议员老婆、内裤小贩、亨利·米勒②的读者、准乌拉圭小姐、从克兰登③来的*青少年*、结盟的*年轻女孩*，她们在这里用各种方式说着*我怕在这之后你就会轻视我*，而后又像上帝的奴仆般顺从地享受着。好女人、坏女人、不好不坏的女人，都曾上过这张床，而现在，多洛雷斯，独一无二、无可替代、连做梦都在微笑的多洛雷斯。我接上她，沉默地沿着兰布拉大街———一如往常——行驶，然后，拐进一条人迹罕至的小巷，把车停在几棵毫不起眼的树后；我领着她走进电梯，除了我们，电梯里还有一个牵着一条腊肠犬、戴着一个贝雷帽的老头；我领着她走进位于九层的顶层公寓，与她一起观赏窗外大海的景色，五艘帆船挑战着大海的权威，一朵细长的云孤零零地靠在地平线上；我爱抚她；不发一言地亲吻她；欣赏她，她的眼中还闪动着关于乌戈

---

① 豪尔赫、胡安和哈辛托的拼音首字母都是 H。

② Henry Miller（1891—1980），美国作家。代表作有自传体小说《北回归线》《南回归线》，分别描写了作者在大萧条阴影笼罩下的巴黎勉强糊口的生活及早期纽约的情景。两部"回归线"在美国出版后曾被指控为淫书，1964 年最高法院否决了州法院的裁决。

③ Crandon，位于美国与加拿大边界不远处的偏僻小镇。

的不合时宜的回忆，但频率越来越低了；我摘下她的项链、发夹、手表，脱下她的鞋和裙子，太着急了，裙子的拉链都快被我拉坏了，摘下这个，脱下那个，扔在床前，我剥夺了她的一切，除了她脑中关于乌戈的记忆；我搂住她，扒下牢牢地粘在自己身上的衣服；我温柔地拥抱她，试图延长这短暂的幸福时刻，这已经开始流逝的、不可逆转的、前所未有且绝无仅有的幸福时刻，这个拥抱是所有拥抱的总和，它包含并超越了我所经历的每一个拥抱，从罗莎里奥到苏珊娜，这是一个让我明白生命正在流逝、让我了解自己对世界的态度和存在的终极意义的拥抱；我呼吸着她；我抚摸她的每一寸皮肤，用双手、双眼、鼻子和耳朵感受她；最后，我拥有了她，我看到自己的双眼固执地圆瞪着，听见自己嘴里蹦出表达喜悦、满足和痛苦的词，它们来自我体内某个黑暗的深渊，我第一次意识到这个深渊的存在，它丰富了我，也毁灭了我；我让她呻吟，在最后的时刻，我毫无防备地发出了动物般的叫喊，熟悉的叫喊，似乎来自记忆深处，或许来自童年，或许是那个面对着夜晚的巨兽束手无策的我发出的叫喊，现在，在新的黑暗中，我不得不面对另一头让我更加束手无策的巨兽，死亡，它时刻蛰伏着，期望成为我们失败的见证人，等待着它复仇的机会，明天，后天，任何一天，咔嚓，彻底结束一切；我欣赏着她、爱着她；我使她焕然一新；我离开她，以便到她身旁抚慰她，表达我心中的感激，我把右手手臂枕到她纤细的脖颈下，用食指和拇指摩挲着她的耳垂，事后的温存，两个身体最后的交流，松弛的、满足的、负罪的、毁灭了的身体。那时我才意识到，在刚过去的一刻钟里，*我的*态度如何，*她的*态度又如何。我看见了自己，看见了我最古老的愤怒的映像，看见了从我最深刻的自我中喷薄而出的自私自利和自大，我的生命似乎突然停在了这一刻。而她，相反，她是那么地无私。她无声地怜悯着我，非但不指责我的粗鲁无礼，还毫无保留地把自己献给我，为了完成最后的融合，她不仅慷慨地贡献了自己所有的感官，还关照着我的双眼、我的双手、我的呼吸，她倾注在我身上的似乎不是某种情感的爆发，不是某种激情，而是充满个人风格的邻人之爱，正因如此，她创造了奇迹，她敷衍了事的呻吟和爱抚成了真正的爱的信号。想到自己如此自私，她却如此慷慨，如此大度，为了填补我的空虚，宁愿牺牲自己，我感到有些不好意思，脸红了起来。但她肯定毫无察觉，因为她的头已经离开了我的手臂，倒向一边，她的耳朵落在我的手掌上，她的呼吸变得平缓、安详，成为这个安静、无菌、挂着抽象画和外百老汇海报、摆着昆查马利①黑陶猪、安装着能看见天空的落地窗的房间里唯一的声音。

"我必须杀了他，多洛雷斯。"

就是现在，难得一遇的好时机。我有足够的勇气，不害怕别人的同情和怜悯。他人无关紧要的敌意，他人的愤怒、怨恨、可悲的情绪爆发丝毫影响不了我。我必须杀了他，以此找回自我，我必须做件一劳永逸的好事，放弃无谓的骄傲和卑鄙的算计。我必须杀了他，造福所有人，包括*他自己*。我必须镇定地、冷酷地、有意识地作好一切准备，用我的正义对抗他的罪孽。为了让这个国家得以喘息，让自己得以喘息，我要一口气切掉这颗最大的毒瘤。然后，所有问题都会迎刃而解：爱拍

---

① Quinchamalí，智利西部一个小村落，以黑陶土闻名。

马屁的人和装腔作势的人，勋章和威信，大写字母和演说书，都将不复存在。这个国家满是枯枝败叶，土地是什么颜色的，水井在哪里，蚁穴在哪里，四叶草在哪里，流沙又在哪里，根本没人知道。我们需要坚实的土地。我必须杀了他。事实上，他才是凶手。他才是凶手，他武装了我，切断了我所有的退路，逼我走向自我救赎，逼我不被腐蚀。说得更准确一点，是他自寻死路。我还得救古斯塔沃，我的儿子，用被蒙蔽的双眼吞噬着大地，在自身的愤怒中摇摆不定，固执时又很温顺，我自相矛盾的小可怜。要是我把一切都告诉他，他会支持我的。但我不能告诉任何人，甚至她，多洛雷斯，都不能告诉。只要我一开口，所有人都会劝我，让我别这么做。他们或许能说服我。多洛雷斯肯定能说服我，我敢打包票。这就是我不告诉她的原因。我必须这么做。借助她给予的力量，我渡过了一道难关，是她让我认清自己、理解自己、感受自己、表达自己。我必须杀了他。这个想法越来越坚定了。我很清醒，不会干出蠢事，她睡着时流的汗沾湿了我的手掌。就是这样，我一个人，没有同伙，独自面对敌人，没有丝毫慌乱，这次我要听从自己的内心，尽管这个新我的诞生让我产生了一些惊愕。

"我必须杀了他，多洛雷斯。"

"什么？"

"我没说话。"

"我刚才睡着了。几点了？"

"六点十分。"

"拉蒙。"

"怎么了？"

"你知道吗？我发现我比我以为的更喜欢你。"

"那么这个发现会改变你的计划吗？"

"不会。但它让我的计划更难实施了。"

"第一次，也是最后一次，就这样？"

"是的，先生。第一次，也是最后一次。"

十二

　　走进电梯，按下五楼，这一刻，他终于能够暂时放下自己的烦恼，想想可怜的里欧斯。他端详着镜子里的自己，整了整领带，在电梯里整理着装已经成了他保持多年的惯例。他忘了梳头，不过，还没来得及拿出梳子，电梯就停了，门一打开，葬礼的迎宾桌就映入眼帘，上面还摆着签到簿。他从口袋里掏出钢笔，准备下笔时，他突然想到，钢笔没墨了。于是，他只能退而求其次，拿起签到簿旁的签字笔。写下自己的名字时他突然意识到，多年以来，他原本复杂的花体签名"拉蒙·A.布迪纽"已经被简化成签名簿第一页上潦草到模糊不清的"拉布纽"，他担心事后这家人根本看不清他写的是什么，也不知道该把感谢卡寄给谁，便在签名下方用印刷体写上了全名，用的全是大写字母。

　　503公寓的门开着，门口站着两个黑女人。女像柱①，拉蒙想。其中一个正用手帕擦拭干涩的眼睛，随后又叹了口气，迸发出一阵抽泣，嘴唇微微地抽动着。经过她们身旁时，拉蒙

---

① Caryatide，指雕塑中一种刻有女性形体、作为支撑上横梁的柱子。

觉得她们正打量着自己，不过他没和她们打招呼，双眼直直地盯着挂在前方的画作，费加里①的《坎登贝》上好的复制品。

"旅行要了他的命。"左边有人这么说。

"肯定是癌症。"右边有人这么说。

男人们都穿着深色的西装和白色的衬衫，戴着丝质的领带，脸刮得很干净。参加节日的服装和参加葬礼的服装没有一丁点儿相像之处，拉蒙想。他环顾公寓，总共来了约摸一百二十个人。为了走进罗慕洛·索利亚所在的房间，他不得不侧过身。他老了好多，拉蒙想。索利亚正和两个抹了发胶的胖家伙说话，声音压得很低。事实上，所有人都把声音压得很低，奇怪的是，这么多人的低声聚在一起，却成了集体的喧闹和嘈杂。有个人在说话，声音稍稍大了点，客厅里的窃窃私语戛然而止，只剩下一句没说完的"要再来一杯咖啡吗？"。事实上，话音刚起，窘迫就占了上风，咖啡两个字几乎是用气音说出来的。

突然，人群开始移动，一个穿着灰色西装的年轻人从人们纷纷让出的通道中走了过来，他的领带已经松了，人们和他握手，与他击掌，向他表达哀悼之情。年轻人眼中满是愤怒的光芒，他咽了两次口水。从拉蒙的角度刚好可以看到他的喉结一上一下地活动着。

"是这家的儿子。"了解情况的人这么说，刚得知年轻人身份的人也这么复述。

---

① Pedro Figari（1861—1938），乌拉圭画家、作家、律师、政治家。虽然他晚年才开始作画，却成为著名的现代主义画家，他的作品生动地捕捉了日常生活的方方面面。

又有两个人上前拥抱了他，随后，他朝一扇关着的门走去，刚准备开门，一个七十多岁、瘦削、戴着眼镜的女人哭着冲上去，搂住了他。

"阿斯特鲁瓦尔，可怜的人，实在太糟糕了，你该多伤心啊，那么好的爸爸，为什么遇上了这种事，真令人难以置信，阿斯特鲁瓦尔，可怜的人，告诉我，尼古拉斯受了很多罪吗？"

"冷静点，萨拉夫人。"年轻人说，但她仍然不愿松手。

"尼古拉斯受了很多罪吗？我很想知道，告诉我，阿斯特鲁瓦尔，他受罪了吗？"

年轻人竭尽全力，试图让自己平静下来，严肃使他的表情变得有些狰狞。

"没有，萨拉夫人，他没受很多罪。"

她终于松开了手，他打开门。

除了罗慕洛，一个认识的人都没有，拉蒙想。他还没和索利亚打过招呼，因为后者仍在和那两个抹了发胶的人交谈。

"参议员做了蠢事，"他听到有人在背后说，"您想想，组织这场政变该有多么不容易。我不是在为阿戈耶荣多说好话，他总是热心于这种事。但您了解那些警察。很不幸，警察队伍里仍然混杂着大量的红党人士，所以他只能仰仗那些他绝对信任的人。在这个出产传记作者的国家，大学永远是大学。大学是碰不得的。与此同时，一切矛盾都在激化，有一天我们甚至可能用俄语交谈。巴斯克斯，您得接受这个现实，对拉丁美洲来说，除了斯特罗斯纳和菲德尔[1]，再没有别的选择。没有中

---

[1] 指巴拉圭独裁者阿尔弗雷多·斯特罗斯纳·马蒂奥达和古巴国父菲德尔·卡斯特罗。

间色①。我？您想让我说什么呢？巴拉圭的那一套让我厌烦，什么把反对者从飞机上扔下去，或者直接把尸体丢进河里，但是，还有其他办法吗？我们是落后的民族，巴斯克斯，严刑拷打才能让我们学得更快。所以，要么斯特罗斯纳，要么菲德尔。我得向您承认，如果必须在这两个极端之间作出选择，我宁愿选择斯特罗斯纳。至少他的文明——西方文明加天主教文明——和我们的一脉相承，而且，他恢复了巴拉圭的秩序，除此之外，我听人说他还造了个了不得的机场，有飞机跑道，还有喷气式飞机，什么都有。相反，请您注意，在卡拉斯科②，波音飞机不得不在极端条件下降落，因为那里的跑道简直就像分叉严重的头发。哦，就像我刚才和您说的那样，组织这场政变非常不容易。需要投入大量的时间。钱倒不是问题，这类真正具有积极意义的事业永远不会缺钱，美元会源源不断地流入。人才才是问题。一旦一切都准备妥善，一旦警察明白对他们最有利的应对方式是保持适当的距离，确保那些可爱的、旨在捍卫自由的小孩能够安全撤退，一旦要做的只剩下倒数，就像电影里放的那样：五、四、三、二、一、零，嘭，参议员逃脱了，不仅如此，他还去了大学，要求他们交出托尔特洛罗。当然了，最后，一切真相大白，所有的谜团都被解开了。您瞧，多么精彩：为了一场混乱，为了一次心血来潮，为了满足个人的欲望，只为了这些，就能占领一所大学，谁知道下一次的攻占是什么时候。没人能和这些木乃伊共事，在现在这种三

---

① Medias tintas，指介于两种差异极大的颜色之间的色彩。

② 指位于乌拉圭首都蒙得维的亚的卡拉斯科机场。

K党①横行的年代，他们竟然还标榜自己是马基雅维利主义②者。现在是时候放弃轻松的享乐、放弃欺骗，直接拿起大棒了。那天我已经在委员会下设的小组和他们说了，看看他们能在这次经历中学到什么，结果，他们抛下了阿戈耶荣多，留他一个人孤军奋战。"

人群又开始移动了。"是这家的儿媳。"大家小声议论着。她用颤抖的声音向周围的人表达着感激，还询问众人是否看到过她的女儿。没有，没人看到过她。另一个女人叫住了她，她们都没说话，只是哭着拥抱了彼此。

"佩那罗尔俱乐部现在踢得怎么样？"一个略显羞愧的声音。

"不如问，斯宾塞③踢得怎么样？"另一个人评论道。

"支持本国球队实在太让人憋屈了。"第一个人嘟囔道。

拉蒙看到他们耸耸肩膀，以一种尽可能克制的方式笑了

---

① Ku Klux Klan，指美国历史上和现代三个不同时期奉行白人至上主义运动和基督教恐怖主义的民间团体，也是美国种族主义的代表性组织。该组织常使用不同方式来达成自己的目的。

② 尼可罗·马基雅维利（Niccolò Machiavelli，1469—1527），意大利政治思想家和历史学家，以主张为达目的可以不择手段而著称于世，马基雅维利主义也成为权术和谋略的代名词。它通常分为高马基雅维利主义和低马基雅维利主义。高马基雅维利主义的个体重视实效，保持着情感的距离，相信结果能替手段辩护。低马基雅维利主义易受他人意见影响，阐述事实时缺乏说服力。高马基雅维利主义者比低马基雅维利主义者更愿意操纵别人，赢得利益更多，更难被别人说服，他们更多地是说服别人。但这些结果也受到情境因素的调节。

③ 应指阿尔贝托·斯宾塞（Alberto Spencer，1937—2006），厄瓜多尔球员，曾效力于佩那罗尔俱乐部。

起来。

罗慕洛·索利亚看到了他，向他走来。

"见到你真好。只可惜是在这种令人痛心的场合。"

"是啊。你一点都没变，和以前一模一样。"

不，事实并非如此，他变老了，老多了，这只是一句约定俗成的恭维话，一点都没变，永远年轻，像某种对抗时间流逝的魔法。

"可怜的里欧斯。"罗慕洛说。

"也没那么可怜。至少他完成了自己最后的心愿。"

"这倒是。但我从来没有像这次这样希望自己的诊断出错，他是个好人。"

"我也这么认为。"

"我去港口接他的时候，他和我说的第一句话就是：我不知道准确的到达时间，因为我的眼睛越来越糟糕了。"

现在才是问里欧斯有没有受很多罪的好时机，拉蒙想，但这么问似乎是对死者的不敬，更糟糕的是，这个问题还会把一项勇敢的、前所未有的行为变得平庸。

"他受了很多罪吗？"

"事实上，他受的罪比我之前预计的少多了。他很幸运，心脏罢工，所以提早离世了。你知道死前的那个晚上他和我说了什么吗？那时房间里只有我们两个，他睁开眼睛，不断和我强调——那个时候他相当清醒——和布迪纽说，他做得很好，告诉他，我很喜欢他，他比他爸爸好多了。我向你转达这句话，是因为他要求我这么做，但是，坦白说，我不明白他的意思，他和你爸爸之间有什么过节吗？"

"没有吧，我认为没有。"

"你知道那天我回忆起什么来了吗？布宜诺斯艾利斯。和你说，我坐在那儿，一个人笑个没完，奈莉以为我疯了，于是，我不得不和她讲那些事。你还记得我和那个日本人说的话吗？还有，我被那些虫子攻击，不得不逃出去？那间公寓实在太糟糕了。"

"是啊，太糟糕了，但那个时候的我有个优势：年轻。"

有个人把手搭在索利亚的肩膀上，索利亚转过身。

"埃斯特维斯医生，见到您真好。您什么时候从洛杉矶回来的？"

埃斯特维斯医生有点耳背，所以他的回答是：

"两百。"

这个回答让索利亚瞠目结舌，他向拉蒙道过"失陪"，领着同事走向阳台——唯一一个提高嗓音说话不会显得不礼貌的地方。拉蒙在一张包了条纹塑料布的扶手椅上坐下来，闭上眼睛。他早就想这么做了，因为这样他才可以平静下来，像他每一天、每一分、每一秒做的那样，再次坚定地对自己说："我必须杀了他。"如果老头也像里欧斯那样就好了。不过，老头曾经爱过谁，现在爱着谁，将来又会爱上谁呢？老头连个固定的情人都没有。如果有，他肯定会知道。或许，有过，但他不知道？不可能，老头不爱任何人。如果老头曾经有过情人，固定的情人，就意味着他并不了解老头。不幸的是，他非常了解老头。老头不爱任何人。只有所谓的朋友的妻子、政客的妻子，或者某个人的妻子，露水情缘，仅此而已。不是为了爱情，也不是追求刺激，只是想夺走属于别人的东西。或者，为了生意。老头在床上做成的生意不计其数。被戴绿帽的人可是最理想的合作方，在他们身上能占到不少便宜，在签订合同的最后时刻，他们总会听取妻子明智的建议，在合同里加上一条*表面*利于另一方、实际却能使己方获得*长期*收益的条款。当然了，所谓的长期等同于遥遥无期，但是，谁知道呢？被戴绿帽的人总是狡猾的。

"布迪纽先生。"

他睁开眼睛，看到面前站着里欧斯的孙女。他急急忙忙地站起来，却不知道该怎么开口，漫长的沉默。

"哦，对不起，小姐。您爷爷的事让我感到非常遗憾。我想当面让您知道这点。"

"谢谢，布迪纽先生，您对我们一直很友善。"

难以置信，面前的这个女孩似乎比启程去旅行前成熟多了，但是，似乎又显得年轻多了。或许是因为她今天没涂口红。

"您的建议非常实用，帮了大忙，真的很感谢您。爷爷好好地享受了这次旅行。今天我一直回忆着他在旅途中说的话，用这种方式把他留在我身边。有天下午，在托莱多的埃尔·格列柯①故居，乌云蔽日，天地间连一个影子都没有，爷爷突然看着我，说：这就是一个常常思考死亡的人的住所。还有一

---

① El Greco（1541—1614），西班牙文艺复兴时期画家、雕塑家和建筑家，代表作品有《圣母升天》《脱掉基督的外衣》《托莱多风景》。"埃尔·格列柯"在西班牙语中意为"希腊人"，格列柯出生于后拜占庭艺术时期的克里特，原名多米尼克斯·希奥托科普罗斯。

次，我们在巴塞罗那的哥特区^①漫步，走进一条狭窄的小巷，没记错的话，应该是圣奥诺拉托巷，走啊走啊，突然，我们发现自己来到了一片开阔的空间，圣若梅广场。爷爷说：有时候人生也是这样，走在一条狭窄，甚至有些曲折的小巷中，走向死亡，这开阔的空间。在我们去卡普里岛^②的路上，一个阿根廷人建议我们改日再去，因为那时是旅游旺季，岛上已经人满为患。爷爷说：是这样的，先生，我已经走到人生的最后一个季节了。在圣马可大教堂^③，导游告诉我们，大教堂的地板每两年都会下沉一厘米，爷爷微笑着说：这么说，我的恐惧还不到三毫米。在日内瓦，我们坐在卢梭岛^④的一张长椅上，欣赏着日内瓦湖的美景，观察着来来往往的人，他们是那么地优雅，那么地彬彬有礼。爷爷说：的确，日内瓦就像天堂，谢天谢地，死后我要下地狱。在巴黎，我们在*塞纳河游船上*用餐，船头的探照灯照亮了两岸的历史建筑。爷爷说：幸好没有专照死人的探照灯。我现在和您说这些，是因为在今天这样一个特殊的日子里，我回忆起了他曾说过的关于死亡的话，您可千万

---

① El Barrio Gótico，巴塞罗那老城的中心，从兰布拉大道延伸到莱埃塔纳大道，从地中海海滨延伸到圣佩雷圆环，是巴塞罗那的发祥地，也是景点最集中的区域。除了在 19 世纪和 20 世纪初经历了一些改变之外，许多建筑都建于中世纪，其中一些甚至可以追溯到古罗马时期。

② Capri，意大利那不勒斯湾南部索伦托半岛外的一个小岛，自从罗马共和国时代以来就以风景秀丽闻名，是著名的旅游胜地。

③ Basílica de San Marco，位于意大利威尼斯的天主教教堂，坐落在圣马可广场东面。始建于公元 829 年，重建于 1043—1071 年，曾是中世纪欧洲最大的教堂，是威尼斯建筑艺术的经典之作，同时也是一座收藏丰富艺术品的宝库。

④ Isla Rousseau，瑞士日内瓦的一个小岛屿，位于罗纳河与日内瓦湖的交界处。

别以为爷爷一直想着死。他没有。事实上，爷爷玩得很开心，他享受着旅途中的一切，真诚地感受着一切，他发自内心地笑着，没有任何伪装。结束旅程后，我们坐船踏上归途，一个下午，我们躺在甲板的躺椅上，游轮将在几天后抵达蒙得维的亚，就在那时，他决定向我坦露他的秘密，字斟句酌，反复思量着到底该不该和盘托出。我再也忍不住了，告诉他我知道，告诉他我已经在离开蒙得维的亚之前得知了一切。接下来发生的事我永远都不会忘记。他看着我，抬起我的手，在上面亲吻了无数次，边吻边喃喃地呼唤：孩子，孩子，孩子。布迪纽先生，我不知道那么做到底对不对，索利亚医生说我做得很好。我告诉他我知道，是因为我注意到病痛正折磨着他，我不希望他在忍受痛苦时还要在我面前装出一副若无其事的样子。看着他亲吻我的双手，呼唤孩子，孩子，孩子，我的心都碎了，我发誓，我从来没对任何人产生过那样的爱怜。这次旅行教会了我坚强，教会了我隐忍，但是，抱歉，一想起那个画面，我就忍不住掉眼泪。您觉得我做错了吗？"

十三

　　没有任何动静。没有任何声音，连汽笛声都没有。百叶窗间漏进一道微弱的光。外面阴云密布吗？再好不过。我需要一个阴云密布的日子，它是我的面包。压倒一切的寂静让人难以忍受。为什么是今天？说实话，我不知道。无论如何，总得选一天。苏珊娜的腿露在毯子外，仍然使我动容。应该说，从一个礼拜前起，所有事物都使我动容。在办公室，丰满的女秘书使我动容，不过，使我动容的与其说是她羞于展露的肉体，不如说是正活着的事实。在街上，那些原本令人厌恶的乞丐使我动容，他们的腿上长满了脓疮，而那些脓疮，他们唯一的资本，被苍蝇团团包围着。在工作日，任何一个和我谈起埃斯特角有多么美丽的客户都让我动容，连一个不怎么具备个人特色、腼腆地问起如此丑陋的萨沃尔宫①具有什么象征意义的游客也让我动容。下午，我驾车回家，经过兰布拉大街，大楼组成的高墙使我动容，这堵高墙将阴影和某种矫揉造作的忧郁投在海滩上。晚上，我在失眠中舒适地安顿下来，耐心细致地

---

① Palacio Salvo，乌拉圭蒙得维的亚的一座建筑，位于七月十八日大道与独立广场交会处，于 1928 年落成。

在脑中重构多洛雷斯，还有她出于爱完成的行为，那件事发生后，我只见过她两次，我实在无法忍受那种煎熬，乌戈和苏珊娜都在场，因此，尽管她就在我身边，那么近，我甚至能感受到她的呼吸，但我却不敢抬眼看她，因为我怕她开始哭泣，怕我死死地咬着自己的下唇，怕我们难以抑制突如其来的冲动，情不自禁地拥抱彼此，这些都使我动容。任何时候，只要苏珊娜醒来，碰到我，或者我醒来，碰到她，她可怜的身体也使我动容。我如此熟悉的身体：大痣后面的小痣、乳头周围粗糙的皮肤、阑尾处的瘢痕、微微突出的椎骨、有些松弛的性器、光洁的膝盖。还有，每每想到我必须杀了他，爸爸就成了老头，这种转变使我动容，它对我来说意味着死亡，因为我钦佩他、爱他，他是我的依靠、我的保护伞、我的避风港；想到自己即将成为孤儿使我动容，我即将成为孤儿，不是因为我必须杀了他，而是因为我妈妈早已过世，我爸爸又在变身老头时离开了人世，现在的他只是一个让我又惧又恨的最陌生的陌生人，而现在，我对他的惧恨已经超越了我所能承受的极限。明天我会在哪儿？就是今天了。再做一次这个重复了无数次的动作，伸手关掉闹钟，既然我醒着，它就不需要在指定的时间响起了，别吵醒苏珊娜，做这个动作时我清醒地意识到，这个动作标志着例行工作的结束，正因如此，它才格外重要。闹钟也使我动容，它黑色的、便于携带的外壳让我想起，在位于布宜诺斯艾利斯、里约、纽约、利马、旧金山、瓦尔帕莱索①的酒店里，无数次，为了关掉它，或者为了让它别再响起，我伸出手，试

---

① Valparaíso，南美洲太平洋西岸重要海港，智利阿空加瓜区和瓦尔帕莱索省首府，智利第三大城市。

图够到它。这是属于我的孤独，却不是第一次让我感到痛苦的孤独。那个下午，在塔夸伦博①，我在乡间散步，走了整整三个小时，终于来到路的尽头，躺在牧场的草地上，太阳在最后一棵松树的树冠上将自身完全抹去，天地间的一切都被噤声、被驱散、被打败。那是我第一次感受到黄昏带来的隐秘的、几乎毫无来由的忧愁，我仰面躺着，躺在牧场的草地上，看着天上的云，越来越清晰地意识到这一切是多么地无关紧要，从遥远的某处传来哞哞声，规律地重复着，像是着了魔，空气中弥漫着神秘的气息，我的身体似乎成了某种并不属于我的物品，散落在地，等待着某个钉耙、某个骑士，或某个阴影。又或者那个清晨，在迈克蒂亚机场②，航班因机械故障延误，我们需要在机场等待四个小时，所有的乘客都在扶手椅或躺椅上睡着了，机组人员也消失了，只有我还醒着，站在那些摆满了成盒的巧克力、瓷器、香水、大瓶子和小瓶子的玻璃长柜台边，站在巨大的楼梯和镜子中间，所有栏杆都听从我的调遣；我似乎成了这个已然毁灭的世界上唯一的幸存者，它的最后一批居民已经成了尸体，却仍在假寐，继续他们荒谬的等待；出现机械故障的似乎并不是飞机，而是这个世界，它徒劳地等待着某个并不会到来的人，却不愿承认，从那个时刻起，这个世界上的所有人都将被彻底遗忘。又或者，那个星期天，在旧金山，我买了一份报纸，打算去联合广场看，却找不到一个空位，因为

---

① Tacuarembó，乌拉圭北部城市，塔夸伦博省省会。

② Aeropuerto Internacional de Maiquetía Simón Bolívar，全称为迈克蒂亚西蒙·玻利瓦尔国际机场，位于委内瑞拉首都加拉加斯，是该国最大、最繁忙的机场，以南美洲"解放者"西蒙·玻利瓦尔的名字命名。

不计其数的老头子和老太太相约在广场上晒太阳，占领了所有的长椅，更多的老头子和老太太在广场上慢吞吞地走着，一边走一边警惕、贪婪地打量着，一有人站起身，他们就立马占据空位，开始晒太阳，喂鸽子，就和默默无名的卡甘查广场①以及著名的圣马可广场②上的人一样；于是，我也慢吞吞地走着，跟着那些老头子和老太太的节奏，寻找着空位，终于，四十五分钟过后，一个拿着一本深色《新约》的老太太把一根脱线的缎带夹进《帖撒罗尼迦后书》③的某两页之间，缓缓地站了起来，很明显，她的膝盖深受风湿之扰，为了起身，她不得不把一个简单的动作拆解成三个，那时，我恰好站在离她传教士式的鞋子仅有两步之遥的地方，于是，我终于能够坐下来好好读读《旧金山纪事报》上的一篇评论，文章在论述切斯曼④的死刑判决已经被推迟执行了第九或第十次时，混淆了客观性和倦怠感；在那些老头子和我之间，在那些老头子之间，没有任何对话的可能性，每个人都是独立的个体，我们如同牡蛎一般自觉地无视彼此，同时，是否无视彼此对我们来说其实根本不重要，我们身处阳光下，却没有任何感激之心，只有怨愤，我们甚至不肯承认，阳光不仅晒得我们暖洋洋的，还促进了身

① Plaza Cagancha，也叫自由广场，位于乌拉圭首都蒙得维的亚。
② Piazza San Marco，位于意大利威尼斯中心，是威尼斯唯一被称为 "Piazza" 的广场，其他的广场无论大小皆被称为 "Campi"。
③ 使徒保罗在约公元 51 年写给帖撒罗尼迦基督徒的第二封信。之前保罗给这里的人写了《帖撒罗尼迦前书》。
④ 卡里尔·切斯曼（Caryl Chessman，1921—1960），美国强盗、绑架犯、强奸犯，于 1948 年 1 月在洛杉矶犯下连环罪案，被判死刑。他的案件获得了国际社会的关注，最终促使加州政府废除了死刑制度。

体的血液循环。我知道，只要我做出某种疯狂的举动，或许谈不上疯狂，充其量只能算得上唐突，向他们伸出一只手，那些老家伙就会不顾一切地朝我扑来，对我的怨愤刹那间使他们成为暂时的盟友，为了伤害我，他们可以不择手段，用上他们的福音书、毛衣针、拐杖和狗；在这种情况下我当然无计可施，只好起身逃命，甚至无法鼓起勇气回头看看那个戴着圆顶军帽、叼着烟斗的老头子是如何在激烈的争夺中以半米的优势战胜那个戴着水果帽的老太太，从而赢得那个因我的突然离去而产生的空位的。最后，还有那个晚上，在纽约华盛顿广场，我看到人们成双结对、默不作声地跳着舞，每一对脖子上都挂着一台半导体收音机，每一对都伴随着不同的节奏，似乎想要公开宣称：是他们主动将自己暂时从世间隔离，只有他们的舞伴能理解他们此时此刻即将落空的短暂孤独；只有我们能理解彼此，他们这么对彼此说着，我们两个听着同一段旋律，处在同一个世界，能破译同一条暗语，只有我们两个，就让其他人烂到泥里去；我就是那个其他人，正在腐烂；我被所有人、被全世界抛弃；我尝到了孤独令人恶心的滋味。

幸好她没有醒来。我得排除所有可能使我动摇的隐患。今天的我必须是铁面无情、不可动摇的，但是，要是我和苏珊娜一起吃早饭，面对着圣饼一般的吐司和前一天晚上没放进冰箱、已经软得不成形的黄油，保持冷静就成了一件非常困难的事。

水比平常冷，不过也合情合理，因为今天是特殊的一天。今天我不用热水，今天我不要舒适，因为一切到此为止。今天我要解救苍生，完成自我救赎。为什么在这面镜子里，我的脸上满是嘲弄？什么东西那么有趣？向诸位介绍拉蒙·布迪纽，在新的一天开始之际，他决定杀死埃德蒙多·布迪纽，一个生活放荡的人，顺便提一句，机缘巧合，这个人还有另一个身份，就是他的爸爸。他拒绝配合涉及法定减刑情节的问询，认为此类情节根本不存在。这是经过反复思量的有计划犯罪。不幸中的万幸是，他不信上帝。这样一来，事情就简单多了。向诸位介绍拉蒙·布迪纽，父子关系的活体解剖者，失焦的失眠者，打出最后一张勇者牌的胆小鬼，一丝不挂、挺着刚出现赘肉的肚子，自身的决定和再三考虑后射出的子弹即将让他成为孤儿，失去亲吻和语言的痴情人，可怜的、皱着眉头的机灵鬼，出人意料的罪犯，脑中塞满的回忆使他变得愚蠢，为自己颁布赦免令的创造者，右翼政党中脸色苍白的左派，充满导电的顾虑的人，对自身的死亡和他人的死亡充满好奇，孤注一掷的讨厌鬼，充满忧伤、找不到方向的父亲，性生活的冒险者，无可救药的优柔寡断者，我。明天我将会在牢房中醒来。要是他们想掩盖我的罪行，我绝不会善罢甘休，我会将一切公之于众。没有任何余地。为了替我脱罪，他们不得不宣称我患有精神方面的疾病。但是，哪个精神病会在犯罪前做好如此周详的准备，我可没听说过。

“早上好，爸爸。”

“早上好。”

少和我说话，越少越好。明天古斯塔沃会想：我从来没想过，他竟然能做出这种事。明天老头的死会成为一件匪夷所思却不可挽回的事。古斯塔沃看着他哭成泪人的母亲，一滴泪也挤不出来，他以他的父亲为豪。尽管还沉浸在震惊中，他依然情不自禁地想着我。同情地、温柔地想着我。

"你知道吗，《真理报》辞退了拉腊尔德。"

"这是谁告诉你的？"

"马利亚诺。好像是爷爷要求他们辞退他的。你知道其中的原因吗？"

"不知道。"

看来老头错了。看来他没法用钱封住他的嘴。那套说辞，什么拉腊尔德是个聪明的记者，等等等等，但他也是一个想过平静生活的人，还有什么他不蠢，立马就会明白自己的处境，现在怎么样？他没法用钱收买他。换句话说，拉腊尔德做了我没能做成的事。老头借钱给我开旅行社，借机收买我，而我默许了。现在，拉腊尔德玩完了，不会有报社要他。为了维持生计，他不得不转行，销售可以选择分期付款的电视，或者从这个办公室跑到那个办公室，推销书籍或者五个雷阿尔①一打的鲸须束腹。但这真是件好事，得知有人有足够的勇气，拒绝出卖自己的良心。尽管他牺牲了自己的幸福，但说实话，一切都是徒劳的，就像瓦尔特说的那样，他们总有办法掩盖丑闻，让告发和告发者人间蒸发。在龙舌兰餐厅那晚，拉腊尔德坐在桌子的另一头，我几乎没和他交谈，但他似乎一直用不信任的目光审视着我。直到那个蠢货，如果我没记错的话，她的名字应该叫索菲亚，非要与他针锋相对，让他说出世界上的哪个地方比美国更自由，他回应道：亚马孙热带雨林，请您注意，那里可不存在所谓的代议制民主。我喜欢拉腊尔德。整个晚上他似

---

① Real，西班牙和拉丁美洲某些国家用的辅币名，有银质的也有镍质的，币值也因时代变迁和地区不同而各异。

乎都不太高兴，当所有人都在夸赞美国、贬低乌拉圭时，他不高兴；当错误的消息传来，所有人都开始哀叹、开始为他们亲爱的祖国和亲朋好友发表感人肺腑的悼念时，他也不高兴。

"要我把你送到市中心吗？"

"不用了，今天我得在家学习。"

"今天晚上你要去哪儿？"

"应该会和马利亚诺在一起吧，怎么了？"

"你就不能偶尔在家陪你妈吃顿晚饭吗？"

"但是……"

"答应我，今天晚上留在家里陪苏珊娜吃饭。"

"但是，爸爸。"

"我从来没求过你。就今天这一次。我有我的理由。"

"好吧。"

我不敢亲他。不能让任何人产生怀疑。任何人都能说服我放弃，不能冒这个险。这是我的儿子。但他正从我的指缝间溜走。我不知道他在想什么。不知道他是谁。他有时亲切地看我，有时惊讶地看我，有时沮丧地看我，有时愤怒地看我。自从我第一次打他后，他就成了另一个人，看我的眼神里总有些犹疑。那时他才六岁，我在睡午觉，苏珊娜派他来叫醒我，于是，他重重地捶了我的鼻子。我睁开眼睛，看见笑着的他，我知道他把这当成一场游戏，我知道他的笑容天真烂漫，单纯得让人难以置信，但我就是无法控制自己的情绪，于是，我打破了惯例，违背了原则，狠狠地打了他一顿。他没哭，但从那时起，他的眼神就变了。几天后，我叫住他，向他解释现在我明白了，他只是想和我开个玩笑，但是当时我突然被打醒，根本没意识到这点。好吧，他说，但我永远不会原谅你当时的行为。除非……

离乌戈家还有五个街区。我必须决定，到底要不要去那儿转转，没什么事，只为了看看多洛雷斯。或许一看到她，我的决心就会动摇。不能这样。我必须杀了他。古斯塔沃永远不会原谅我当时的行为，除非发生更重要的事情。他的性格更像我，不像他的妈妈。这点我可以确定。或许他有一些期待。或许他希望我没有拿老头的钱。他不是唯一一个这么想的人，连我自己都希望如此。但拿老头的钱对我来说太简单了，简单得难以置信。除此之外，我还找到了很多接受这笔钱的理由。其中一条简直无懈可击：无论如何，这笔钱都意味着一次更加公平的财富再分配。

"我的兄弟在吗？"

"他不在，拉蒙先生。乌戈先生刚出门。"

"他的妻子呢？"

"多莉女士在家。要我叫她出来吗？"

"好的，如果她不忙的话。"

乌戈不在更好。我兄弟那张满不在乎的脸当然不会让我好受，毕竟他即将成为另一个孤儿。是的，古斯塔沃从我的指缝间溜走，溜走了。反过来说，谁没有呢？六岁时我很喜欢画画，埃斯特万叔叔总送铅笔和纸给我。我总画些房子、车子、马、树、牛，寥寥几笔，但让妈妈很开心。一天下午，来了两个修女，请求妈妈的帮助。原本我对这事只有模糊的印象，但是，妈妈总爱提起此事，每次提起，奥尔加姨妈都笑得震耳欲聋，于是，这事便深深地留在了我的记忆中。妈妈和修女们在客厅谈话，其中一个修女看到了我，便问妈妈：这是您的孩子吗？妈妈做了肯定的回答，表扬了我，还特地强调我很会画画。那两个修女，一个年轻、消瘦，戴着金属镜框的眼镜，镜片圆圆的；另一个很矮，大概五十几岁，眼皮底下长着两个大大的、暗紫色的眼袋，还有一双吓人的眼睛。事实上，我一点儿都不喜欢这两个修女。瘦修女听了妈妈的话，对我说：你给我们画幅画，孩子。这是我第一次听到有人说*你给我们*，而不是*给我们*。长着吓人的眼睛的修女问：你打算给我们画什么，孩子？我回答：一只母牛。就在这时，我又看见了那对吓人的眼睛，于是我决定复仇：我画了一只母牛，又在旁边添上了牛粪。看了画，那两个修女立马站起身来，用责备的眼神注视着妈妈和我。妈妈试着露出微笑，但那两个修女觉得自己受了辱，便高傲地离开了。我以为我会受到严厉的责罚，但妈妈只是仓皇失措地看着我，说：拉蒙，你怎么一下子长这么大了。或许她真正想表达的是：你怎么就这样从我的指缝间溜走了。

"拉蒙。"

"女佣说多莉女士在家的时候，我有点茫然，因为我只认识多洛雷斯。"

"你好吗？"

"非常不好，你呢？"

"充满疑惑。"

"后悔了？"

"没有。只是充满疑惑而已。"

"对过去，还是对未来？"

"对自己。"

"不是对我吗？"

"都差不多。"

"是我理解错了，还是你在给我希望？"

"你理解错了。"

"我不明白。"

"我没法把自己拆成两半，拉蒙。刚开始我以为自己爱乌戈，只爱乌戈一个人。现在我知道自己也爱着你。最可怕的是，在爱你的同时，我仍旧爱着乌戈。很可怕，但事实就是如此。"

"我还是不明白。"

"面对着苏珊娜的时候，你没有类似的感受吗？"

"没有。"

"一看到乌戈，我就会想起那个下午。"

"多洛雷斯。"

"但是，不能这样，这点我可以确定。"

"我要问你一个非常重要的问题。回答我之前，请你好好考虑考虑。今天我来找你，就是为了问这个问题。"

"别这么看着我。"

"会不会有这么一天，你解开了所有的疑惑，愿意和我一起离开？"

"今天就要我回答吗？马上？"

"是的。"

这是我最后的机会。也是老头最后的机会。我必须杀了他，这是毋庸置疑的。但是，如果多洛雷斯对我说：我们离开吧，我愿意放过这份祭品。她真迷人。看那双眼睛。要是她愿意和我走，很好，唯一的遗憾是，我不得不放任老头继续侵蚀一切，让他继续滋养我的怨恨和恐惧。但是，从另一个方面来说，我也会得到满足，至少我在这方面赢了一次。一个人在一生中总要赢一次。现在她爱上了我，乌戈变得越来越不重要。要是她愿意和我走，就说明我战胜了他。可怜的乌戈。要是她不愿意，要是她不愿意……不，她肯定愿意，我知道的。

"不，拉蒙。我不能这么做。"

此刻我才意识到，一把左轮手枪正躺在我的公文包里。此刻，老头才被判处死刑。可怜的人。她的眼里盈满了泪水，但她不知道，她这一刻的决定拯救了我，她将助我完成自我救赎、完成自我的再认知。我不能告诉她这些，因为我并不想勒索她，也不想向她施压，强迫她说出*我愿意*。她不知道，多亏了她的不，我即将夺回我的妈妈，即将向老头施加迟到多年的惩罚，那个下午他在屏风后那样折磨妈妈，这是他应得的惩罚。老头生活放荡，但司法机关仍然敬重他，因为他所有的非法行为都披着合法的外衣。堕落、行贿受贿、腐败。但司法机关需要证据。罪犯不愿配合司法机关的工作，也就是说，只要行政人员没有掌握与犯罪事实相关的罪证，就拿他们没办法；司法机关不能给他们判刑，就赞美他们、颂扬他们、维护他们，把复杂的司法体系变成他们的保护伞。另一条主持正义的途径——通过上帝。但我不信上帝，估计老头也不信。那就忽略这条途径。还有第三条——由我来主持正义。我能肯定，老头是个坏家伙，一个野心勃勃的罪犯。我必须杀了他。他最严重的罪过是，为了成为老头，他抹杀了爸爸。这是不可原谅的。我判他有罪。

"好的，多洛雷斯。"

"别这么看我。"

"我一直这么看你。"

"不，不是的。你现在的眼神就像……"

"就像什么？"

"就像一个被打败的人。"

"我本来就是一个被打败的人，你不知道吗？"

"这是你对我的承诺吗？"

"不，多洛雷斯，我从未向你许下任何承诺。"

我开始慢慢向后倒退，为什么她仍然站在栅栏边？快走吧，快进门吧。我好不容易才抵挡住她身上那条白色连衣裙的诱惑，但那双凉鞋、那根项链、那个发夹，那天下午我把它们一件件从她身上取下，这段记忆在我脑中永不间断地重播着，无论睡着还是醒着，我都在重复这个动作，脱下她的凉鞋、取下她的项链、摘下她的发夹，永远。*因为我既拥有你，又不拥有*。我已经不能拥有你了。永远不能。快走吧。快消失。快关上门。快躲起来哭泣。我是不会躲的。

杰出的女秘书，丰满的女秘书。今天我没心情看她。我太坚定，太激动了。只有在这种极度紧张的时刻，我才会成为一个彻底丧失好奇心和爱美之心的人，今天，我甚至彻底丧失了性欲。只有在这样的时刻，我才能彻底地从表象中脱离出来，透过表象，像雷达一样不偏不倚、忠心耿耿地揭露事物的本质。好吧，或许没那么夸张。事实是，我从所有的表象中脱离出来，只为了脱离这一个表象：今天是再平常不过的一天，不适合杀死我的父亲，换句话说，不适合杀死那个很久以前曾是我爸爸的老头。可怜的女秘书。她还什么都不知道，但明天她就会知道，今天她曾在一个杀人凶手面前弯下腰，她的玫瑰色衬衫恰到好处地敞着，克制地展现着她隐约可见的乳沟——令人浮想联翩的开端，这诱人的分岔，这著名的凹陷，如此丰润，就像女孩的娇唇，在另外两片嘴唇的压力下——假设是她男朋友的——它肯定会迅猛地做出反应，就像茅膏菜①一样。可怜的女秘书，对她来说，做个笨蛋，还有一个会给她按摩的男朋友，简直太幸运了，除了把我口述的内容写成信，周一、周三、周五接待大厅络绎不绝的访客，剩下的事她什么都不用操心。她和她的男朋友都有一张尚未被解放的脸，忍受着日常生活的折磨，抑制着内心深处的渴望，遵循着令人难以忍受的天主教清规戒律。这些尚未开化的灵魂只会为自身着想，他们严格地恪守着传统观念，并因此觉得自己崇高，事实上，这么想的也只有他们自己而已。对这些只不过是具躯体，又不允许自己享受肉体快乐的灵魂来说，远离禁忌或许能够拯救他们，但不是因为他们拒绝了魔鬼的诱惑，而是因为禁忌在他们心中种下了欲望的根。他脑子里只想着如何爱抚她会让自己兴奋，她脑子里只想着被爱抚时该如何让自己兴奋，于是，当然了，一切都被抛到脑后，一切都不再有存在的理由，氢弹、加勒比危机②、深受鼠疫之扰的村庄、癌症的威胁、放荡的父亲。退一步说，要是多洛雷斯说了"我愿意"，性也能拯救我。

---

① Drosera，茅膏菜，属茅膏菜科，同科中还有貉藻属和捕蝇草属，都为食虫植物。

② 即古巴导弹危机。

性是永远无法得到的幸福——只有软体动物才能获取真正的幸福——唯一的替代品；只有性能让人感到完满，尽管这种完满转瞬即逝、无法持久。但是，多洛雷斯代表的不只是性。公平地讲，罗莎里奥才代表着性，她更有力量、更不拘束，但是，只是在性方面。多洛雷斯代表性，但她也代表着别的。就是这个别的把我们之间的性变成折磨人的、有罪的、刻不容缓的享乐，要是必须给这种充满矛盾的享乐安上一个名字，就叫它爱吧。因为她的身体并不婀娜，因为她并没有女秘书那样出类拔萃、恭顺却坚挺的巨乳，她有的只是又小又苍白的少女般的胸脯，用一只手就能轻易握住，就因为这样，她才让我震颤，才把我变成一个温柔得不可思议的男人，遇见她之前，我根本不知道自己还有这样一面。所以，和多洛雷斯唯一的一次结合才让我那么满足，那种满足是因她的身体而产生的震颤的延续和果实。她注视着我，眼神传递的不是性，而是生活；她对我微笑，表达的不是性，而是深度、忧伤、求救的信号。她的眼神和微笑压榨着我的心，加快了它的跳动，牢牢地抓住了它，一旦我的心被抓住，我就爱上了她、渴望她、需要她，我们之间就发生了性关系，这时，性不再是爱，它退居次位，成了爱的有机分支，身体之爱成了心灵之爱的补充。举个例子，比如说，腿部线条圆润、深色头发、绿色眼睛、手指细长、臀部丰满的女人是*我钟情的类型*，但是，当我看到多洛雷斯那坚定的眼神和微笑，我被电晕了，所谓的标准早就被抛到脑后，从那一瞬起，只有这双注视着我的眼睛、这具对我微笑的身体才会让我满足，尽管这具身体并不符合我琐碎的择偶标准（手指、大腿、头发、眼睛、臀部）。因此，要是多洛雷斯说了"我愿意"，我肯定，她的回答会消解我所有的标准、所有的愤怒、所有试图伸张正义的行为。又或许，我的标准、我的愤怒、我试图伸张正义的行为、我对老头的判罚之所以存在，都是因为我认为、我预感到她不会跟我走，因为我无法忍受在未来的日子里，我自由却无法拥有她、平和却无法拥有她、清白却无法拥有她。或许我正在为自己构造一个天大的罪行，让自己沉浸在足以消耗一切的内疚中，只为了填满心中的空缺、掩饰无边的孤独。

"布迪纽先生，这是支票。"

但是，不对，不只是这样。我必须让老头消失。掌握着老头命运的感觉可真怪。掌握着决定权的感觉也是。我知道，到了最后一刻，我可以选择抠动扳机，也可以选择原谅他，我还知道，我永远无法原谅他，从某种意义上说，知道这两点让我感到幸福，的确，这种幸福感是阴暗的、病态的，但我真的无法原谅他。这是我唯一确定的事。要是我能像确定我永远无法原谅他一样确定上帝的存在，我就能意识到自己的罪孽。但我没有罪。什么都没有。什么都没有并不是我的罪孽，而是我的解放。我没有罪，却对刺激我的良心、弄清它的底线、检验它会如何面对自己犯下的大错怀有一种古老的兴趣。要是完成这件事之后，我仍旧不认为自己有罪呢？存在这种可能性。罪恶感的确是或许和憎恨挂钩。因为我恨，所以才觉得不舒服，所以才想抠动扳机，把自己从这种恨中解救出来。或许我的罪孽会成为爱的牺牲。杀死老头是为了救回爸爸，爸爸在欧东尼的店里给我买了十盒锡兵，爸爸理解我在见证了维克多的死之后的感受，爸爸每天晚上都为我驱散黑暗。但是，如今这个卑鄙下流的老头身上没有一点爸爸的影子，他用他可憎的存在抹杀了爸爸，用绝对优势剥夺了爸爸曾给予我的安全感。要是我能弑父（给解放自我的行为扣上这样一顶大逆不道的帽子真是可笑），要是我的弑父行为实际上是种孝顺，我就没有罪，我就能坦然地和古斯塔沃对视，无须心虚地转移目光，因为我这么做也是为了他。或许他会理解我。要是我能坦然地和古斯塔沃对视，其他人对我来说根本无足轻重，乌戈和苏珊娜目光呆滞，他们或许永远不会原谅我，因为我侵犯了他们最神圣的领地，摧毁了他们最不可触碰的安逸。古斯塔沃是我唯一的判官，他的谅解使我得救。多洛雷斯也很重要，但她理解我，刚开始她可能会惊愕不已、动弹不得，但下一秒她就会让所有人相信，她是在为她可怜的公公悲惨的命运哭泣，第三秒，她意识到自己难以逃脱那令人疯狂的孤独，第四秒，她又深深地沉浸在悔恨中，因为她知道，我这么做是出于对爸爸的爱，是为了挽回对妈妈的回忆，是为了拯救这个国家，但我这么做，主要是出于对她的爱，尽管这件事如此伟大、如此重要，但如果是为了她，我完全可以放弃、完全可以牺牲，只为了能够拥有她，为了看着熟睡的她，为了进入她，为了看她微笑，为了呼唤她，为了被她呼唤，为了在半梦半醒中伸出手、确认她依旧躺在我的身边，为了注视她的眼睛，天哪，要是无法注视她的眼睛，我要怎么活下去，但是，就算能注视她的眼睛，要是我无法拥有它们，无法将它们写进我拥有之物的清单，我又要怎么活。她知道，如果当时她说了"我愿意"，一切就不会发生，于是，她越来越悔恨，她知道，她本可以改变命运之秤倾斜的方向。于是，她会爱我，坚定不移地爱我，因为她知道，她没有退路，她知道死亡不会被一份微不足道的悔恨消解，她也知道，一旦完成了自我救赎，我就完蛋了，不仅失去了家庭，也失去了政治、社会、经济、国家层面的一切，也就是所有的一切；她的悔恨每天每夜地增加，与此同时，她不厌其详地回忆着我们唯一一次的结合，她会绝望地，像我这几周的日日夜夜一样，回忆着那天的每一句话、每一个表情、每一次接触、每一次爱抚、每一声呻吟、每一阵沉默。我不希望她像我一样自我毁灭，但或许应该让她体会我曾体会的感受，给她的心套上枷锁。我不希望她毁了自己，可怜的人，我只希望她爱我，不幸的是，爱就是给心套上枷锁。

"小姐，今天我很可能不回来了。要是有人找我，就让他们明天来。"

我有种在变那种古老的纸牌魔术的感觉：Mutus，Nomen，Dedit，Cocis①。今天我要像平日一样与人交谈，做该做的事，

---

① Mutus Nomen Dedit Cocis，又被称为结对魔术、拉丁纸牌魔术、十字母魔术或二十纸牌魔术。我们可以观察到，Mutus、Nomen、Dedit、Cocis 这 4 个拉丁词语共由 10 个字母组成，每个字母都出现了两次。因此，变魔术时，如果按照事先记住的字母顺序将参与者随机挑选的一对牌分别放在相同字母的位置，只要参与者告知他挑选的那对牌在第几行出现，就能轻而易举地猜到他选的是哪对牌。具体操作如下：魔术师随机拿出二十张纸牌，分成十对，让参与者随机挑选一对。挑选完毕后，魔术师将二十张牌摆成 4×5 的阵列，将每一对纸牌放到相同字母的位置上。例如，参与者挑选的牌为黑桃 3 和红桃 J，魔术师就将二十张牌一对一对地放在相同字母的位置上，这样一来，就把黑桃 3 放在了第一行第一列的 M 处，将红桃 J 放在了第二行第三列的 M 处（放在其他字母处亦同，比如，放在第一行第二列的 U 和第一行第四列的 U 处）；接下来，只要参与者说出他挑选的那对牌的位置（第一行和第二行），魔术师就能轻而易举地猜出，参与者挑选的牌为黑桃 3 和红桃 J。

M U T U S
N O M E N
D E D I T
C O C I S

摆出该摆的表情，这些与平常并无二致的行为和表情只是一对牌中的一张。只有我知道这个魔术的奥秘，只有我知道该把一对牌中的另一张放在什么位置，也就是说，只有我知道这些交谈的意义，这些行为、这些动作的意义，只有到了明天，直到我身上背了一条人命，尽管（或许，更应该说，正因为）背了这条人命，我终于可以松一口气，自由地呼吸，好好地、不带任何怨愤地看看这一望无际的天空。是的，让一切都等到明天吧：债权人、游客、翻译、导游、想在死前去塞维利亚看看圣周游行的老太太、想知道不会说瑞典语怎么玩遍斯德哥尔摩的笨蛋，还有为了参加长达九十二天的文化之旅，要求旅行社办妥一切手续，以免海关找他们麻烦的人。是的，让他们明天再来吧，拿着报纸，大大的标题印了整版：*埃德蒙多·布迪纽悲剧性的死亡*。我现在最好奇的事就是，白党和红党会如何通力合作，揭露杀死埃德蒙多·布迪纽，这个国家最重要的领舵人之一的，正是他的儿子。对于白党和红党来说，他们领舵人的利益是神圣不可侵犯的，就像走私、婚姻和人人敬重的双重投票制 ① 一样，是谁都碰不得的。在这个国家，少之又少的职业

---

① Ley de Lemas，又被称为 Doble voto simultáneo，曾在洪都拉斯、阿根廷和乌拉圭使用。在选举时，每个政党推荐几个候选人，与此同时，每个政党作为整体参与选举，计票时，需要计算每个候选人的选票以及政党作为整体获得的选票，综合得出结果。举个例子，在乌拉圭 1946 年举行的总统选举中，民族党的候选人路易斯·阿尔贝托·德·埃雷拉获得了 205923 张选票，是总统候选人中得票数最多的，位居第二的红党候选人托马斯·贝雷塔得到了 185715 张选票。然而，红党的三位候选人与红党作为整体获得的总选票数为 310496，超过了民族党的三位候选人与民族党作为整体获得的 208120 票，最终，托马斯·贝雷塔在这场选举中胜出，成为新一任的总统。

革命者总因为坏天气而中止革命，或者因为不想错过海滩最美的季节而把革命推迟到四月；在这个死气沉沉的国家，衣衫褴褛、无家可归的人把票投给百万富翁，农民反对土地革命，中产阶级想尽办法试图效仿上层人士，戴名表、喝鸡尾酒，但只要一提到团结一致这个词，这些人就都噤声了，仿佛这个词就意味着第七层地狱。在这个国家，像我这样的人有千千万，他们像我一样憎恶自己的姓名，憎恶布迪纽这个姓氏暗含的种种不堪；他们像我一样憎恶自己的阶级，富裕成了我们的原罪，成了我们的心病，但是，与此同时，与我同一阶级的人却理直气壮地享受着安逸的生活；他们像我一样憎恶自己的信仰，尤其是政治信仰，因为我获取的一切资源正是来自与我的政治信仰截然相反的党派；像我一样憎恶自己的人际关系，因为与我同属一个圈子的人认为我是个卑鄙无耻的人，而与我有同样政治信仰的人又认为我是个叛逃者；像我一样憎恶自己的情感，憎恶自己的性生活，因为我已经感受过完满，知道往后的一切都只是旨在重现那次完满的尝试，注定失败的尝试；像我一样憎恶自己的职业，因为常常有人突然闯进我的办公室，他们的粗鲁、他们非法贩运的违禁品、他们引以为豪的欺诈、他们对大甩卖的执念、他们向往野餐的灵魂常常让我目瞪口呆；像我一样憎恶我的记忆，因为童年时拥有的美好事物——保护、期望、勇敢——都被遗弃在成长的道路上，一想起它们，我就意识到自己是一个彻头彻尾的失败者。

街上真美。不冷也不热。太阳很亮，却不炽烈。吹来一阵清风，将将吹动了糖果铺外的彩旗，还有法国梧桐的叶子。这是个适合作出重大决定的日子，这一天能够容纳一切，不，应该说，这一天鼓励我们享受一切。我喜欢这个城市，从某种意义上说，我也是这个城市的一部分。看看这些平凡的男男女女，精于算计、锱铢必较、闭目塞听、贪得无厌、目光短浅，要是他们中的五分之二发了善心，在那个肥胖且傲慢的女乞丐——唯一的女乞丐，唯一的例外——摊开的脏手上放几个钱，不久之后，这个女乞丐就能拥有完美无瑕的双腿，摇身一变，成为拥有多处不动产的女大亨；看看这些慈悲的施舍者，看看这些博爱的慈善家，尽管我从未贡献一分钱，但从某种意义上说，他们代表了我，代表了这个国家，因为对所有人来说，天空是便宜，工作是便宜，权力是便宜，退休是便宜，所有人都喜欢占便宜，至于通过什么手段，是欺诈、施舍，还是利用职务之便或许下虚假的诺言，则完全无关紧要。所有人都想得到好处，为了维护自己的名誉，不惜欺骗他人；了解自己承受能力的唯一方法就是承认曾犯下的最不值一提的小错，以此掩盖滔天大罪，用小错堵住他人的嘴，以此捍卫自己的名誉。做个好人是一回事，被别人当成傻子又是另一回事。多么经典的一句话啊，应该把它写到国徽上。结果就是，以前，很久很久以前，我们都是好人，但是现在，既然我们知道了这个秘密，就再也不愿意做好人了，再也不愿意被别人当成傻子。同时，我们每个人都是那个别人，每个人都把其他人当成傻子。但是，又没有人愿意被当成傻子，这种矛盾心理造成的结果就是，所有人在说"*做个好人是一回事*"的时候，都自作聪明地把自己归入这个只存在于假设中的、失效的、消失的、不存在的乌拉圭群体里。

"布迪纽，您还记得我吗？"

"这不是玛塞拉吗，玛塞拉·托雷斯·德·索利斯。"

"记性真好。您怎么样?"

"我记得，1959年4月的某个星期五，我们并不是以'您'相称的。"

"的确不是。但只是在短短的两个小时间。"

"没错，应该说是惊心动魄的两个小时。"

"你还记得大家当时有多害怕吗?"

"对，但我们两个还是相当冷静的，不是吗?"

"你比较冷静。我可被吓得够呛，现在我还记得当时的感受:不寒而栗，全身起鸡皮疙瘩。"

"你找到……他叫什么名字来着?"

"塞萨尔。他还活着，安然无恙。"

"然后呢?"

"我们又住在一起了。"

这个女人有点本事。在龙舌兰餐厅，她告诉我她的丈夫只对她的身体感兴趣，这一点让她难以忍受。说实话，这有什么难以忍受的? 我也对她的身体感兴趣。当然了，我不是她的丈夫。但她的确有点本事。或许是嘴巴，或许是耳朵。我也说不清楚，总之，她具备某种令人着迷的特质。怎么回事? 我可不能爱上玛塞拉，但是，当然了，我能和她睡上一觉。她的床上功夫应该不赖。万福塞萨尔·索利斯[①]。好女人通常只是好女人。但她除了是个好女人，还是个充满同情心的人，这也是她令人着迷之处。她的眼睛里闪着天真无邪的光。就像古典作品里常说的那样:纯真是欲望最好的调味料。

---

① 塞萨尔·索利斯是玛塞拉的丈夫。

"一起喝杯咖啡？"

"好的。"

三 H 的公寓钥匙还躺在我的钥匙包里。

"这么说，大洪水过后，一切问题都解决了，就像童话故事里那样，从此，公主和王子幸福地生活在了一起。故事就这样结束了。"

"不。"

"故事还没结束？"

"也不能这么说。我说不，是因为我们的生活并不幸福。"

"发生了什么事？又出问题了吗？"

"又出问题了。"

"但是，我记得你在龙舌兰餐厅对我说，你爱他，你需要他。"

"当时我确实这么认为。"

"现在不这么认为了？"

"或许现在也这么认为。"

"所以呢？"

她很年轻。简直太年轻了。1959 年二十三岁，现在应该二十五了。两年过去，她并没有衰老，反而显得更年轻了。可能是发型的关系。脸颊上可能涂了腮红，但她手臂上的皮肤是天然无雕饰的。多美的手臂啊。要是能被这双手臂紧紧地搂着该有多好。三 H 的公寓钥匙。

"实际上，只有在床上，我们才能相互理解。"

"我得告诉你，这种相互理解的方式可不差。"

"别取笑我了。"

"其他时候呢？"

"只有巨大的空虚。不，更确切地说，是彻底的黑暗。我们都不知道该怎么和对方交流。"

"为什么要在无法互相理解的时刻交流呢？为什么不在能够互相理解的时刻交流？"

要是我冒险碰碰运气，她可能会拒绝我，完全有这个可能。但是，在今天这样一个日子里，就算她真的拒绝了，又有什么关系呢？再说了，我想要她。分针每走一格，我的欲望就变得更加强烈。要是她同意，她的温存将成为我明天和后天的美好回忆。难熬的两天，到时候我只能依靠这些美好的回忆。

"那会带来怨愤和不适。"

"你们不能谈论一些抽象的东西。必须有一个特定的话题。"

"这才是最糟的。我倒是希望能有一个特定的话题。但塞萨尔是个沉闷、固执、捉摸不透的人。"

"可你是那么地开朗，那么地外向。"

"我也不再开朗，不再外向了。这很可怕。人是会感到厌倦的。有时候他一整天都不和我说一句话。就算到了晚上，他靠近我，用手触碰我，却始终一言不发。最糟糕的是，我不知道这困扰着我的情绪到底是什么，是嫉妒、愤怒、厌恶，还是倦怠。"

我做不到。她用这种眼神看着我，我不可能无动于衷。我必须把那句话说出口，否则我就会爆炸。

"玛塞拉。"

"嗯？"

"你还记得吗？在龙舌兰餐厅，你问了我一个问题。"

"我不明白你指的是什么，那天我问了很多问题。"

"可能吧，但我指的是，那天你问我想不想对你负责。"

"我这么问你？肯定是基安蒂红酒惹的祸。"

"或许吧。"然后我回答道，"我怎么没早点想到？确实是个好主意。"

"肯定也是受了基安蒂红酒的影响。"

"不，我是认真的。"

"好好好，你想对我负责吗？"

"我怎么没早点想到？确实是个好主意。"

干得不错。看她笑得多灿烂。她喜欢被渴望。真是个尤物。真美。现在，好事已经成了一半了。

"看到这个钥匙了吗？"

"看到了。"

"是我几个朋友公寓的钥匙。"

"哦。"

"他们现在不在蒙得维的亚。"

"真幸运。"

她说了真幸运。这么说，她也在等待。

"我的车就在街角。"

"不能坐出租车吗？"

"当然可以。"

"我就知道。"

"什么？"

"我们最后会上床。"

几年前我就有过这种感觉，但直到现在我才确信：一个男人意识到自己渴望着一个女人，这时他只领会了自身欲望的一部分；等到意识到这个女人也渴望着他，欲望才算完满，才会变得让人难以承受。

"我们走吧？"

我曾和多洛雷斯一起躺在这张床上。为什么我想到了这个？难道在内心深处，我想拿她们两个作比较？或许我想借机抹掉她，清除关于她的记忆？不。没这么复杂。这几乎已经是一个具有国民性的行为了。我渴望和一个有着美丽的眼睛、美丽的小腿、美丽的一切的女人上床。还得加上一条：和玛塞拉接吻简直棒极了。比起丰满的女秘书，我更喜欢她的身体，何况，玛塞拉还有另一个优势：她不蠢。和那些蠢女人睡觉对我来说简直是种折磨，临近千钧一发的时刻，甚至到了千钧一发的时刻，她们就会用河马似的，或者奶妈似的眼睛看着我。如果正在进行的是彻底的结合，就像和多洛雷斯的结合那样，我不会有任何要求；不会有任何要求，是因为彻底的结合就是我寻求的全部。但是，如果只是身体的结合，就像和玛塞拉的结合那样，我希望这种结合建立在最基本的共识之上，也就是说，省去那套令人发笑的你令我坠入爱河的把戏，这种心照不宣的默契会在两人之间发展出必不可少的同志情谊。或许其他人会认为这是多此一举，但对我来说，这点非常重要。一个女人，在心甘情愿地献出自己的身体之前，鼓足勇气，看向地面，似乎是为了打消她圣心中的最后一丝疑虑："在这之后你会怎么看我？"这真让我难以忍受。

"你喜欢吗？"

"说的是什么话。要是我没见识过这样的你，就是在犯罪。"

270

"那要想象力有什么用？"

"你别说，我的想象力大有用场。但你比我想象得还要美。"

"告诉你一件事，这是我第一次出轨，也是历时最久的一次。"

"是吗？"

"是的，因为应该从那顿晚饭开始算起。只有一场灾难能推迟另一场灾难。"

"我很享受现在的这场大灾难。"

Mutus Nomen Dedit Cocis。现在我又放下了一对纸牌中的一张，只有我一个人知道应该把另一张放在哪里。明天。玛塞拉得知这个消息时脸上会是什么表情？她一定很不好受，经历了人生中最激动人心的冒险，却不能向任何人诉说。上了报纸头条的凶手在杀人前和她睡过觉。要是今天我曾用某种诡异的方式盯着她看，明天她会不会感到一阵后怕：*天哪，他本来也可以杀了我*。在这个重大的日子里，老头被判有罪，在这个重大的日子里，我将担任老头的行刑人，但是，躺在别人的床上，给别人的女人带来片刻的幸福——说到底，也是别人的幸福——我竟然感到格外平静，或者说，我几乎感受到了幸福。当我尽我所能地爱抚着她丰满的乳房，当我温存地欣赏着她闪烁着年轻光芒的皮肤，我清楚地知道，遗憾、孤独和空虚正折磨着我心中某个脆弱的部位。它因多洛雷斯的缺席日以继夜地哀号着，它甚至想去死。这种撕心裂肺的遗憾和那种几乎算得上幸福的情感并不矛盾，因为玛塞拉美得惊人，皮肤吹弹可破，我的双手能触摸到她，简直是不可多得的荣幸。但是，多洛雷斯的缺席所造成的忧伤从未消失过，它就像我的血液，不间断地在我的身体里流动着，矛盾的是，是它让我坚强，是它让我坚定，是它让我活着。要是现实像根针般刺痛了我，就会流出一小股忧伤的血液，它缓缓地凝结，有时凝成怨愤，有时凝成挑衅，最后，凝成沮丧。不可思议的是——我自己也搞不懂这究竟是怎么回事——我依旧能够享受当下的生活。还非常享受。

"你在想什么？"

"我在想，你真美。"

"不。你想得那么入神，那么心不在焉，身体还在这里，心已经不知道跑到哪儿去了。"

"可怜的心还沉浸在震惊中，它被你的美丽捕获了。在这之前，说实话，它不知道身体竟能得到这般享受，现在它知道了，但它需要一些时间来接受这个事实。"

"你别说，我的心也沉浸在你带来的震惊之中。"

"两颗可怜的心。"

"它们什么时候才能复原呢？"

"或许永远不会。"

"我们暂且让它们休息休息吧。不要再说它们了。他们就像邻居的孩子一样，需要自己的空间。"

"一点都不坦率。"

"还很记仇。"

我本该补充一点，它们还会报复，会惩罚身体。但我什么都没说。我想让她好好享受这次性爱的最后阶段，所以，最好还是把话憋回去。这只是我能为她做的一件小事。是的，心会惩罚身体。可怜的身体，它得到了享受，但它又是那么地脆弱。突然，我感受到了从右边的肾脏传来的疼痛。疼痛没有停止。它并不剧烈，但令人不适，使人惊慌。我的肾脏似乎被什么噬咬着，开始还很轻柔，但它会变得越来越凶狠，直到让我无法承受。我很迷信（尽管常常在苏珊娜面前嘴硬），不敢大声说出不吉利的词。但我会在脑子里翻来覆去地想：癌症？肾病？这真是个充满讽刺意味的笑话，就在我把自己认作老头判决的行刑人时，却猛然发现，某个东西、某个人、上帝、命运、业①、偶然性，任何事物，正在执行对我的判决，无法继续上诉的终审判决。

"你也有你的烦恼，对吗？"

"谁没有烦恼呢？"

"但你不愿意倾诉。"

"为什么要倾诉？"

"说了之后会稍微好过一些。"

那儿挂着海报、抽象画，摆着昆查马利黑陶猪。多洛雷斯在我身边熟睡时，我已经把它们看遍了。如果只是性吸引力，一切就简单多了。因为在性方面，玛塞拉是无可匹敌的。但多洛雷斯的缺席持续困扰着我，无论是在我有欲望的时候，还是在我发泄了欲望之后。出生在贫困中是什么感觉？我不知道为什么现在要想这些。出生在贫困中、忍饥挨饿、光着脚、双手空空是什么感觉？像牲畜一般日以继夜地工作是什么感觉？梦想破灭、万念俱灰、无欲无求是什么感觉？埋头苦干、马不停

---

① Karma，佛教术语，即行动、命运，佛教认为一个人生命中的自然与必然事件，由前世的作为决定，含业有善恶、苦乐果报之意味，亦即与因果关系相结合的一种持续作用力。

蹄、呕心沥血，某天却突然意识到，大限来临，死神近在咫尺，比如，就在那折磨人的肾脏里，又是什么感觉？出了点问题。我的闲暇时光、我位于蓬塔戈尔达的大房子、我每年四次的长途旅行、面前这让人振奋的玛塞拉的胴体，都是我从何处获取的呢？

"你父亲怎么样？"

"不是很好。"

"健康问题？"

"老头活不了多久了。"

Mutus Nomen Dedit Cocis。肾脏不痛了。疼痛停止后，我发现自己竟像个孩子一样容易满足。现在，此刻，令人恐惧的词语——癌症、肾病——已经离我远去，它们是属于其他人的，让其他人痛苦、恐惧去吧。老头确实活不了多久了。两点三十五分。就让我们假设他还能再活两个半小时吧。或许再久一点，因为玛塞拉又开始爱抚我了。她美丽的双手被某种准确得惊人的直觉指引着，小心谨慎、充满关切地向我百炼成钢的身体提出不容忽视、十万火急的问题，弹指之间，我全身上下的细胞都被唤醒，它们跃跃欲试，摩拳擦掌，准备交出第二份答卷。

楼下的法国梧桐。今天树叶一动不动。就是在这里，四个月之前，我在这里想：我从来不是，也永远不会是拉蒙·布迪纽，我永远是埃德蒙多·布迪纽的儿子，仅此而已。今天我能成为拉蒙·布迪纽吗？至少我会搏命一战。就是在这里，四个月之前，我在这里想：和所有家族一样，我们布迪纽家族也有自己的历史。此时此刻，左轮手枪正躺在我的公文包里。换句话说，现在是我创造历史的时候了，历史最生动的一页将由我写下。我能做到吗？

"您今天来得很早，堂拉蒙希多。博士至少还得忙半个小时。"

"别担心，哈维尔。我刚好想坐一会儿。"

"今天这种暴风雨前的天气让人很压抑，不是吗？"

"确实有点压抑。家里一切都好吗？"

"不是很好，堂拉蒙希多。我妻子脚的情况越来越糟糕了。"

"是因为暴风雨吧，哈维尔。"

"不。天气好的时候情况也一样糟糕。医生坚持认为她的疼痛是白蛋白指标超标造成的，但检查结果表明，一切正常。"

"那就不是白蛋白的问题了。"

"关键是，她的脚不仅痛，还会肿。已经肿成这样了。"

"控制体重也不管用吗？"

"对谁不管用？我？"

"不是，对您的妻子。"

"当然管用了。但她实在太爱吃甜食了，从小到大都爱。我也爱吃甜食，但我不会发胖。您知道吗，我们是在同一家糖果店买糖的时候认识的。"

我能创造历史吗？我能创造历史吗？这不是我现在该考虑的问题。很久以前我就决定要这么做了。愉快的决定。那么，为什么现在我又犹豫了呢？为什么我的心中充满疑虑？这是他自找的。我已经反复思考了上千次，最后得出的结论总是相同的——我必须杀了他。但只得出结论远远不够，我必须真的杀了他。我能做到吗？我曾经那么自信，那么愉快。为什么现在却犹豫了？

"抱歉，堂拉蒙希多。我得去忙了。"

"好的，您去忙吧，哈维尔。"

"我得马上去准备需要给博士过目的资料。"

"好的，您去忙吧，哈维尔。"

或许是玛塞拉的错。她让我觉得自己充满活力。不，不是的。玛塞拉和这事根本毫不相干。退一步说，杀死一个生活放荡的人也会让我充满活力。我得牢牢记住此刻感受到的恨意，其他什么都别想。但是，恨意终究会消失殆尽。好了，假设他打开了这扇门。不对，在门被打开前，我应该能听到电梯运行时发出的噪音。假设我听到了电梯运行的噪音，与此同时，我打开公文包，掏出左轮手枪，对准门的方向。枪就在这里，在我的手里。我的手。真是荒唐。这么想真是荒唐。假设他打开了这扇门，而我……不对。为了让这些姿态和行为具有意义，最好还是别想那么多，别排练那么多遍。假设他打开了这扇门，我的眼睛对上了他的。不，这太危险了。因为他不是总用老头的眼睛看我，有时候他也会用爸爸的眼睛看我。爸爸的眼睛还没有死。或者，爸爸的眼睛已经死了，但老头能用精湛的演技和伪善的面具模仿它们。但是，我怎么知道那到底是不是模仿呢？我只知道，只要他用爸爸的眼睛看着我，我就不忍心抠动扳机。如此一来，一切就都结束了。我彻底败了，从此之后就成了无可救药的垃圾。假设他打开了这扇门，像平时一样用放荡的眼睛看着我。我抠动扳机。用这只手。不对。在开枪之前我必须说点什么，向他解释一个儿子为什么对他的父亲怀有如此深仇大恨，告诉他我永远无法原谅他，因为他摧毁了我，更重要的是，因为他摧毁了我需要、爱戴、崇拜的爸爸的形象。不行，眼泪是我此刻最不需要的东西。但是，如果我向他解释了这一切，我就无法杀死他。他会看着我的眼睛，在我自言自语的时候彻底突破我内心的防线，这是他能办到的事，如此一来我就杀不了他了。假设他一打开这扇门，我就以迅雷不及掩耳之速朝他开枪，不给他看我的机会，不给他用眼神打败我的机会。这样的话，就算他在我面前倒下，却依旧战胜了我。因为只有我一个人知道，我丝毫不拖泥带水的暴力行为只体现了我在他面前的懦弱。战胜他的唯一方法就是告诉他为什么要杀他，然后终结他的生命。哦，如果今天我没有做成这件事，就永远做不成了，因为一旦我在脑中预演了我的行为，这个行为就提前被腐蚀了。假设……不。一切都结束了。结束了。向自己承认这可怕的事实的时刻到了。我不能杀了他。*我做不到*。整整一天我都在拼命地支撑这个想法，为它安上支架。整整一天我都在刻意宣扬我的踪迹，我相信，这样一来，明天那些贪婪地寻求真相的人就会发现这些踪迹，他们会把它们一一拾起，拼凑出一幅完整的图画，以此来佐证他们最病态的解释。但事实上，我留下踪迹是为了逼迫自己，为了不给自己留下后悔的余地。豪普特曼先生曾经给我们讲过韩塞尔与葛雷特[1]的故事，现在我做了和他们相同的事。我在沿途留下面

---

[1] 《韩塞尔与葛雷特》，又名《糖果屋历险记》，出自格林童话，故事讲述的是一对可怜的兄妹遭到了继母的抛弃，流落荒林，最后来到了一座糖果屋，饥饿难忍的兄妹俩迫不及待地吃了起来。但是糖果屋的主人是一个吃人的女巫，她把兄妹俩抓了起来，想要把哥哥养得胖胖的，然后吃了哥哥。但兄妹俩凭借着自己的智慧战胜了女巫，并且找到了回家的路。

包渣，让后人看到我的足迹。但此刻我突然回过头，看到鸟群、疑虑和懦弱已经把我留下的面包渣吃得干干净净，清除了我的足迹和我曾经来过的证据。或许是我丢失了自己的踪迹。那些踪迹再也不能导向我了。我不能杀了他。一切都强于我：老头、陈词滥调、阶级禁忌、偏见。*毕竟，拉蒙是我的儿子。*他就是在这里说了这句话，当着哈维尔的面，在接待那些年轻人、给他们分发武器的时候。这句话依然在我耳边回荡。*毕竟，老头是我的父亲。*这句话真可怕，但它也在我耳边回荡。他是我的父亲。我们这个阶级的人、我们这个时代的人、我们这个国家的人不会杀掉自己的父亲。我们这个阶级的人、我们这个时代的人、我们这个国家的人不会毁掉自己的过去。因为我们的过去就是一坨屎。尊敬你的父亲和母亲。多年以前埃利亚乌利的老神父曾经这么和我说。他没有再加上一句：尊敬你的父亲和母亲，在他们值得你尊敬的情况下。或许他的话里包含着这层意思，只不过没有言明，因此，我尊敬我的父亲，纵使他不值得我这么做。尊敬我的父亲其实是出于懒惰，因为这样一来我就不需要否定他出钱给我开了旅行社的事实。出于懒惰，这样一来我就不需要唾弃他，不需要告诉他那个下午我就躲在屏风后，不需要从此地消失、把自己埋藏在某个遥远的人间炼狱中，因为我已经被金钱毒害了，因为我是个得了名叫安逸的麻风病的病人，因为每天因饥饿而死去的那八万人对我来说一点都不重要，甚至比我那丧尽天良的心上虚伪的污点还不重要，因为，因为……我尊敬我的父亲，是因为我鄙夷自己。

树叶不是一动不动的。连那些落在地上的枯叶都和碎成片的旧报纸、旧海报一起打着旋儿。在那下面。要是我慢慢地、小心地、漫不经心地探出身子，会怎么样呢？在那下面。

要是我就这样坠落呢？

嗯？

要是我就这样坠落呢？

坠落在那棵根深叶茂的法国梧桐和那棵看起来就营养不良的法国梧桐之间离报社大门只有半米远警察长期驻扎在那儿防止根本不存在的心怀不轨者靠近这是个好主意奇怪的是我竟然没早点想到或许是因为我一直沉浸在错误的计划中

啊啊要是我就这样坠落啊这个主意不停地诱惑着我或许有些危险但我再也不用看到老头的脸了把他的形象彻底地从我的视网膜上抹去再也不用看到镜中的自己再也不会想起我所经历的一连串的失败这些关于失败的记忆一文不值再也不用责怪自己拿了老头的钱再也不用提醒自己拉腊尔德拥有我所缺少的勇气再也不用思念多洛雷斯这些对她的思念一文不值再也不会因为肾脏出现轻微的疼痛而感到恐惧再也不会看到衣衫褴褛的选民把票投给百万富翁强忍心头的愤怒再也不会在深夜辗转反侧难以入眠因为突然意识到自己所作的决定都是出于一时冲动而动弹不得再也不用面对潜在的客户强颜欢笑地听他们讲述自己对野餐的执念再也不用睡在苏珊娜身旁感受她那令人难以置信的疏远陌生和冷漠了再也不会想到妈妈的死想到她的指甲深深地嵌进我的脸颊再也不用听老头骂我是蠢货比蠢货还蠢了再也不会在心里反复播放那可怕又恶心的画面了妈妈的声音说着我不不能再也不会在夜晚哭泣再也不会觉得自己什么都干不了再也不再也不再也不或许这是个好办法至少是否定现在这个烂泥

一般的我的好办法提前终结这即将到来的令人窒息的失败

要是我就这样坠落哦多么艰巨的挑战多么难以抗拒的诱惑坠落在离警察只有半米的地方之后会发生什么呢要是我就这样坠落要是我坠落啊原来这个念头会占据一个人的头脑令人陶醉令人疯狂令人无法自拔啊绝望的享受啊多洛雷斯我再也不能拥有你再也不能做任何事啊之后会发生什么呢古斯塔沃可怜的儿子我可怜的儿子要是他能理解这一切要是他能和自己的过去决裂要是他能不被击溃要是他能抠动扳机所有的扳机要是我坠落

在那下面哦多洛雷斯我的不属于我的多洛雷斯要是我也能把指甲深深地嵌进她的脸颊但没有脸颊没有任何人多洛雷斯似乎从未存在过就是现在了一劳永逸够了别再哭了

会怎么样呢要是我慢慢地小心地漫不经心地探出身子朝那下面

那下面

那棵根深叶茂的法国梧桐和那棵看起来就营养不良的法国梧桐之间我根本什么都看不到我说了够了别哭了

唉

幸运的是不存在上帝不幸的是唉多洛雷斯唉因为我既拥有你又不拥有唉我说了够了别哭了

够了

够了

够了

够够够够够够

十四

自杀者是怯懦的谋杀者。

——切萨雷·帕韦泽①

　　傻瓜，大傻瓜。你说服我了，真的。我只叫过一次拉蒙，是在你的嘴里，在你的舌头下。那时我被压得不能呼吸，却感到格外幸福。傻瓜。可怜的人。在这里，在你身上，我看到了那个孩子，那个婴儿。你深邃的眼睛满是惊讶，满是恐惧。我要用这双手合上它们，我知道这只是个游戏，我知道下一秒你就会睁开双眼。但是你没有。有人把它们合上了。我看不见你了。我的意思是，我看不见能够证明你是你的东西了。那双眼睛。你的眼睛。它们是我全部的回忆，几乎全部的回忆。傻瓜拉蒙。小老头。我当然是罪魁祸首。但谁又不是呢？要是当时我说"我愿意"。但当时我说不出口。现在可以了，但又有什么用呢？现在我已经看清乌戈丑陋的嘴脸了，就在他带来你的

---

① Cesare Pavese（1908—1950），意大利诗人、小说家、文学评论家和翻译家，20 世纪最重要的意大利诗人之一。代表作有《艰难之活》《美好的夏天》《月亮和篝火》。

死讯的时候。但你问我那个问题的时候，我还没看清，我还不知道他是那么地令人讨厌。现在我一点都不爱他了，甚至一点都不同情他。你看，一切都是陷阱，都是骗局。老头赢了。但谁又会知道呢？傻瓜，大傻瓜，老头和我们有什么关系？现在，我连和你说话的机会都没有了。我想把所有的事告诉你，乌戈不知道，也永远不会知道的事。关于我的真相，关于我微不足道的人生。我从来没和任何人说过这些。那时，整个街区只有一幢房子，我们的，我父母的。那时，我跑啊跑，一直跑到海边的礁石旁，坐在上面，晃动着瘦弱的小腿，海水上涨，漫过我的脚踝，一阵令人愉悦的寒意一路爬升，从后背爬到颈部，我开始颤抖，不是真正的颤抖，而是一种类似快感的轻微震颤，或许是第一次震颤。现在我无法将这些告诉你了。第一次来月经的时候，我用力地闭上双眼，暴躁地把双手叉在胸前，以为这样就能安然度过整个夜晚，但是，我突然被某种火花击中，虽然没有翅膀，但我好像飞了起来，就像一颗流星，同时，我还感觉到了从太阳穴传来的强烈疼痛。来自加利西亚的祖母把她松弛却坚定的手搭在我的额头上，而我则徐缓地摇晃着脑袋，让那静止不动的宽厚手掌抚过我的眼睛、我的鼻子、我的嘴唇、我的耳朵、我的脖子。我第一次看见裸体男子，一个可怜的家伙，在树丛中穿裤子，看见他双腿间那傲慢无礼、令人惊骇的生殖器时，我忍不住吐了。还有，我听说不能在日食的时候盯着太阳看，但我还是看了，为了以防万一，我只用了一只眼睛，自那之后，那只眼睛的视力大大下降。还有，还有，还有。都不能告诉你了。亲爱的。当然，我还可以想象你，但这又有什么用呢？我无法欺骗我的皮肤，你永远无法再碰触它了，真令人难以忍受。我可以想象你，当然了，想象我们唯一的结合。那时的你是那么幸福。有那么一瞬间，我们都沉默着，偶尔能听到从楼下海滩传来的阵阵喧闹，但大体上一切都是寂静的。有那么一瞬间，我们一动不动，停止了对彼此的爱抚。或许此刻我应该在脑中重现那个瞬间，以此填满内心巨大的空虚，因为在某种意义上，那个瞬间的静默、那个瞬间的场景就是你的替代品，但是，无论如何，世上没有任何东西能与你的双手相提并论。如果我把手放在自己的大腿、自己的屁股、自己的小腹、自己的胸上，如果我用手抚摸自己的身体，闭上双眼，想象你的双手，我知道这注定失败的尝试只会给我带来耻辱和痛苦，只会让我意识到自己将永远处于这既可悲又可笑的孤独中。我必须杀了他，你在我熟睡时说道。你的声音潜进我的梦，梦中一堵薄墙正在坍塌，墙后是一片耀眼且残酷的天空，而我毫无保留地注视着自己。我必须杀了他，你说了一次又一次，所有的高音喇叭都在循环播放着这句话，我捂住耳朵，高音喇叭们仍在机械地活动它的双唇，我依然能清晰地分辨出，它们不停重复着的正是这句话。我必须杀了他，你说了最后一次，那时我已经醒了，却装出刚从睡梦中惊醒的样子，问道：什么？你回答道：我没说话。当然，我的问题不是个好问题，但你的答案也不是个好答案。那时我惊呆了，而你，你对我连最基本的信任都没有。我们是两只懦弱的、受伤的动物。就算我能捡起这些少之又少的回忆，那又怎么样？我不是个病态的人，我很正常。十二岁的时候我还抱着娃娃睡觉，一个瞎了一只眼睛、瘸了一条腿的娃娃。是小狗咬断了她的腿，吃掉了她的眼睛，妈妈想把她送去修补，但我不同意。

十二岁的时候我还抱着她睡，后来，乌戈出现了，从某个角度来看，他也曾是，并且仍然是，一个残废的玩具娃娃。我只在一个晚上抱着他睡过，那晚他不快地说：热，太热了。我是个想抓住些什么的正常人。我知道梦总会醒，死神总会把我们带走，但没关系，我想要的只是暂时的慰藉、肌肤的碰触。为什么肌肤的碰触如此重要？为什么一想到你下垂的肩膀、强壮多毛的小腿、孩提时代毫无防备的后颈，我的手掌就像被掏空一样孤独无助。我有两颗高高鼓起的痣，像两道伤疤，它们周围柔软的汗毛缠结在一起。可以把手指当作梳子，轻轻地使力，把那些汗毛理顺，向下梳。哦，向下梳。拉蒙，拉蒙，拉蒙。现在我该怎么办？我该拿这些绝望和痛苦怎么办？葬礼时老头简直像一尊可笑的雕塑，像个中毒的要人，在公众面前精准地演绎了悲痛的战栗，让爬到树上或躲在石碑后看热闹的人充分感受到了他作为一个父亲的痛苦。乌戈一滴眼泪都没流，颧骨上仍然挂满憎恨。老头把一只充满轻蔑的手搭在他怯懦、怨愤的肩膀上。老头。为什么你没有杀了他？当然，就算你这么做了，这个时候我也会同样焦虑地问：为什么你要杀了他？但是，至少我问的不会是一个永远得不到回答的问题。通常情况下，要是把假想的最大不幸和实际的最小不幸放在一起比较，就能感受到一种巨大的幸福，但现在的情况不是这样，因为现在的不幸就是最大的不幸。拉蒙傻瓜，大傻瓜，我宁愿你是凶手，弑父的凶手，那样也比你现在的样子好得多。我本来想说尸体的，但谁知道你现在是什么呢？灵魂，有罪的灵魂？或者什么都不是。要是你信上帝，我就会知道，你已经走进他的怀抱，居住在他的巨大的意志中，那我会多么欣慰。要是知道你在另一个世界自由地呼吸着，脱离了今生的泥沼，不忧不喜，像一个毛孔或一朵飘浮的云一样拥有无尽的时间，你的过去是一场必要的苦涩冒险，你的未来则是再无惊险的永恒，那我会多么欣慰。要是你信上帝，要是我能这么想，我会多么欣慰，但你不信，我不能。真可惜，我的脑子被这让我极度痛苦的想法填满了，现在你什么都不是，什么都不是了。你的血冷了，一切都结束了。谁知道呢，或许我会发疯。如果我牢牢地盯着镜子里的自己，用力瞪大眼睛，抿紧双唇，直到无边的困惑充斥我的双耳、我的嘴、我的鼻子、我的眉毛，身体内部的噪音或许会将我淹没，这样一来我就再也听不到那没完没了的吊唁、乌戈的咒骂、令人困惑的广播，还有警车刺耳的汽笛了，这样一来我就能逃离记忆、逃离拉蒙、逃离我身体上那曾被拉蒙抚摸的皮肤。不，我做不到。我永远不会疯，死也不会。因为我是个正常人，如此不堪，如此不幸。即使被绝望吞没，即使头闷在枕头里透不过气，我依然清楚地知道，一周内、一个月内，或许再久一些，我就会打开衣柜，从我的连衣裙中挑一条，当然，不会是那条拉蒙曾从我身上脱下的裙子，我会戴上和裙子相称的项链，夹上和裙子相称的发夹，我会涂上口红，在这被他……哦被他亲吻过的嘴上，我会把钥匙包、证件和香烟放进包里，最后检查一次自己的发型，确定这天的打扮完美无瑕，然后，我会下楼，走到乌戈的工作室里，蹭蹭他的脸颊，他会和我说：你的心情好多了，这让我很开心。我会问他能不能把车开走，他会说当然了，女佣会在远处笑着注视我们，小跑着为我打开车库的门，我会转动车钥匙，听着那熟悉的发动机轰鸣，换上一挡，轻轻地踩下油门，打开车灯，那是一种古怪的、充满金属感的光线，栅栏上有凹痕，像是一幅蚀刻画，干枯的树木沉默着，树冠呈三角状。我沿着兰布拉大街行驶，打开车窗，任风在我的脸上拍打，我感受到了被掩盖在浓妆之下的皱纹和黑眼圈，我甚至想做个鬼脸，但我没有这么做，我会保持冷静，我会微笑，尽管只是凄楚的、伪装出来的微笑，因为无论如何，我得活下去，我得把我的疯狂和恐惧用七道锁牢牢锁住，无论它们的存在有多么合理。然而，另一次在兰布拉大街行驶的记忆总会不可避免地出现在我的脑海中。锁住恐惧。因为我是个被摧毁的女人。现在，躺在这张床上、把哭泣的脸埋在枕头中的时候是，那天也会是，尽管化着妆，看上去完美无瑕。锁住恐惧，立即执行。因为我是个被摧毁的、孤独的女人。对他的怀念将会像此刻一般从我的身体进入脑海。风将在我的脸上拍打，我的皱纹将存在，毫无疑问。除了现在已然存在的，还有即将存在的。在接近帆船咖啡馆之前，一切都很顺利。因为他曾带我去过那里。你曾带我去过那里。大傻瓜。你在那里说：这真不像话，但我真的爱你。锁住恐惧。或许我做不到。因为一到帆船咖啡馆，我肯定无法控制自己的情绪，我会放声大哭，哭到几近抽搐，就像此刻一样，我会失去理智，脑袋撞在方向盘上，发出刺耳的汽笛声，它或许持续了很久，恍如沙漠中象征不幸的警报。

十五

"不值得。"

格洛丽亚·卡塞利倚在墙上，点燃一根烟，睁大眼睛看着那个躺在双人床上的男人。他的裤子只解到一半，衬衫也只脱到一半，一只还穿着拖鞋的脚搁在床上，另一只只穿着黑色短袜的脚则悬在床外。但让格洛丽亚惊讶的并不是这混乱的场景，而是这个男人的脸：忐忑不安、疲惫不堪、不知所措。

"我知道他为什么这么做。"

埃德蒙多·布迪纽做了个手势，或许是因为疲惫，或许是因为不得不向命运低头。但他说话的语调并不怨天尤人。就这样，他头发散乱，没系领带，敞着脖子，露出苍老、满是皱褶的皮肤，尽管他的颧骨一如既往地阴郁，眼睛甚至显得比往常更加年轻，格洛丽亚还是在心里想，布迪纽真的是个老头了。这是她第一次这么想。

"他这么做是为了不杀我。他自杀是为了不杀我。"

只有他在说话。格洛丽亚早就觉得自己必须说点什么，但是每当打算开口发表些评论的时候，她就把话吞了回去。所有评论在她看来都是错误的、虚伪的、毫无意义的。她想说些真

287

话，一些真实的残忍的话。

"他来我办公室不是为了从九楼跳下去。他来是为了见我。"

"很可能。"

"不只是可能，哈维尔说他是来见我的。"

"或许是哈维尔编的。"

"不会的。他来是为了杀我。要是他真的这么做了就好了。"

"这是你的猜测。你总喜欢猜测。"

"他把一把左轮手枪留在了桌上。一把对准了门的左轮手枪。换句话说就是，对准了我的左轮手枪。"

"你无法证明这一点。"

"他从来不带枪。"

"你也无法证明这一点。"

"我就像亲眼见证了那一幕一样肯定。他动摇了，然后，他无法忍受自己的动摇。"

"我不认为杀人比自杀难。"

"对于拉蒙来说是这样的。他很善良。"

"我不知道。要是他真的很善良，他就可以改变你。"

"哦，我是无法被改变的。一块独石碑。你也无法改变我。"

"我不善良。"

格洛丽亚知道她应该靠近他，用某种身体接触的方式表达她的支持，或许可以用手摸摸他的头。但她做不到。她体内的某些东西碎裂了。她曾经无数次将自己从碎裂的风险中拯救出来，此刻，在她试图再次实现自我拯救时，一种陌生的紧迫感笼罩了她。在这之前，她早已学会该如何战胜自我。但一切都结束了。现在她已经把学到的东西忘得一干二净。毋庸置疑，一切都结束了。很多年以前，当他向她提议，要她做他的情人时，她战胜了自身的羞怯、惊讶和喜悦。后来，她战胜了几乎是堂而皇之的失望和缺失的相互感，逐渐接受了电影般的冒险最终变成常规的地下情，甚至变成淫秽的捉迷藏的事实。再后来，她又接受了她唯一的男人的性无能，这个给予她一切，包括痛苦和享乐的男人，这个给她的忧郁塞上沉默的塞子的男人，这个坚定的、利己主义的、与人疏远的男人，在把她当作工具利用了那么多年后，他现在竟然面不改色心不跳地说出"你也无法改变我"。这次她无法战胜自我了。这是一种由碎片拼凑而成的感受。一场混乱，因为这些碎片表达的含义是矛盾的。毕竟这是她第一次看到这样一个懦弱、犹疑、任人宰割的埃德蒙多·布迪纽；她第一次得以衡量他真实的尺度，彻底排除了他华而不实的智力和对一切一视同仁的残忍的干扰。按照逻辑，她应该会被这前所未见的一幕俘获，被深深地打动，从而决定永远支持、陪伴这个男人。但事实正好相反。她被一种近乎疯狂的紧迫感牢牢攫住，她必须撇下他，让他独自应付这一切，她必须自救，如果时间还来得及的话。此刻在她面前的这个懦弱和犹疑的男人，这个羞愧地自问并试图弄清楚为什么他的儿子会从九层楼跳下，将他最后的热血洒在把守报社大门的警察身上的父亲，这个重复着"不值得"的老头子，并没有表现出任何想要抹去他一生中最卑劣的行为的意愿。除此之外，他已经失去了力量和决心，这两个曾经奇迹般地掩盖住他的落魄的伙伴。在这以前，格洛丽亚从未因自己把一生献给最卑鄙的人而感到后悔，至少他是唯一的、独特的、始终如一的。但是，要是这个最卑鄙的人突然屈服了、认输了，成了一个疑虑重重的老头子，她看不起他也是正常的。她知道，她应该这么想："幸好他儿子的自杀打动了他，这说明他还有感情，不是个彻头彻尾的恶魔。"然而，事实上，她内心只有一个想法："真倒霉。"还有一个想法："真恶心。"她知道自己的任务——她派给自己的任务——是撇下他，尽管他正像摊烂泥一样躺在她的床上，嘴里不停地重复着："不值得。"

"不值得。"

"好了，够了。你给我起来。"

"不值得。"

"拜托，别再说了。"

"为什么他不杀了我？"

"或许他也觉得不值得。"

"我爱他，你知道吗？他怎么就没意识到呢？"

"很难意识到。"

"小时候他怕黑，晚上经常大喊大叫。只要我去他房间，把灯点亮，为他掖好被子，他就会安静下来。"

"所有人都怕黑。但不是所有人都会自杀。"

"他也爱我，你明白吗？他爱我。我知道，只要他看着我，就能感觉到自己正被保护着。有一天，那时拉蒙还是个孩子，我注意到他恨我，我还注意到，他对我的恨意并不是新产生的。"

"没有仇恨是新产生的。仇恨总是古老的、旧的、反复的。"

黑色短袜松垮垮地穿在他的脚上。床上的男人说话时紧咬着牙关，眯缝着双眼。格洛丽亚看了看手表。六点二十。她从未感受过如此强烈的紧迫感。她似乎认为自己存活下去的唯一可能会像一辆飞驰而过的火车或汽车一样在不经意间溜走；她似乎觉得要是错失了这次机会，她就不得不接受自己的最终判决，永远留在这个尽管丧失了残酷的理由，却依旧自私自利、毫无人性的老头身边。过了五十岁，人就没有后悔的权利了。五十岁之后的生活太安逸了，格洛丽亚想。到了六十几岁，唯一的出路就是接受真实的自己。与此相反的例子就是那些寻花问柳者对神秘主义突如其来的迷恋。

"是因为他母亲的缘故吗？"

"别和我提他母亲。"

她最讨厌的事：他提及他的妻子，提及他喜欢她的原因，还有他曾经送她的礼物。但是，她怎么可能没注意到？他的儿子从九楼跳了下去，但是她，格洛丽亚，还活着。应该说，她想活着。她想要的并不是暂时的安宁，她的紧迫感是明确、具体的：从此刻起，她将掌控一切。和与她同龄的男人睡觉，把躺在这儿的老头子忘得干干净净，忘掉他松弛的身体、阴郁的颧骨、穿在脚上的短袜、解了一半的裤子、肮脏的肚脐、紧咬的牙关、一直重复的那句话、一直重复的那句话。

"不值得。"

"闭嘴。"

"不。我必须说。否则我就会发疯。"

"不重要。闭嘴。"

"杀人值得，自杀不值得。"

"闭嘴。"

"我看到他了，头摔在地砖上。流了好多血，形成了一个血塘。我到报社后才知道，三分钟前，他跳了下来。"

"你已经和我说过了。"

"但我没告诉你关于血塘的事。两块地砖之间有一条缝隙，我赶到时，那条缝隙里还有一小股红色的液体，流得很慢很慢。不久以前他才跳下来，连血都还没来得及凝固。血还在流，你注意到了吗？"

"所以呢？"

"所以，要是我早到十分钟，他就不会死。"

"但你没有早到，而且他已经死了。"

"直到那时我才意识到，他头发的颜色还和小时候一模一样，那时他怕黑，一听到他的喊叫，我就会去他房间，为他掖好被子。之前我从来没意识到。十岁的时候，他总是喜欢把头发梳得很紧。所以他母亲……"

"别和我提他母亲。"

"所以他母亲总用手紧紧地按住他的头发，后来就形成了一个发旋。他很生气。发旋一直在。那时我看到他摔在地砖上的头，才意识到，他头发的颜色和小时候一模一样。他没用发蜡，也没用发油，什么都没用。只用了点水。头发干了之后，呈现出发红的色调。"

"你给我起来。"

"不久以前，他来找我，对我说：您和莫利纳那些不干不净的生意有关。"

"这是真的。"

"当然了。您和莫利纳那些不干不净的生意有关。有个记者正准备揭发您。是拉腊尔德。他揭发了我，我赶跑了他。什么都没发生。您和莫利纳那些不干不净的生意有关，他对我说。或许就是那个瞬间，我失去了机会，唯一的机会。要是我退让……"

"但你没有退让。"

"我把一切都告诉他了。我提醒他，他开旅行社的钱是我给的。毋庸置疑，是我搞垮了他。"

"闭嘴。"

"无论如何，根本不值得。"

"闭嘴。"

"他想去另一个世界，过另一种生活。我知道。他感到窒息。他恨我，不仅如此，他还恨我的阶级，我这一代人，还有我的钱。但他没有勇气摧毁这一切。我不恨他。你觉得我恨他吗？"

"现在说不恨是件很简单的事。"

"如果我告诉你，实际上，我所有与他对立的行为都是对他的考验，看他能否下定决心做自己，能否鼓起勇气完成他真正想做的事，你会相信吗？"

"不，我不相信。你要知道，要想说服我，让我相信你是个模范父亲，比登天还难。"

"我不奢望成为模范父亲。我得承认，我的另一个儿子，乌戈，对我来说就没这么重要。"

"对你来说不重要，因为他没自杀。"

"格洛丽亚，你怎么了？"

他抬头用探询的目光看着她，她却在想，布迪纽老了十岁。但不是因为拉蒙的死。只不过是在过去的十年间逐渐衰老了。但她之前并未意识到他的衰老。现在，她意识到了。她和一个老头子在一起，一个令人生厌的老头子，他的儿子才死了四天，他就恬不知耻地为自己辩白，把自己包装成一个感天动地却不被理解的父亲。让他去死吧。

"格洛丽亚，你怎么了？"

"我厌倦了。"

他没有问厌倦了什么，只是又把头放回到枕头上。他把一只手伸进脱了一半的衬衫里，缓慢地挠着乳头。她走近斗橱，把抽得几乎只剩烟嘴的烟揿灭在穆拉诺①玻璃做的烟灰缸里。

"你是想说你要走吗？"

"不错。"

"你觉得应该在这个时候这样对我吗？"

"我没兴趣跳进辩论的泥沼。我根本不在乎什么应该不应该。我要走，就这么简单。"

"在我最需要你的时候？"

"你不需要任何人。你只需要埃德蒙多·布迪纽，而且，你已经拥有他了。请好好享用。"

现在他把两只手都伸进去了，但挠的动作依旧是缓慢的。他又一次咬紧了牙关，嘴边出现了两道皱纹。格洛丽亚看了他一眼，又马上转移了视线。

"老鼠抛弃了船②，对吗？"

---

①　Murano，意大利威尼斯潟湖中的一个岛。名义上是岛，其实是群岛，岛与岛之间由桥梁连接，形同一岛。穆拉诺以制造色彩斑斓的穆拉诺玻璃器皿而闻名于世，特别是拉丝热塑。

②　Las ratas abandonan el barco，据传在船舱活动的老鼠总会在海难发生前弃船而逃，后一般指某人在灾祸之前离开某地，或逃避自己应负的责任。

格洛丽亚不由得想起了她的同学希拉尔迪，他总和她说些如出一辙的恭维话，久远的记忆。希拉尔迪干笑两声，说："船抛弃了老鼠。"他试图在她的沉默中观察她。她笑了，他却没有想入非非，因为他知道，她的笑与他无关。

"拉蒙的死给了我很大的打击。你不相信吗？"

"我相信。"

"那么，这对你来说无关紧要？"

"无关紧要。"

布迪纽深深地呼了口气。乳头不痒了。一只手又垂了下来，松弛的手，垂在腿边。另一只手撑在肚子下。直到前一日，格洛丽亚还发自内心地认为拉蒙的死重重地打击了他。但今天早上，她打开报纸，读完了社论，发现里面依旧充斥着同样的虚伪、同样的恶意、同样的蔑视。或许拉蒙的死真的给了他很大的打击，永远不会有人知道事情的真相究竟如何，但不管怎么样，他仍然遵循着旧例，完成分内的工作，维持体面的外表，这些足以起到威慑、腐败、毁灭的作用。十分钟前他看起来还是那么地坦率，甚至可以算得上真诚，至少是埃德蒙多·布迪纽可以达到的真诚的极限。但在某一瞬间，格洛丽亚突然意识到，其实他正想着该如何从当下的局势中获利。虽然表露担忧的表情确实是他惯常使用的表情，但是，这一切都是如此地诡异。他虚伪、没有节操，但他失去了力量。他不再让人感到恐惧了。对，就是这样。格洛丽亚终于意识到了这一点。这个老头子已经不再让人感到恐惧了。

"不值得。"

"你到底觉得什么不值得？你儿子自杀不值得？我离开你

不值得？到底什么不值得？"

"什么都不值得。这个国家就是一个烂摊子。因为没有人有足够的勇气杀了我，这就是证明。你要知道，要是有一天有人杀了我，这个国家就有出路了，有救了。也不能说得这么绝对，但至少这个国家有了得救的可能。但是，如果我在床上安详地死去，我愚蠢的医生为了治疗我竭尽全力，我无能的儿子、美丽的儿媳、机灵的孙子、忠诚的遗嘱执行人，还有那些双眼放光的法定继承人都在我床边尽心尽力地照料着，如果我死于脑溢血或脑梗，这个国家就完了，永远失去了变革的机会。"

格洛丽亚很确定，他不再让人感到恐惧了。除此之外，他害怕了，尽管他不承认，尽管他永远不会承认。现在他说的都是些老生常谈。写在社论里的话，现在说的话，都是些老生常谈。以前这些话里自有某种力量，某种不可置疑的权威，但现在没有了。现在它们已经变得空洞。或许可怜的拉蒙，格洛丽亚想，选择自杀是出于懦弱，他从九楼跳下来，是因为没有勇气杀死他的父亲，但无论如何，他实现了他的报复。因为他的死让埃德蒙多·布迪纽变得脆弱。他未竟的事业或许能够孕育未来无尽的事业。感谢火。

"你还记得我们在国家美术厅相遇的那个下午吗？后来我们还去了图皮，你还记得吗，那时候你对我说：我太幸福了，教授？"

她不能，也不想回答。她不能，也不想忍受这些厚颜无耻的问题。什么都可以，除了这种做作的情感讹诈。这个虚伪的老头子怎么可能没有发现，这段久远的回忆让她羞愧得几近丧命？他怎么可能没有发现，他们的爱情，无论是现在时还是过去时，都不足以让当时的她陷入如此可笑的狂喜之中？他怎么可能没有发现，维系他们关系的与其说是爱情，不如说是新奇和性，然后是性和习惯，然后只剩下习惯？

"你记得我对你说：多好的肩膀，疲倦的人刚好可以把手搭在上面吗？"

多好的。今时不同往日。现在她的皮肤已经是四十岁女人的皮肤了，肩膀下垂了，还长了雀斑。她累了。她有一种紧迫感。尽管肩膀上有了雀斑，皮肤也松弛了，她依然需要一个男人，不是老头子，而是一个真正的男人，他会好好珍惜她的肩膀，不是为了在疲倦的时候把手搭在上面，也不是为了说些漂亮话，而是把她的肩膀当作她不可或缺的一部分，他能够吸引她，会好好珍惜她，珍惜她的灵魂和身体，不把她当成工具，也不把她当成家具；一个男人，不是这个一边期待有人能鼓足勇气杀了他、一边又怕得要死的老头子；不是这个老头子，而是一个真正的男人，普通的男人，一个不认为自己永远正确、至高无上的男人；一个男人，而不是这个被金钱和怨愤吞没的老头子。

"不值得。我爱拉蒙。难道你不知道我爱他吗？他怕黑，每次我去救他、安慰他，他就用充满感激的笑脸看着我。有一次，我给他买了十盒锡兵。他脸上满是震惊。我永远都不会忘记那一幕。你知道为什么他不杀我，反而把手枪留在桌上吗？他不杀我，是因为他依然爱着我，依然需要我。他是我的儿子，我的儿子。我看见了他，他躺在地上，头浸在一个血塘里。"

埃德蒙多·布迪纽在床上向右边翻了个身，把眼睛压在枕头上。刚开始格洛丽亚还不敢相信。后来她才意识到，他的身体颤抖着，那是一种近乎抽搐的颤抖，就像人在哭的时候身体会不由自主地抽搐一样，或许他真的在哭。但她并不想去证实。就算他真的在哭，此时悔改也太迟了，何况他的悔改是年老所致，反而更令人反感。要是他的啜泣是装出来的，也同样令人反感，要是他能虚伪到这个地步，她会觉得受到了冒犯。格洛丽亚突然感到一阵眩晕，胃似乎马上就要开始痉挛。只是一瞬间，随后她又恢复了正常。她打开了一扇贴着海报的门，耸了耸肩，又关上了，什么都没拿。然后她缓缓地走出了房间。

在客厅，她拿起包，穿上从衣架上取下的大衣。她没再朝房间看，她的动作越来越迅速。打开公寓大门的时候，她似乎马上就要情不自禁地尖叫了，但最后她还是忍住了。有那么一瞬间，躺在房间里的男人的抽泣声似乎填满了所有的寂静。

然后，响起了关门声。

译后记

徐 恬

马里奥·贝内德蒂是乌拉圭诗人、小说家、剧作家和文学批评家，他一生笔耕不辍，著有八十余部作品，其中包括短篇小说集《蒙得维的亚人》（*Montevideanos*，1959）、《有无乡愁》（*Con y sin nostalgia*，1977），诗集《办公室的诗》（*Poemas de la oficina*，1956）以及长篇小说《休战》（*La tregua*，1960）、《感谢火》（*Gracias por el fuego*，1965）和《破角的春天》（*Primavera con una esquina rota*，1982）等。上世纪七八十年代起，大量拉丁美洲文学作品被译介到国内，为读者打开了一扇通往新世界的大门。至今，胡安·鲁尔福、博尔赫斯、科塔萨尔、波拉尼奥、马尔克斯和巴尔加斯·略萨已成为无数人钟爱的作家，魔幻现实主义也不再是一个令人摸不着头脑的生僻词汇。然而，贝内德蒂的作品却一直没有受到应得的关注。1969年，奠定了贝内德蒂在乌拉圭文坛地位的《休战》就被翻译成中文并出版，之后，他的短篇小说和诗歌也陆续被翻译成中文，但是，即将迎来退休生活的桑多梅与年轻的阿贝雅内达悲惨的爱情故事似乎并未在读者中引发共鸣，蒙得维的亚人办公室—家两点一线的日常生活也并未唤起读者的兴趣。或许个中的原因在于贝内德蒂叙述的故事都太为"平常"，他笔下的蒙得维的亚常年被一种令人窒息的灰色笼罩着，与色彩斑斓的马孔多形成了鲜明的对比。这也是乌拉圭国内一些批评家诟病贝内德蒂的原因，在贝内德蒂成为乌拉圭最受欢迎的作家后，仍有批评家指责贝内德蒂只会写些鸡毛蒜皮。然而，考虑到乌拉圭特殊的国情，不难得出这样一个结论：作为一个热切地关注社会现实的作家，贝内德蒂的写作内容和写作风格正是由乌拉圭的社会现状决定的。

1904 年至 1929 年，何塞·巴特列－奥多涅斯和他的继任者们发起了一系列经济和社会改革，使乌拉圭成为当时拉丁美洲为数不多经济发达、社会稳定的国家，20 世纪 50 年代，随着经济的发展和社会的进步，城市中产阶级日益发展壮大，政府职员和雇员成了乌拉圭社会不可忽视的一部分；美国《时代周刊》甚至把乌拉圭称作"拉丁美洲的瑞士"（Suiza de América Latina），乌拉圭人也为自己的国家感到自豪，骄傲地喊着"没有国家能和乌拉圭媲美"（Como el Uruguay no hay）的口号。但是，50 年代的繁荣只不过是种经不起推敲的表象，是巴特列时代的改革残留的余热。事实上，由于政府没有推出适当的后续政策，乌拉圭的经济、政治、文化早已陷入因循守旧的几近停滞状态。1955 年，一场经济危机在乌拉圭爆发，为了遏制危机蔓延，政府引入数额巨大的外国贷款，并向国民征收高额税款，进一步加剧了经济危机。与此同时，远在大洋另一端的美国日益强大，开始向南边的邻居们施加它的影响力。这种内患外忧的境地使得一大批具有批判意识的知识分子聚集起来，以《前进》周报为主阵地，发表评论文章、短篇小说、长篇小说、诗歌、戏剧和其他艺术作品，抒发他们对社会的不满。贝内德蒂就是应运而生的批判一代的主力军，这也解释了为什么日复一日一成不变的生活、因缺乏沟通和交流导致的冷漠、对舒适生活的留恋、对存在意义的探寻等等会成为贝内德蒂作品中频繁出现的元素。通过对日常琐事精准的观察和生动的描写，贝内德蒂试图在作品中重现彼时乌拉圭社会的真实状况，试图唤醒耽于当下舒适生活的乌拉圭人民，进而探索实现彻底的社会变革的可能性。而《感谢火》正是贝内德蒂在这方面的又一次尝试。

　　《感谢火》是贝内德蒂的第三部长篇小说，出版于1965年，此时距《休战》出版已有五年，离《破角的春天》出版还有十七年。评论家们常常把贝内德蒂这三部作品（《休战》《感谢火》《破角的春天》）放在同一个序列中，探讨它们的文本间性；同时，评论家也指出，这三部作品清晰地体现了社会大环境的改变在何种程度上影响了贝内德蒂的观念，《休战》仅仅局限于用主人公的第一人称视角重现乌拉圭社会的真实状况，而《感谢火》和《破角的春天》则分别关注了个人和集体改变社会的尝试。在从观察者视角向行动者视角过渡的过程中，《感谢火》起到了承上启下的作用。小说主要聚焦在拉蒙·布迪组——一个脱离社会、脱离自我的人——注定失败的弑父行为上，通过阐述拉蒙为何弑父又为何注定失败的关键问题，贝内德蒂批判了扮演停滞社会同谋的大众，与此同时，他还在作品中寄托了自己的美好愿望：希望《感谢火》引燃的些许火星能引起一场大火，彻底烧掉乌拉圭的稻草尾巴[①]。

那么，拉蒙为何弑父？他弑父的行为又为何注定失败呢？

首先，我们可以看到，《感谢火》的主体叙述是由主人公拉蒙·布迪组完成的。他的叙述，尤其是在涉及自身时，是破碎、片段式和充满偶然性的，不遵循任何时间或空间的秩序。将零散的叙述拼凑起来，我们得知：拉蒙·布迪组是乌拉圭大人物埃德蒙多·布迪组的儿子，经营着一家旅行社。乍一看，这样的生活似乎无可挑剔，事实上，或许拉蒙原本可以像他的兄弟乌戈一样，心安理得地享受属于他们那个阶级的安逸生活。本可以如此，如果三年级的他没有在屏风后见证慈爱的爸爸厉声斥责并殴打一直保护着他的妈妈。在屏风后见证的那一幕彻底扭转了拉蒙的人生，从此以后，拉蒙无比依赖的父亲，那个"完美无瑕、优雅、胡楂总刮得干干净净、自信、审慎地对待一切、毫不犹疑地理解一切"的男人被抹杀了，取而代之的是冷酷无情、卑鄙无耻的老头。父亲的形象在转瞬间轰然崩塌，这对一个年幼的孩子来说无异于灭顶之灾，拉蒙通过父亲建立起来的世界被颠覆了。年月的增长并没有使状况得到丝毫改善，步入中年的拉蒙对妻子苏珊娜的爱和激情早已被日复一日、一成不变的生活磨灭，彻底的不理解又横亘在他和他的儿子古斯塔沃之间，他深深

[①] 稻草尾巴是 cola de paja 的意译，出自贝内德蒂一本散文集的标题《稻草尾巴的国家》(*El país de la cola de paja*)。Tener cola de paja 是乌拉圭的一句俗语，意为对……感到愧疚或对……负责。

地陷入存在主义危机中。同时，拉蒙还是停滞不前的乌拉圭社会的受害者，扭曲的社会观念和道德价值让他无所适从，身处其中的国家让他无法理解。就这样，他脱离自身、脱离家庭、脱离社会，似乎没有一条路能够将他引向救赎。为了摆脱这种使人绝望的处境，拉蒙不停地在回忆中追溯，试图找到那个出错的时刻、改变它并将自己的人生重新纳入正轨，于是，弑父成了拉蒙唯一的出路。他必须杀了老头，因为这是战胜老头的唯一方式，是找回亲爱的爸爸、找回自我的唯一方式，也是拯救这个国家的唯一方式：

> 我必须杀了他，以此找回自我，我必须做件一劳永逸的好事，放弃无谓的骄傲和卑鄙的算计。我必须杀了他，造福所有人，包括他自己。我必须镇定地、冷酷地、有意识地作好一切准备，用我的正义对抗他的罪孽。为了让这个国家得以喘息，让自己得以喘息，我要一口气切掉这颗最大的毒瘤。

事实上，老头本人也期待着这一刻，期待他深爱的儿子能担负起审判者和行刑人的重任，将死亡带给他。拉蒙自杀后，埃德蒙多·布迪纽，这个让所有人恐惧的人，终于卸下面具，向情妇格洛丽亚坦诚："我所有与他对立的行为都是对他的考验，看他能否下定决心做自己，能否鼓起勇气完成他真正想做的事。"然而，拉蒙似乎并未通过考验，在最关键的时刻，他犹豫了，这一瞬的犹豫使他失去了唯一的机会，不仅如此，正如埃德蒙多·布迪纽在独白中阐述的那样，也使这个国家"永远失去了变革的机会"。

拉蒙·布迪组决定弒父并不是出于一时冲动，而是经过反复思考得出的唯一结论；相应的，弒父行为的失败也不是出于偶然，而是早就注定了的。首先，拉蒙杀死老头的目的是找回亲爱的爸爸，从而找回自我，拯救这个国家只是弒父行为带来的副产品，并不是拉蒙最初以及最紧迫的目的。在一次交谈中，拉蒙的朋友问了他一个问题：

> 你想过吗，你的态度在你身处的环境中显得如此不寻常，它是如何形成的？是因为真正的自信，因为你愿意为之负责的深刻信念，还是因为你想和你父亲对着干？

这个问题把拉蒙问倒了。事后，他提醒自己该好好想一想，但文中再也没有涉及相应的思考。拉蒙对这个问题的逃避只能说明问题的答案是显而易见的：他与身处环境格格不入的态度并不是经过深思熟虑之后采取的，我们甚至可以认为这种态度是报复性的、不成熟的。事实上，拉蒙需要一个与自身相对立的形象，以便为自己的消极行为辩解；他找到，或者说，树立了这样一个形象，之后，他决定与这个形象对抗。由此我们可以发现，从始至终，拉蒙的决定都是从自己的主观意识出发，因而是脱离现实、不可行、不坚定的。他无法说服自己打消所有疑虑，因为他清楚，自己拥有的一切——金钱、社会地位、家庭——都是老头给的，杀死老头意味着毁灭一切，不仅仅是毁灭自己的一切，还会毁灭苏珊娜、古斯塔沃、乌戈和多莉所拥有的一切；而这并不是他想看到的，弑父在他看来是唯一一条通往救赎——包括自我救赎以及对爸爸的形象的救赎——而非毁灭的道路。他也清楚，尽管自己痛恨老头，却仍然深深爱着那个给他买了十盒锡兵、在夜晚为他驱走恐惧的爸爸，如今，这两个大相径庭的形象在同一具躯体中共存，杀死前者就意味着抹杀后者，而这则是他最不愿意看到的——抹杀爸爸的形象就等同于抹杀自身的存在。

其次，日复一日单调且安逸的生活麻痹了拉蒙所属的上层资产阶级中的大多数，使他们丧失了作出改变的能力。作为上层资产阶级的一分子，拉蒙虽然不认同所属阶级的价值观，但他仍然是阶级的，或者说，是停滞不前的社会的受害者，被社会规范和道德标准所禁锢。他知道，"这个国家不能容忍任何悲剧性的举动。它鼓励平淡无奇、奴性十足的行为"。尽管他试图打破种种限制，却心有余而力不足：在屏风后目睹的那一幕中断了他童年时期的发展，之后，一成不变的安逸生活又无限延迟了他的自我救赎，乃至每当到了"需要做些什么，需要承担相应的责任时"，一种"排山倒海""类似童年恐惧的东西"就会向他袭来，导致他无法付诸行动。而"一个人首先得是个革新者、开拓者，也就是说，是个他者"，才能成功弑父、作出改变。最后，拉蒙悲哀地意识到，"一切都强于我：老头、陈词滥调、阶级禁忌、偏见"，唯一的出路不复存在，出于对自身处境的绝望，他选择了终结自己。

有趣的是，在《休战》中，贝内德蒂也曾就弑父和自杀进行探讨。《休战》的主人公，失职的父亲桑多梅在得知自己的儿子哈伊梅是同性恋后，回忆起了他童年得知母亲去世时的一句无心之言，"你要做我的母亲，否则我就杀了你。"桑多梅在日记里记叙了这件往事，并写道："但是他却杀死了自己，抹杀了自己。家中唯一的男人背弃了他，他便决心否定自己作为男人的身份。"可以说，拉蒙的自杀和哈伊梅的"反叛"（在桑多梅看来）在很大程度上是一脉相承的，尽管拉蒙选择自杀或许是出于逃避心理，但比起《休战》中想自杀却缺乏勇气的阿贝雅内达先生，拉蒙已经迈出了具有重要意义的一步。自杀是一种应对荒谬世界的方式，但荒谬是否必然导致自杀呢？加缪在《西西弗神话》中给出的答案是：存在另一种方式，即希望，但希望只能通过信仰或反抗实现。通过对最后两章的阅读，我们了解到，贝内德蒂在《感谢火》中也给出了和加缪相似的答案：拉蒙自杀的行为可以被视作一种牺牲，他的死使多莉鼓足勇气认清并接受了她所处的现实，也使格洛丽亚对老头、对自己的生活彻底绝望，决心开始新生活。虽然最后两章并没有涉及古斯塔沃，但我们能够从前十三章的描述中得到一个合理的推论，即拉蒙将希望寄托在了下一代——他的儿子古斯塔沃——身上，认为古斯塔沃信仰的马克思主义或许能够改变这个世界。如果说《休战》中阿贝雅内达的意外死亡在桑多梅和阿贝雅内达先生心中掀起了波澜，使他们不得不正视自己的生活；《感谢火》中拉蒙的牺牲则证明了弑父行为的不可能性和无意义，敦促下一辈人继续探寻其他能够彻底解决问题的方式。古斯塔沃这一代人能够通过自己的方式解决问题吗？经历了流亡的贝内德蒂将在十七年后出版的《破角的春天》里给出答案。正如我们之前所说的，作为一个热切地关注社会现实的作家，通过讲述《休战》《感谢火》和《破角的春天》中三代人不同的命运，贝内德蒂忠实地讲述了乌拉圭社会的真实情况，并积极地探寻变革的道路。

最后，作为一个在学生时代就十分喜爱贝内德蒂作品的读者，我非常荣幸能够在作家百年诞辰之际参与到他作品的翻译工作中来，与此同时，作为一个手生的译者，我也不免有些战战兢兢。现在展现在各位眼前的作品是在出版社老师们和我的共同努力下交出的答卷，希望能够让各位感受到属于那个年代知识分子的一片赤诚之心。当然，若是发现译稿中的不足之处，也希望各位能够不吝赐教。

2020 年 2 月

（京权）图字：01-2020-5041

图书在版编目（CIP）数据

感谢火 /（乌拉圭）马里奥·贝内德蒂著；徐恬译. — 北京：作家出版社，2020. 10

书名原文：Gracias por el fuego

ISBN 978-7-5212-1118-4

Ⅰ.①感… Ⅱ.①马… ②徐… Ⅲ.①长篇小说 – 乌拉圭 –现代 Ⅳ.①I782.45

中国版本图书馆CIP数据核字（2020）第170444号

Gracias por el fuego by Mario Benedetti
Copyright ©1965 by Mario Benedetti
This translation published by arrangement with Fundación Mario Benedetti,c/o
Schavelzon Graham Agencia Literaria
www.schavelzongraham.com
Simplified Chinese Edition Copyright © 2020 by The Writers Publishing House
All rights reserved.

感谢火

作　　者：［乌拉圭］马里奥·贝内德蒂
译　　者：徐　恬
责任编辑：赵　超
装帧设计：吴元瑛
出版发行：作家出版社有限公司
社　　址：北京农展馆南里10号　　　邮　　编：100125
电话传真：86-10-65067186（发行中心及邮购部）
　　　　　86-10-65004079（总编室）
E-mail:zuojia@zuojia.net.cn
http://www.zuojiachubanshe.com
印　　刷：北京通州皇家印刷厂
成品尺寸：130×185
字　　数：219千
印　　张：10.25
版　　次：2020年10月第1版
印　　次：2020年10月第1次印刷
ISBN 978-7-5212-1118-4
定　　价：52.00元